未拨动的琴弦

中国新诗的批评与反批评

李海英　著

中国社会科学出版社

图书在版编目(CIP)数据

未拨动的琴弦:中国新诗的批评与反批评/李海英著. —北京:
中国社会科学出版社,2018.10
ISBN 978-7-5203-2737-4

Ⅰ.①未… Ⅱ.①李… Ⅲ.①诗歌评论—中国—当代
Ⅳ.①I207.22

中国版本图书馆 CIP 数据核字(2018)第 146468 号

出 版 人 赵剑英
责任编辑 陈肖静
责任校对 刘 娟
责任印制 戴 宽

出 版 中国社会科学出版社
社 址 北京鼓楼西大街甲 158 号
邮 编 100720
网 址 http://www.csspw.cn
发 行 部 010-84083685
门 市 部 010-84029450
经 销 新华书店及其他书店

印刷装订 北京君升印刷有限公司
版 次 2018 年 10 月第 1 版
印 次 2018 年 10 月第 1 次印刷

开 本 710×1000 1/16
印 张 18.25
插 页 2
字 数 248 千字
定 价 78.00 元

她正俯身于那把蓝色吉他（序）

耿占春

记得是刘思谦老师在面试的时候问李海英，如进入博士阶段准备做哪方面的研究，一般来说，每个人都会直接回答这个应该有所准备的问题，但我听见李海英说："我想做一个本雅明式的批评家……"不知道在座的导师们满意否，我心想，看来今年就是她了，至少在我的批评写作中，本雅明也曾经是一个路标。

那是我第一次看到海英，但她说不是，她蹭过我在文艺学专业的课，能背出我在课堂上讲的诗。想起来这已经是七、八年前的事情了，海英确实在朝着"本雅明式的批评家"这一自我认知的目标努力。那么，一种本雅明式的批评意味着什么呢？尽管每个人都会有不同的认知，但至少，这是一种将文学研究与文学批评置于更加深远的历史语境中的做法，应该与自足性的纯文本研究拥有迥异的旨趣。这是一种将诸种文学批评的元素置于更普遍的文化功能中去的方式，如将"故事"或叙述置于从神话传说到现代小说的嬗变过程中，将语言与修辞放在从圣言到新闻语言的演变脉络中，将风格与形式的考察置于社会文化体系之中的方式，并且这种考察从不会忽略文本的脉络，仍然是从文本内部出发的活动。

的确，如今可以从海英的这些批评文章中发现这样一种特质。

呈现在这本书的文章已显露出这一意义指向。她对昌耀“早期写作”中可能存在的年代措置的质疑，根据一种社会修辞学的考察有依据地提出了“后期修改”的可能性，并质疑了学界相当权威性的前辈们的论断。当然她的质疑并非是某些青年学者有意为之的冒犯，我记得第一次让她写文章是给了多多的一组新诗，一个月后交文章，她拿着 1980 年署名“多多”的一个小文《坚持冷练的老诗人》问是不是我们说的这个多多，我认为对一组新作进行评论不必考证所有的文本，她居然直楞楞地回我，“要的，不然我怎么知道他以前什么样子。”很快我明白她的坦荡指向的是自身，她要清晰自己的感知或判断，并没有对他者的任何冒犯之意。就像对当代最重要的诗歌史中的若干问题、对最具影响力的几位诗人“长诗写作”的分析，其根本的意图是沟通和维护，出自对文学本质的尊重和期待。当然更见其诗学功夫的是她对一些重要的诗歌文本所作的阐释，如城市与诗歌、地方经验与诗歌、创伤经验与诗歌关系的考察，她对诗歌的理解更多的是对心灵的理解。

当海英企慕做一个本雅明式的批评家的时候，我把这一想法理解为对流行的文献主义的批评，是对排除了主观契机的求知方式的不满，或许，还有对平庸的语言活动所造成的意义之枯竭所做出的否定。这是一个起源为诗的过程，因而研究也就是一种别样的写作了。事实上，她对文献极端重视，一开始我认为与河南大学文学院的训学传统有关，后来觉得可能是性格原因，对情绪敏感，对词语敏锐，对思想迷恋到无可救药，对神秘事物持有热切向往……许多看似矛盾的东西在她身上相持不下，这些东西有利于写作或研究，却也会将心灵置于深渊，她后来又迷恋过鲍曼、博德里亚、列维－施特劳斯、希里斯·米勒、文德勒、威廉斯等人，曾多次眉飞色舞地向我们讲述某个人某本书，旋即神色黯然：

“我滑到了黑洞之中”，或许研究和阅读原本是她试图抓住的自救稻草，然而思想与知识的漩涡随时都可以将人吞没，瓦解一种黑暗的同时重建另一种黑暗。

海英说她想做一个本雅明式的批评家时，本雅明并非唯一的参照，本雅明属于一个家族，他在这个谱系之树上属于一个开始者，在形式主义批评之后，那些将文学理论和文学批评，将某种文学元素与政治理论、社会思想以及历史哲学等关联起来的研究都属于这个重新启动的批评传统。这既指向文学与批评本身，也指向批评者自身。从相反的方向看，就像在历史学家海登·怀特那里，把文学理论及文学批评的方法运用于历史哲学，他把这一挪用描述为“对即将到来的启示的理解”的一种思考。去探究文本化了的历史思考或历史叙述，就是去面对“一部尚无立足之地的文学作品”。在怀特看来，不能将文献视为一个开端，那么开端在哪里？转义是一个开端，它发生于其他事物之前。一个批评者如何在总是已经开始的话语中确立一个开端？

这些问题曾让她多次迷惑，甚而陷入困顿，对真理的探究或许一直都是对黑暗的探究吧。萨义德在《开端：意图与方法》中的解决办法是对意义生成的强调，“开端就是意义的有意生成的第一步”，而且，“开端开创了另一种深思熟虑的意义生成……”。在批评方法与批评文体的意义上，这或许是维柯、尼采早已预示的一个问题。但在个体生命的意义上，怎样完成对一个混沌世界的创造性的表达？

海英给自己这些年尝试的批评命名为“未拨动的琴弦”，是其焦虑也是其忧郁。毕加索在蓝色时期创造了那幅著名的《弹蓝色吉他的人》，这一形象被美国诗人华莱士·史蒂文斯用来探索艺术家如何创造性地表达这一主题，琴弦会作伪，如何弹奏事物如其所是？我们无法带来一个圆满的世界，如何尽我们所能将其缝补？这是诗学的难题更是生命的难题，但无论如何，她已俯身那把“蓝色吉他”，选择弹奏——“想象中的松树，想象中的松鸦。”

2017 年秋日

目录 MULU

现实： 函数关系中的批评困境 // 001

当代诗歌史写作中的史料运用问题初探

——以洪子诚、程光炜的“昌耀”书写为例 // 003

白昼燃明灯，大河尽枯流

——谈当下作为“症候”的知名诗人的长诗写作 // 017

影响无焦虑，釜底且游鱼

——从《忧伤的黑麋鹿》谈当前的一种写作现象 // 045

作伪的是琴弦：现代抒情精神的阐释与演进 // 069

机遇或牢笼：新媒介话语下的诗歌写作 // 106

文本： 想象灵光并未逝去 // 123

昌耀诗歌的象征世界 // 125

语言的制作来自厨房 // 161

观察者的幻象：萧开愚的都市议题与文学伦理 // 179

经验重现：现代性体验下的矛盾纠结 // 200

在灰色的土路上与暗影同行 // 210

探险： 让风景成为地方 // 221

诗的梦行为：试论徐玉诺无意识写作的现代性 // 223

政治无意识下乡土抒情的迂回：以苏金伞为例 // 237

“外省”的诗学：论森子的地域性写作 // 252

论罗羽诗歌的“植物”诗学 // 266

致谢 // 284

现实：函数关系中的批评困境

当代诗歌史写作中的史料运用问题初探

——以洪子诚、程光炜的“昌耀”书写为例

在描述1990年后中国诗歌状况的说法中，“边缘化”可能是被翻炒得最多的一个，重提此词并非要续炒旧话，一我没有能力翻出新花样，二也并不认同此说法。然而在这些年的诗歌研究和教学中，不时遭遇到“诗歌边缘化”的暗示，中国诗歌确乎名声不佳，不少文学研究者（甚至是中国现当代文学方面的）及中文系学生常用暧昧之言（诸如“呵呵”“看不懂”）敷衍其不认同或不理解或无所谓，在我看来，此类“拒绝接近”的礼貌态度，比“不喜欢”“讨厌”“失望”等明确否定，更让人尴尬。

如果中国诗歌的“边缘化”果真存在，除却市场经济、消费文化、诗歌文本、诗人自身等因素之外，是否还与诗歌教育有关？据我有限的观察，大多数“拒绝接近”者所接受的当代诗歌教育都少得可怕，这少得可怕的教育又主要来自于学校。事实上，小学与中学的教材对中国当代诗歌文本的选用极少，大部分孩子到高中毕业时并不了解其样貌。大学教育中文系的本科课程设置里，首先是以文学史的方式进行通识教育，中国当代诗歌只占极少的比例，部分院校会配以与“中国现当代文学史”相关的选修课程，但很少开

◇ 一部史至少是一座城——地形、风貌、气候、人物、谱系、记忆等都是可以行走起来的，一部史还是一座灯塔——审美、价值、生命、社会等议题都藉著者之述而明亮起来，当然，一部史也是凭信的基底——因信任著者之才、学、识、德而基此形塑自己的标准。

设专门研究“中国当代诗歌”的课程。学生若想要进一步深入了解，多半会先选用“中国当代诗歌史”为指引，再顺藤摸出各路诗人。那么，“中国当代诗歌史”对初学者来说似乎就很重要了：一部史至少是一座城——地形、风貌、气候、人物、谱系、记忆等都是可以行走起来的，一部史还是一座灯塔——审美、价值、生命、社会等议题都藉著者之述而明亮起来，当然，一部史也是凭信的基底——因信任著者之才、学、识、德而基此形塑自己的标准。

正是在此期待前提下，我选用了当前较权威的两本诗歌史为考察对象，一是洪子诚和刘登翰合著的《中国当代新诗史》，属“北京大学语言文学教材系列”；二是程光炜所著《中国当代诗歌史》，属“21 世纪通识教育系列教材”。这两本著作发行较广，是高校文学专业学生考研考博常备参考书，也是中国当代诗歌研究中的主要参考书。需要事先说明的是，此处不再复述这两本专著的贡献，而是就我所遇到的一些困扰进行探讨，我的困扰主要是史料问题及由此引发的评价问题。为了较具体较清晰地查看史料运用时可能存在的问题，我只选择了其中极小的一部分（关于诗人“昌耀”的那一章节）来谈，这应是两著中极小的片面问题。选择“昌耀”为例，首先是因为此部分较熟悉，几年前我在以昌耀为研究对象时曾花费很长时间辨别诗歌史（及文学史）中给出的信息；其次是因为确实存在着这样的现象，不少学者没有辨别诗歌史（或文学史）给出的信息而直接引用，进而得出了可能并不公允的判断。我想在此现象中提出以下问题，以供商榷。

问题一：诗人生平资料及创作情况考证的不足，将引发哪些问题？

昌耀，应是洪子诚先生与刘登翰先生比较欣赏的一位诗人，早在1993年版《中国当代新诗史》[①]（后文简称“《新诗史》（1993）”）中就高度评价了他：

昌耀（1934—），湖南桃源人，五十年代初参加过朝鲜战争，1954年开始发表作品。这位生于南国的诗人，后来长期在大西北生活，并在他创作开始的时候，就表现出对青藏高原特殊的兴趣。至今留存的最早诗篇，都传达着他对于这块带着原始野性的荒漠，以及“被这土地所雕刻”的民族的奇异感受：“以奶汁洗涤”的柔美的天空（《天空》），篝火燃烧的“情窦初开”的处女地（《荒甸》），品尝初雪滋味的裸臂的牧人”（《鹰·雪·牧人》），在黄河狂涛中决死搏斗的船夫……进入了昌耀诗的视境。在五十年代片面强调诗的社会政治功能的情况下，这种题材的取向是难得的。1957年，昌耀因两首总共16行的小诗被错划为“右派”。（页306）

2005年的修订版本[②]中，（后文简称“《新诗史》（2005）”）：

在当代，甚至在新诗历史上，昌耀都是一位重要的，但其价值很难说已被充分认识的诗人。……一开始，他就表现出对青藏高原特殊的兴趣，大部分诗取材于此。保存下来的写于50年代前期的诗篇（均在80年代才得以发表），表现着他对于这块土地原始野性的荒漠，以及“被这土地所雕刻”的民族的奇异感受……昌耀诗歌的重要价值，是从50年代开始，就离开当代“主流诗歌”的语言系统，抗拒那些语汇、喻象，那

① 洪子诚、刘登翰：《中国当代新诗史》，人民文学出版社1993年版。
② 洪子诚、刘登翰：《中国当代新诗史》（修订版），北京大学出版社2005年版。

些想象、表述方式。（页 140，142）

这两段话内容大致相同，细节性问题有如下几点：

1. 昌耀生卒年月问题。昌耀在 1999 年的《我是风雨雷电合乎逻辑的选择（未完成稿）》中自言“我于 1936 年 6 月 27 日（阴历五月初九）诞生于……”[①]。洪著《中国当代文学史》（后文简称“《文学史》（1999）”）与《新诗史》中昌耀的出生年月一直都是“1934 年”。这一问题在昌耀在世时原是可以求证的。

2. 因诗获罪的问题。《新诗史》中的表述都是因为“两首总共16行的小诗”被错划为“右派”，但《文学史》（1999）中言“1957 年，因在文学刊物《青海湖》（西宁）诗歌专号上发表十六行小诗《林中试笛》获罪，成为右派分子”。准确的信息是：诗名叫《林中试笛》（二首），包括《车轮》和《野羊》，共计十六行，发表于 1957 年《青海湖》诗歌专号刊。

3. 初次发表作品的时间问题。《新诗史》（1993）中为“1954 年”，2005 年修订版中改为注释的“1953 年负伤归国，开始文学创作”，这与《文学史》（1999）一致。目前找到的昌耀的最早作品是《人桥》，刊于 1953 年第 4 本《文化学习》，华东人民出版社。

4. 诗学主张问题。在介绍诗学主张时，《文学史》（1999）引用了昌耀刊发于 1997 年第一辑《诗探索》的文章《一份“业务自传”》中的一段话，标注的文章题目错为“《我的“业务自传”》”[②]，《新诗史》（2005）中则是在注释中引用了昌耀的话，但没有给出篇名。

5. 著作情况问题。《新诗史》（2005）在注释中列举了 4 部：

① 昌耀：《昌耀诗文总集》，青海人民出版社 2000 年版，第 749 页。
② 洪子诚：《中国当代文学史》，北京大学出版社 1999 年版。

"《昌耀抒情诗集》《命运之书——昌耀 40 年作品精选》（编年体自选集）《昌耀的诗》（人民文学出版"蓝星诗库"）《昌耀诗文总系》等。"其中《昌耀诗文总系》应为《昌耀诗文总集》，是昌耀生前编排好顺序，身后由燎原先生编辑出版的，收录了昌耀绝大部分诗作。

6. 20 世纪 50 年代的作品问题。《文学史》（1999 年）中给昌耀 50 年代的创作以很高评价，没有质疑其文本的真实性；《新诗史》（2005）中则出现了一句"保存下来的写于 50 年代前期的诗篇（均在 80 年代才得以发表）"，括弧中的提示似乎有所暗示。但这句话指认的时间是 1955 年之前，事实上，1957 年时昌耀仍保有发表作品的权利，他 80 年代发表的"旧作"的时间点应从 1956 年的《鹰·雪·牧人》算起。

◇ 事实上，1957 年时昌耀仍保有发表作品的权利，他 1980 年代发表的"旧作"的时间点应从 1956 年的《鹰·雪·牧人》算起。

7. 对昌耀早期作品的评价问题。不同著作及修订本中措辞略有不同，都指认了昌耀是从 20 世纪 50 年代就开始"离开"当时的"主流诗歌"话语，并取得独特成就的诗人。此评价与对昌耀 50 年代作品的考证程度密切相关。

接下来，再看具有诗人、诗歌批评家与学者等多重身份的程光炜先生的著作。2003 年，程出版了《中国当代诗歌史》[①]（后文简称"《诗歌史》（2003）"），该著介绍昌耀的章节大约有 2000 字左右。此处不再大段引用，仅摘录一些关于昌耀的生平、作品名称、诗集的文字，以供商榷：

1. 生卒年月问题。"昌耀（1936—2001）是一个独具生命魅力且具有持续艺术创造力的诗人。"（页 320）

笔者注：昌耀于 2000 年 3 月 23 日在青海西宁医院中，跳楼自

---

① 程光炜：《中国当代诗歌史》，中国人民大学出版社 2003 年版。

杀。这个错误似乎不应出现，但我发现在《中国当代诗歌通史》中也是如此写“昌耀（1936—2001）”。①

2. 因诗获罪问题。“1957 年，因仅 16 行的两首小诗《林中试笛》而蒙难……”（页 321）

笔者注：与洪著有类似的表述方式。再次强调，《林中试笛》应为“《林中试笛》（二题）”。

3. 初次发表作品时间问题。“《河北文艺》1954 年 4 月号的组诗《你为什么这般倔强——献给朝鲜人民访华代表团》，是诗人公开见刊的处女作。”

◇ 从时间的先后顺序上看，如果洪著《新诗史》（1993）在初版时尚有无法了解关于《人桥》一文的信息的可能，程著《诗歌史》在出版时（2003 年）则具备获得此信息的充分条件。

笔者注：《诗歌史》中昌耀发表作品的初始时间，比洪著详细了，但同样搞错了时间。昌耀《命运之书——昌耀四十年诗作精品》（1994 年）的“后记”中，称他的第一组诗是《你为什么这般倔强——献给朝鲜人民访华代表团》，发表于《河北文艺》1954 年 4 月号。在《昌耀的诗》（1998 年）中他又称公开发表的第一个作品是《人桥》，刊载于 1952 年上海的《文化学习》。现查：1953 年第 4 本《文化学习》（华东人民出版社）第 17 页，确实有署名“志愿军战士王昌耀”的小散文《人桥》，此文更应看作是昌耀的处女作。从时间的先后顺序上看，如果洪著《新诗史》（1993）在初版时尚有无法了解关于《人桥》一文的信息的可能，程著《诗歌史》在出版时（2003 年）则具备获得此信息的充分条件。

4. 作品名目错误问题。“如《慈航》……《旷原之歌》……等。”

笔者注：《诗歌史》（2003）在列举昌耀作品时，诗篇题目出错。昌耀并没有以“《旷原之歌》”命名的诗作。据程先生的叙述，指的应是“《旷原之野——西疆描绘》”，该诗是昌耀很重要的一首

---

① 吴思敬主编：《中国诗歌通史（当代卷）》，人民文学出版社 2012 年版，第 494 页。

长诗，正如文中所言，是一首展现西部时空，高原精神的长诗。

5. 著作信息的错误问题。①“《一个挑战的旅行者行走在上帝的沙盘》(1995)”②“参考书目：昌耀 . 命运的书 . 西宁：青海人民出版社，1994.”

笔者注：①应为：《一个挑战的旅行者步行在上帝的沙盘》，敦煌文艺出版社出版，1996 年版；②应为：《命运之书——昌耀四十年诗作精品》，青海人民出版社，1994 年版。程著中曾三次提及此诗集，三次的书名并不一致。(可参看：页 321“脚注 3”，页 322 的作品集介绍，页 335 的“参考书目”。)

6. 著作出版情况问题。“昌耀出版的诗集有：《昌耀抒情诗集》(1986)、《昌耀抒情诗集（增订本)》(1988)、《命运之书——昌耀四十年诗作精品》(1994)、《一个挑战的旅行者行走在上帝的沙盘》(1995)。”

笔者注：此处未提及《昌耀的诗》(“蓝星诗库”，1998 年）和《昌耀诗文总集》(2000 年）这两本于昌耀而言可能更加重要的诗集，不知何故。

此种细节列举繁琐又无趣，暂且到此为止。我的列举可能有些吹毛求疵之嫌，但这是我对自己投身学科的虔敬使然。在两位学者的描述中，昌耀的生平、在其命运中具有重要意义的事件、关键性的作品、出版诗集的情况，都相互有所出入。这种“出入”呈现出的信息自然不够准确。其实我更担心的是这些信息可能给研究者与学习者造成误导。由于是教材，从某种意义上说，他们的论述将通过学校教学，在学生中达到一个共识，也就是最终将达到一种“知识的合法化”，成为大家判断的一个尺度、一个重要的且广泛的参照依据。昌耀只是我拉出来辨别的一个案例，其他诗人的描述中是否也存在着类似的失误呢？

◇ 由于是教材，从某种意义上说，他们的论述将通过学校教学，在学生中达到一个共识，也就是最终将达到一种“知识的合法化”，成为大家判断的一个尺度、一个重要的且广泛的参照依据。

问题二：原始文本的失察，是否会引发对文本定位的偏颇？

此问题，我主要想讨论昌耀早期创作的评价问题。昌耀从1953年开始发表作品到1978年，一共发表了20多首诗歌。这20多首可以分为三种：一是战士之歌，二是新生活的颂歌，三是改写的民歌。当时他是这样写的：

> 赞美建筑工地上的脚手架："建筑工地的脚手架，/像云集的船桅，/当留下一栋栋大楼，/它又悄悄离去。"（《船儿啊》，1955）
>
> 赞美水电站："难道这是滚过群山的雷霆，/难道说这是摇摆杨林的风声，/……/不平常的响声啊，/吼叫吧！"（《林中水声》，1956）
>
> 赞美地质勘探员："她们用那勘探仪器/敲打山野的胸膛/要唤醒沉睡万年的土地/从地下取出建设祖国的百宝箱"（《四季将是一片春光》，1956）

我曾在《早期昌耀：时代洪流中的歌手》①一文中指出，这些诗句的语式、修辞、韵律、节奏以及抒情主体都带有集体主义的气息，完全符合当时主流诗歌的标准。但是翻阅文学史或研究类的著作或一些单篇论文，会发现大家对昌耀的评价是另外一回事儿。如前文所言，洪子诚先生在论及昌耀时说："他的诗的艺术成就和他与潮流之间保持的距离，得到一些人的赞赏。"后来又进一步强调为："昌耀诗歌的重要价值，是从20世纪50年代开始，就离开当

① 李海英：《早期昌耀：时代洪流中的歌手》，载《武陵学刊》2010年第6期。

时‘主流诗歌’的语言系统，抗拒那些语汇、喻象，那些想象、表达方式。”程光炜先生则说，“在他早期的诗篇里，即已传达出对这块神秘而雄壮的高原的奇异感受。”[①] 可见，二者都认为昌耀的早期创作不同于1950年代的诗歌模式。

◇ 当下的研究者和评论者也给予昌耀早期创作极高的评价，并且认为昌耀早期的创作不同于甚至是高于同时代诗人的。

与此同时，当下的研究者和评论者也给予昌耀早期创作极高的评价，并且认为昌耀早期的创作不同于甚至是高于同时代诗人的。早在1988年，叶橹先生在《杜鹃啼血与精卫填海——论昌耀的诗》一文中，举《鹰·雪·牧人》一诗为例，说明昌耀从一开始，内心的感受方式就与同时代的诗人不同，他能在闻捷、邵燕祥唱着颂歌的年代写出与时代主流迥然不同的诗歌；[②] 在《被遗忘的诗歌经典·上卷》中，伊沙在“伊沙有话”中说：“在1949年后至食指出现之前，在我眼里中国内地的现代诗人仅有昌耀和任洪渊两人。在属于郭小川、贺敬之的年代里，他们默默的坚持显得不合时宜却握有未来。”[③] 马嘉阐释昌耀早期作品《峨日朵雪峰之侧》时指出：“相对于那个狂热、虚浮的时代来说，昌耀的清醒和理智使他得以冷静地观照和打量时代的外在高度。”[④] 肖涛在研究昌耀早期的诗歌创作时也持类似的观点，其文中举例说明昌耀在早期虽然也写下和当时的颂歌没有差别的《你为什么这么倔强——献给朝鲜人民访华代表团》，但是到1955年写作《船，或工程脚手架》时（事实上，此诗是由前文所举《船儿呀》改写而来，以《船、或工程脚手架》面目出现于1999年。笔者注），昌耀诗歌已经开始在转变，并且“转变后有着一种与主流颂歌截然不同的特立独行。按说这种一开始

① 程光炜：《中国当代诗歌史》，中国人民大学出版社2003年版，第321页。

② 叶橹：《杜鹃啼血与精卫填海——论昌耀的诗》，载《诗刊》1988年第7期。

③ 伊沙：《被遗忘的诗歌经典·上卷》，太白文艺出版社2005年版，第1页。

④ 马嘉：《在冷寂的思绪中张扬生命强力——论昌耀诗歌〈峨日朵雪峰之侧〉》，载《浙江万里学院学报》2004年第3期。

便以歌声起家的少年，应该如同时代的歌手们一样，继续自己的赞歌之路，而昌耀却没有”。进而指出“昌耀则应该属于‘在寂寞中保持人格的完整，失去了个人的声音，但也获得了内心的宁静’的诗人”。[①] 刘星星在《浅析藏族文化对昌耀诗歌创作的影响》一文中说昌耀早期的创作“完全脱离了那个时代基本的诗歌环境和语言方式，无视当时的诗歌时尚，与当时的时尚保持着清醒的距离”。[②] 张玉玲在《论昌耀对中国当代主流诗歌的超越》中以昌耀标注为“1960 年代”的文本为依据，得出了昌耀在非常时代“没有去应和，没有去追逐，而是在寂寞而执着地追求诗歌的艺术本质”。[③]

◇这里有一个值得深思的事实：一些研究者在评论昌耀早期创作时几乎都没有考证其早期诗歌的真实面貌，所依据的文本几乎都是昌耀在 20 世纪八九十年代出版的诗集，而没有参考昌耀在 20 世纪 50 年代公开发表的作品。

这仅是我列举的部分文章，从这些话语中可以看出，学界目前对于昌耀早期诗歌创作的评价，文学史和评论家的态度几乎是一致的，都认为昌耀创作一开始就偏离主流，在早期就追求诗歌的独特个性，并取得一定成就。这些研究者几乎无一例外地参考了洪著。此言并非是在非议，我自己也参考了。我想要说的，这里有一个值得深思的事实：一些研究者在评论昌耀早期创作时几乎都没有考证其早期诗歌的真实面貌，所依据的文本几乎都是昌耀在 20 世纪八九十年代出版的诗集，而没有参考昌耀在 50 年代公开发表的作品。包括我所信任的学者，洪子诚、程光炜、叶橹等人所引用的《鹰 · 雪 · 牧人》在 50 年代并没有发表，它第一次和读者见面是在 1986 年版的《昌耀抒情诗集》中，是该诗集的开篇第一首，没有人考察它的时间真实性。

如果我们对昌耀早期公开发表的作品进行考证，很容易会发

① 肖涛：《试论昌耀早期的诗歌创作》，载《唐都学刊》2005 年第 1 期。

② 刘星星：《浅析藏族文化对昌耀诗歌创作的影响》，载《安徽文学》（下半月）2008 年第 11 期。

③ 张玉玲：《论昌耀对中国当代主流诗歌的超越》，载《江苏技术师范学院学报》2010 年第 4 期。

现这样一个现象：昌耀任何一本诗集中标注写作年代在50年代到60年代的作品，除《林中试笛》(二题)之外，其余的篇目当时是基本没有公开发表过的，而公开发表的那20多首诗作又没有选用。那些50年代发表却不被入选的20多首诗呈现出的样态又是完全不同于“诗集”里“早期作品”的风格，它们不仅没有游离于主流之外，反而是非常符合“主流诗歌”的创作模式，是标准的颂歌。同时，那些收入诗集中的被改写的“早期作品”又特别具有迷惑力，比如《凶年逸稿——写给饥馑的年代》一诗，该诗末注明的时间是“1961—1962于祁连山”，这个时间标注，它不断地引起我对文学史常识的回想，我无法想象在写作要求一体化的年代，昌耀怎么做到如此有胆量地挑战主流话语？如果从昌耀的个人背景去考虑就更加奇怪了，14岁时参军→抗美援朝→因伤回国就读荣军学校→19岁时响应开发大西北的号召到青海工作→21岁时被打为右派下放到牧区参加劳动，这样一个由“战士诗人”成长起来的“新”诗人，他是怎么做到克服“自我”的呢？可诗中分明这样写着：

◇我无法想象在写作要求一体化的年代，昌耀怎么做到如此有胆量地挑战主流话语？

我以极好的兴致观察一撮春天的泥土。
看春天的泥土如何跟阳光角力。
看它们如何僵持不下，看它们喘息。
看它们摩擦，痛苦地分泌出黄体脂。
看阳光晶体如何刺入泥土润湿的毛孔。
看泥土如何附着松针般锐利的阳光挛缩抽搐。
看它们相互吞噬又相互吐出。
看它们如何相互威胁、挖苦、嘲讽。
看它们又如何挤眉弄眼紧紧地拥抱。

我们知道，20世纪50年代，太阳、红太阳、阳光等是有着特殊寓意和象征的。昌耀怎么敢去挑战甚至“嘲弄”主流话语呢？但正是这样的诗句，使钱理群先生也选它为“名作”并在“导读”中特意提醒大家注意“写作的年代”：一要理解“作品对时代的评价”，二要与同一时期的诗歌如“政治抒情诗”等进行比较，“以领会昌耀诗歌创作的独特性”。[①]

◇ 产生这种现象的一个原因就是研究者忽视了当时的语境，也忽视了诗人在改写“旧作”重新发表的过程中有可能存在的潜在心理动机。

以我个人粗浅的判断，产生这种现象的一个原因就是研究者忽视了当时的语境，也忽视了诗人在改写“旧作”重新发表的过程中有可能存在的潜在心理动机。我们明明知道，20世纪50年代主流话语要求的是诗人缩小甚至忽视“个体价值”和“自我意识”，也明确提出时代需要的是“人民的诗歌。我们的抒情诗，不是单纯地表现个人情感的，个人情感总是和时代的、人民的、阶级的情感相一致的，诗人是时代的号角”。因而诗人的“抒情是抒人民之情，叙事是叙人民之事”。“在社会主义时代，个人主义与诗歌也是直接敌对的，是互相排斥的，是水火不相容的”。[②]在这样的大环境中，一个曾经的战士怎么会用个体化的修辞去追求个体意识的写作？如果没有，那么论者不加分辨的原因何在？

问题三：当代新诗史的写作或新诗研究，应以什么为价值判断的准则？文学的，美学的，意识形态的，还是反映论的？

通过对昌耀早期作品的研究，发现当代诗歌的研究者在处理创作于50年代至70年代作品时存在着一些不可忽视的问题。大家都清楚，50年代至70年代是中国当代历史上的一个特殊时期，决

① 钱理群：《中国现当代文学名著导读》，北京大学出版社2004年版，第463页。

② 周扬：《建设社会主义文学的任务》（1956年中国作协理事扩大会议上的报告），载《文艺报》1956年第5、6期合刊。

定了创作于此阶段的作品具有特殊性的一面，此阶段公开发表的作品可能会存在着不停改写和重写的现象，研究者依据的文本不同得出的结论就会相差甚远。而动荡中的“地下”写作就更让研究者棘手，由于作品的创作日期与发表日期的差异，作品的真实面貌难以确定，那么如何认定这些“地下”作品真实的写作年代？如何考证这些作品是否属于“假托”的旧作？如何确证所谓的旧作在发表时没有被改写过？放在什么样的背景下评价这些作品的精神特质和艺术价值？这些问题已经引起一些学者的思考，但是在具体的研究中，并未得到某些研究者的足够重视。如果在研究的过程中考证不足或资料不实，就会为后来的研究者带来不必要的误解和障碍，昌耀就是一个例子。洪著《文学史》（1999）有关昌耀的章节中所列举的参考文本资料只有两篇文章：昌耀的《我的一份“业务自传”》和骆一禾、张玞的评论文章《太阳说：来，朝前走》，而没有昌耀的一部诗集或一首诗歌作品。在《新诗史》评价昌耀早期的写作取向和诗歌创作的艺术成就时，依据的文本是昌耀在 1979 年以后发表的改写后的“旧作”，并没有参考早期公开发表的作品。

◇ 在《新诗史》评价昌耀早期的写作取向和诗歌创作的艺术成就时，依据的文本是昌耀在 1979 年以发表的改写后的“旧作”，并没有参考早期公开发表的作品。

此种做法，首都师范大学的王家平教授曾在 2003 年针对洪子诚的《中国当代文学史研究讲稿》一著中提到的写作方法进行过深入的讨论，并对文学史评价 1950—1970 年的“地下写作”的方法深感忧虑。[①] 然而，在 2007 年出版的著作里，还存在对此问题的漠视，刘志荣的《潜在写作 1949—1976》[②] 在论及昌耀的一章中依据的文本是昌耀出版的三部诗集《命运之书》（1994）、《昌耀的诗》（1998）、《昌耀诗文总集》（2000），从其引证的文本看，他似乎并

① 王家平：《诗与史的纠葛中的文学史写作——评洪子诚的〈问题与方法：中国当代文学史研究讲稿〉》，载《文艺研究》2003 年第 3 期。

② 刘志荣：《潜在写作 1949—1976》，复旦大学出版社 2007 年版。

未收集、考证昌耀早期的诗作。就连近年出版的研究昌耀的专论，此问题还持续存在，而燎原先生早在《昌耀评传》中做出了提醒。

因此，梳理昌耀诗歌研究中的一些问题，正是为了回溯到中国当代文学史和作家作品研究中可能一直被忽视的问题上。我在此仅讨论了昌耀研究中存在的琐碎问题，希望的是能证明在如此小的范围之内的研究中，仍可观察到当代文学史写作和作家作品研究中的某些偏失。事实上昌耀创作中值得思考的现象有很多，比如：当下写作当代文学史应该如何处理作家作品与意识形态、文学环境、文学史之间的复杂关系？此后任何对作家作品的研究，都应该历史性地将当时的社会、政治、文学要求对作家创作的影响置于时代背景与文学传统的双重关系中考察吗？在这样的研究中，我们应该以什么样的态度探究作家创作与文化动力、时代氛围、文学史之间的复杂关系？还有，我更关心的是，文学史如何呈现作品的文学魅力和精神？

白昼燃明灯，大河尽枯流

——谈当下作为“症候”的知名诗人的长诗写作

长诗写作，在近几年来很令人瞩目。一批20世纪80年代成名的诗人，柏桦、欧阳江河、萧开愚、西川等都陆续有长诗作品出现。据笔者与一些诗人的私下交流得知，还有不少人正在写作长诗的进行中，或许很快就会有另一批文本出现。诗人们的意图在长诗文本中毕露无遗：柏桦在重启某种中国文人士子的内在追求，欧阳江河试图为我们这个民族重塑某种崇高精神，西川用新历史主义的态度以诗歌完成一部近现代中国社会的百科全书，萧开愚似乎要站在地方志的某个支点上把脉当下社会的种种症候。至于技巧上更是令人眼花缭乱，可谓穷尽了现代诗歌写作的种种，这其中有对百科全书式巨大文本的追求，有对元诗歌写作的探索，更有创造史诗写作的幻象……这些长诗一经推出，皆在诗歌界引起很大的轰动并获得广泛的赞誉。[①]

---

① 柏桦的《水绘仙侣 1642—1652：冒辟疆与董小宛》获得第十六届柔刚诗歌奖，该作由东方出版社2008年5月出版；欧阳江河的《凤凰》赢得了知名文人李陀、格非、吴晓东、翟永明等人的高度称赞，该作先是发表于2012年《今天》“飘风专辑”，很快在2012年10月由香港牛津大学出版社出版，后由中信出版社2014年7月推出注释版；萧开愚的《内地研究》被认为“创造了一种文白夹杂、骈散交替的特殊语体，（转下页）

然而，作为一个阅读者，我感受到的却是这些长诗文本里面普遍存在着一些问题：首先是语言的美感变得极为艰难，其次是言说的诗意极为扭结，再次是经验的内化非常生硬，同时也没有接收到“负审美”或“恶之力”应该带来的震惊。此外，我个体对诗歌文本真实感受与已有的某些知名评论家的观点也存在很大偏差，比如被赞誉“当代史诗”的文本，而我恰恰认为是反史诗的。因此，本文以几位知名诗人最近几年的“长诗”文本为例，分析他们的写作特点、诗体模式和审美属性，并非是一次诊断，仅是期望了解当下长诗写作的因由与现象，并诚实地说出自己的观察与疑惑。

一 “元诗歌”还是“导游解说员”?

◇ 这些长诗文本给我留下的第一个深刻印象，是大量的、事无巨细的注解和过度阐释。

这些长诗文本给我留下的第一个深刻印象，是大量的、事无巨细的注解和过度阐释。欧阳江河注释版的《凤凰》一书中，吴晓东教授的“元批评”几乎对每个句子都做了注释，详细介绍了该诗创作的起因、经过以及每句诗可能包含的指向与意义。柏桦在长诗《史记：1950—1976》中加了更多的注释，有对那个历史阶段出现并风行的词语的梳理，比如“检查”“革命”“老三篇”“政治学习”“不爱红装爱武装”“大寨”“神仙会”“斗私批修”“革命委员会”等；有对某些事物在中国现实生活中的特殊性进行放大，如

（接上页）它的伸缩性、扩展力极强，能波澜运势，将描写、考辨、讽刺、质询、想象，贯通于盘旋的语言气脉之中”（姜涛语）。该作由广东人民出版社2014年11月出版；而西川的《万象》是以“诗歌的方式去严肃应对重大的思想、历史、政治问题，锻造‘此时此地’的历史想象力”,[姜涛《诗歌想象力与历史想象力——西川〈万寿〉读后》,《中国诗歌》(第37卷)]。该作发表于2012年《今天》“飘风专辑”。与西川《万寿》同期刊登的，除了欧阳江河的《凤凰》，还有北岛的《歧路灯》与翟永明的《随黄公望游富春山》。由于北岛《歧路灯》中存在着与欧阳江河《凤凰》很类似的问题，而翟永明的《随黄公望游富春山》中呈现的问题样态在柏桦和西川的诗歌中更突出。所以本文主要论述的对象是柏桦、欧阳江河、西川和萧开愚，仅是典型文本的选取，并不意味着他们所呈现的问题只是他们个人的问题，相反，这恰是一种相当普遍的现象。

“掏粪工”“厕所”“赤脚医生”等；更不缺个体生命经历的复述，比如“上学”等。而他的《水绘仙侣 1642—1652：冒辟疆与董小宛》（以下简称《水绘仙侣》）一书由四部分组成：序（江弱水作）、一首长诗、99 个注释、一篇近 3 万字的评论式附录（余夏云作），其中的 99 个注释多达十几万字。

诗人如此大量地使用“注释”，其目的何在？欧阳江河说，他的意图是恢复某些“中国的古传统”，并提高阅读诗歌的门槛，“这个恢复（中国古传统的努力）又把这个注、批评、阐释、阅读、开放性，包括李陀的两个序放在里面，构成了一个词序的序列，这个序列非常有意思，呈现了一种多样性和开放性。而且某种意义上讲，也是提高诗歌文本阅读的门槛，不是降低。”①

柏桦的意图，则是达到“精确”：“我需要经手处理的只是成千上万的材料（当然也可以说是扣子），如麻雀、苍蝇、猪儿、钢铁、水稻、酱油、粪肥……这些超现实中的现实有它们各自精确的历史地位。在此，我的任务就是让它们各就各位，并提醒读者注意它们那恰到好处的位置。如果位置对了，也就勿需多说了，犹如‘辞达则矣’。”②

从几位诗人的创作意图和文本实现看，他们都有着明确的诗学意图，其中之一是探索“元诗歌”的创作。但其效果如何？我们以柏桦的创作为例。按照张枣的说法，柏桦是从一开始写作就具有“元诗歌”意识的诗人，他敢于“展露写者姿态和诗学理想，并使其本身成为最具说服力的人文感召力的诗意暗喻”。③《史记：1950—

①《打开：欧阳江河、吴晓东、李陀、徐冰谈〈凤凰〉》，http://new.ifeng.com/a/20140... 2014-07-08。

② 柏桦：《史记，20 世纪 60 年代》，载《大家》2010 年第 9 期。

③ 张枣：《朝向语言风景的危险旅行——当代中国诗歌的元诗结构和写者姿态》，载《上海文化》2001 年第 1 期。

◇《史记：1950—1976》与《水绘仙侣》这两部著作中，柏桦所引资料包括文史哲与报章杂志，看起来很是详赡，似乎要在“互文”中完成对某种历史本质或人之本质的呈现。

1976》与《水绘仙侣》这两部著作中，柏桦所引资料包括文史哲与报章杂志，看起来很是详赡，似乎要在“互文”中完成对某种历史本质或人之本质的呈现。从文本来看，柏桦做的互文工作主要是“引证”：《史记：1950—1976》引证的文本主要是旧报刊杂志；《水绘仙侣》中“诗”的部分引证的前文本是冒辟疆的《梅影庵忆语》，“注释”部分引证的前文本主要是胡兰成的著作，具体到不同的方面则是引证各方面的名人名作，“心理时间”这样的哲学命题引证柏格森，现实主义方面引证杜甫，浪漫主义方面引证李白，现代主义方面引证艾略特、布罗茨基……从叙述意义上讲，这四个部分是相互参照的，序言与诗歌，诗歌与注释，评论与诗歌，评论与注释，都在互相说明，呈现出的是一个几乎没有歧义的大解说。以文本为例：

家居[25]
人之一生：春夏秋冬[26]。
很快，你发现了新的喜乐：
女红。饮食、财务及管理[27]。

子曰：“仁者静”[28]。
你就在静中洒扫庭除[29]并亲操这份生活。
“其德性举止，乃非常人。”[30]

家务是安详的，余闲情也有情[31]：
白日，我们在湖面荡舟。
逸乐和洗钵池[32]最让人流连；
夜里，我们在凉亭里私语，

直到雾重月斜[33]，
直到寒意轻袭我们的身子[34]。
曾记得多少数不清的良夜，
你长饮、说话，若燕语呢喃[35]，
而我不胜酒力，常以茶代酒[36]。
有时，我们又玩别的游戏，
譬如读诗或抄写[37]：
“人闲桂花落，夜静春山空[38]。”
这一切不为别的，只为闻风相悦[39]，
只为唯美，只为消得这水绘的永夜[40]。

“家居”这部分中，共有三小节20行，注释为15个计30个页面。我们先来分析文本，然后观照注释及注释与文本的关系。

就文本内容来讲，并不存在阅读上的障碍，每个句子都清楚明白地在转喻的横向轴上指向了“爱情与婚姻”完美结合之后的美满状态上，这一美满状态覆盖的范围，既有日常柴米油盐的“安详”，也有琴棋书画的“闲情”，既是举案齐眉又是两情相悦。这是对一种理想婚姻的描述，你情我浓并无特异之处。

文本诗意则极为平淡。语言上可以说是陈词滥调的汇聚，选用我们已经形成惯性思维的词语来指向所谓的“人生”“女德”“闲情逸致”“恩爱”“风情卓绝”时，完全没有对这些词语涵义进行新维度上的开掘。结构上，第一小节看似挪用了一个大词“人生”，把整个结构置于大命题之下，第二小节在伦理的赞扬中把叙述对象置于光辉之下，然后第三节平铺而下地讲述了一对有情人终成眷属之后的“理想生活”，节与节之间的勾连很平淡，毫无曲折与张力。而这种理想生活，不过是一个未亡人对逝者的追思罢了。

◇ 语言上可以说是陈词滥调的汇聚，选用我们已经形成惯性思维的词语来指向所谓的“人生”“女德”“闲情逸致”“恩爱”“风情卓绝”时，完全没有对这些词语涵义进行新维度上的开掘。

从技术性上讲，或许可以称之为是注解性元叙述。柏桦的注解性元叙述不止是一个局部技术，除了对一个词汇、一句话、一段文字、一个人物或一个事件完成叙述后要加一段甚至是一篇注解说明去补正含义之外，诗人还不断地直接站出来去揭示他之所以要注释的动机，对所言之物进行揭伪示秘。这样做的效果，明的是把两个文本放在一起进行比较，暗的是把隐喻意义、象征意义含在里面。在其逻辑关联上，是按照时间的连续性，从古论到今，对不同时期的同一事物进行比对，把事物内在的矛盾性与一致性的东西凸显出来，想从本质上揭示时代、命运、人物具有的普遍性。

可这节诗歌文本多达30个页面的15个注释里，是繁复细致地讲述其对“家居”“人生”“女红”“饮食”“女德”“闲情”等事物的理解，期间洋洋洒洒地引证中国古典诗文《春日田园作》《鸟鸣涧》（王维），《陇西行》《新嫁娘》[①]（王健），《诗经·雍也》，《客至》《江汉》《宿府》（杜甫），《逸园放生歌》（施闰章），《幽梦影》（张潮）等，西方经典诗歌文本《白夜》（帕斯捷尔纳克），《论闲逸》（蒙田）等，现代才子佳人胡兰成和张爱玲（胡的《山河岁月》与《禅是一枝花》，张的《自己的文章》），以及诗人自个儿的一些相关短诗，当然还有其前文本冒辟疆的《影梅庵忆语》与李孝悌的《恋恋红尘：中国的城市、欲望和生活》。这些前文本的指向皆在说明董是一位“德艺双全，福慧双修”的好女子，这个好女子不仅“好”在其美貌资质与持家才能的卓绝，更“好”在同时能把俗常的家庭生活打造得充满甜蜜的、诗意的、醉人的艺术气息。

---

① 这首诗的引用中，把“三日入厨下，洗手做汤羹”，解释为“她连续三日下厨房为婆婆做羹汤”。但这原是传统婚俗，新嫁娘在新婚第三日入厨做菜肴，既是新嫁娘谨侍公婆的表态，也是新家庭对新人的能力检测。诗人在这里似乎对中国传统婚俗中最基本的礼节都不清楚了。参看柏桦《水绘仙侣 1642—1652：冒辟疆与董小宛》，东方出版社 2008 年版，第 74 页。

但我们知道，即便没有这些注释甚至没有诗人的重新讲述，我们仅仅根据关于董小宛的种种传说也会获得这些知识，柏桦的这些材料不过是增强了一点儿已有的固化的印象而已。当柏桦把这样一堆历史材料转化为诗歌文本的过程中，其目的自然不仅仅是再次复述一下故事而已。我们再来看诗人的目标。

◇ 即便没有这些注释甚至没有诗人的重新讲述，我们仅仅根据关于董小宛的种种传说也会获得这些知识，柏桦的这些材料不过是增强了一点儿已有的固化的印象而已。

柏桦说《水绘仙侣》选择晚明冒董二人的小世界是要“对个体生命做一番本体论的思考”，并阐释“逸乐也是一种文学观”。因为他认为“逸乐作为一种合情理的价值观或文学观长期遭受道德律令的压抑，我期望这个文本能使读者重新思考和理解逸乐的价值，并将它与个人真实的生命联系在一起”。[①] 那么诗人是否实现了他的目标呢？

“逸乐”精神，不是今天的发明，这是中国文人骨子里的情结。“逸乐”在宋代达到了一个它的顶峰，这和当时的文化经济社会语境都有极大的相关性，到明末时再次掀起风潮，其中却有许多“不得已”的情愫在里面。因为在晚明时期，“逸乐”作为一种相当普遍的生活状态是和当代的社会价值、人生理想、生活观念的嬗变保持着历史的一贯性。由于政治避祸和经济发展，士人阶层逐渐出现了一种“生活美学”的观念，如以钱谦益、陈继儒等为代表的提倡“一人独享之乐”的精致优雅的“生活美学”，以李渔等为代表的倡导以“闲情”和“慧眼”看待生活、经营生活的“大众生活美学”。这些上层文人士大夫成为探索和践行“生活美学”的主体力量，投身于个人化的日常生活、物质体验中，以“快乐”为人生和生活的主题，追求感官和趣味的满足，并影响了整个社会风气。[②]

① 柏桦：《逸乐也是一种文学观》，载《星星诗刊》(上半月刊) 2008 年第 2 期。

② 赵强、王确：《“物”的崛起：晚明社会的生活转型》，载《史林》2013 年第 5 期。

◇ 才子佳人的风流缱绻一旦变成了夫妻恩爱，那么精神上的自由与感官的愉悦便自然而然地转换为操持家务的辛劳和遵守婚姻契约的约束，“逸乐”最本质的精神也便荡然无存了。

诗人选取的是秦淮名妓“董小宛”与江南才子“冒辟疆”为叙说对象，这里面就有极大的矛盾性。才子佳人的风流缱绻一旦变成了夫妻恩爱，那么精神上的自由与感官的愉悦便自然而然地转换为操持家务的辛劳和遵守婚姻契约的约束，“逸乐”最本质的精神也便荡然无存了。我们也很容易发现，尽管诗人竭力以展现冒董二人（以及他们身边的小圈子）的优雅与逸乐，把一对才子佳人的爱情泯化到“对于时光流逝，良辰美景以及友谊和爱情的缠绵与轻叹”。我们偏偏看到了怀才不遇的忿忿不平与落落寡欢，其实晚明士子才人在追求“个性解放”“反对传统”的浪漫行动中（周作人的观点）总是深藏着“关心世道”“佩服‘方巾气’”的纠结（鲁迅的观点），即便是李渔那样的生活艺术家，也不过是“用狡狯伎俩，作游戏神通”。

那么，这里所谓“逸乐”精神的重说、解说，以及不厌其烦的细节设计，除了起到提供信息的作用之外，还有什么？或许诗人所想达到的是艾柯所言“双重译码”的效果：一方面诗人对其他著名文本的直接引用，或是对那些文本的几近直白的指涉；另一方面直接向读者发话，体现文本对自身特质的反思，意图实现同时照顾“少数精英和普通大众”的效果。① 其实诗人是用互文也好，用元叙述也好，都好理解，因为互文不仅仅是写作的一种现象，也是写作的基本机制和存在原因。在创作之前进行互文性构思，说明作家有明确的意识要在一个宽广的视角下利用更充分的资源去创造一个具有综合性包容性的巨著，但是另一方面，也可能会使创造性个性化的东西减少。那么，一个文本中使用“注释”，最基本目的应是在文本中发挥它的有效性。

---

①［意］安贝托·艾柯：《一位年轻小说家的自白——艾柯文学演讲集》，李灵译，广西师范大学出版社2014年版，第37页。

但《水绘仙侣》的许多注释让人困惑，它是为了使文本更深刻、更复杂、更丰富？或是为了起结构上的、意义上的“关节”作用？或是为了制造某种非注释不能达到的效果？这些似乎都没有达到。退而求其次，它拟想的读者是谁？不熟悉中国历史和文化的外国人？未来的可能对历史模糊的中国人？固然读者以及潜在读者的在场或者缺席并不重要，然而如果文本本身的写作意图并不明确进而呈现出含糊和雾化的样态，究其原因就是因为诗歌文本本身并没有形成一个完整的场。显然，今天的读者对那些被注释的“事物”并不陌生，但诗人像个热情的“导游解说员”，生怕我们对眼前的风景缺少发现、不会欣赏，不厌其烦地在那儿指指点点，不时地制造陈词滥调的暴力灌输，比如那些反复解释的“春夏秋冬”“仁者静”“洒扫庭除”“燕语呢喃”“闻风相悦”等词条，最终成为毫无张力和艺术感染力的废料。

二 “历史想象”还是“提线木偶”？

西川也是一个对“晚世”怀有特别兴趣的诗人。如果说柏桦倾情“晚明”想写“一部古代中国文人思想和生活的总志”，[①] 那么西川则要依托“晚清”完成一部近现代“中国社会的百科全书”。如果说《水绘仙侣》是在展现历史风云际会中诉说个人的命运与际遇，《万寿》则更像是有意展现一个覆盖从晚清到现代的历史事件、风俗习惯、风云人物共时的历史场面。

现代文学中百科全书式的文学创作，最开始是在小说领域，“现代小说是一种百科全书，一种求知方法，尤其是世界上各种事体、

① 江弱水：《文字的银器，思想的黄金周》，载《水绘仙侣 1642—1652：冒辟疆与董小宛》，东方出版社 2008 年版，第 9 页。

人物和事物之间的一种关系网。”[①] 其出现的一个原因，是在“传统现实主义衰落之后，对叙事的多种可能性进行试验的一种方法，也是小说在各种各样的现代知识体系和现代传媒中寻找自身新的价值的独立价值的尝试。”就像在普鲁斯特、卡尔维诺的小说中，“对生活经验的叙述性探索与对叙述形式本身的探索构成了小说的双重主题。”[②] 当这样一种探索方式用于现代诗歌中，会产生什么样的效果呢?

◇ 西川似乎有着新历史主义的批评意识，他对历史进程中零散插曲、轶闻轶事、偶然事件、异乎寻常的外来事物、卑微甚或不可思议的情形等事物都有着特别兴趣。

西川似乎有着新历史主义的批评意识，他对历史进程中零散插曲、轶闻轶事、偶然事件、异乎寻常的外来事物、卑微甚或不可思议的情形等事物都有着特别兴趣。《万寿》涉及到的历史事件至少包括：慈禧太后的六十大寿、太平天国运动、传教士入华引起的中西文化交流的变化、印度与鸦片贸易、革命政变等；文化现象：戏园子（戏子）代表的黑白两道、黄色读物与文明的多样性、天象预兆、“土产”的资本主义的萌芽及夭折、男扮女装的戏剧艺术等；风云人物：康有为、郑孝胥、庄士敦、利玛窦、康熙、艾儒略、洪秀全、萧朝贵、赛金花、裕隆、慈禧、辜鸿铭，还有得了诺奖的莫言。如此包罗万象，目的是“有意要进入历史内部，有意揭示交织在中国近现代历史内部复杂的人性、文化逻辑”。[③] 这是常见百科全书式文本的雄心，他也着力于去抓取这些内容：

①扮作小媳妇的人挺不出乳房却准备登场，

---

①［意］卡尔维诺：《未来千年备忘录》，杨德友译，香港社会思想出版社1994年版，第74页。

② 耿占春：《叙述美学——探索一种百科全书式的小说》，郑州大学出版社2002年版，第75页。

③ 姜涛：《诗歌想象力与历史想象力——西川〈万寿〉读后》，载《中国诗歌》2013年第1期。

头戴点蓝银凤冠，手持红缨枪又叫长矛。
为假女人叫好，乃戏园子传统之一。
②小鸡巴头一点儿胭脂红。
小灯笼里的小火苗照着个小小的读书人。
黄色小说装点伟大文明。——只有自己人知道。
③康有为作《大同书》，娶小老婆，
泛舟西湖复活了苏东坡泛舟西湖的情景。
文明的两面：大老婆和小老婆，有如孔孟之道和黄色小说
④海关大楼里坐着忠心耿耿的英国人，
罗伯特·哈特。
比中国人还中国人的外国人傍着青花瓷打盹。

这些历史细节或许在“创造性”的意义上可以被视为“诗学的”，“因为它们对在自己出现时占统治地位的社会组织形式、政治支配和服从的结构，以及文化符码等的规则、规律和原则表现出逃避、超脱、抵触、破坏和对立。”[①] 那么诗人在叙述历史时把过去的事件转变为一种叙述策略时，目的何在？西川说，是让它“帮助我们再一次想象这个世界和我们的生活”，帮助我们与“其他文化对于世界和生活的想象”展开“真正的对话”，甚而进一步与“自己展开对话”。[②]

愿望固然是好的。可是柏桦汇聚着衣食住行、经济文化、社会风尚的互文性文本《水绘仙侣》与西川新历史主义观照下的《万

① [美] 海登·怀特：《作为文学虚构的历史文本》，载张京媛编《新历史主义与文学批评》，北京大学出版社 1993 年版，第 106 页。

② 西川：《传统在此时此刻》，载《大河拐大弯：一种探求可能性的诗歌思想》，北京大学出版社 2012 年版，第 26 页。

寿》《潘家园的旧货市场》，为何没有产生“百科全书式”的力量，反而变成一种信息的堆积与循环重复、复制甚至戏谑？

固然这和当下语境有关，我们今天新技术时代，借助电脑网络，各种信息传递似乎都变为即时的了。我们如果为了获得“知识”，文学文本肯定不是唯一的也不是最便捷的，如果不能进行新知识的传递，“百科全书式”其实是无效的。此外，百科全书不仅仅是知识的汇编，狄德罗编写《百科全书》时，汇编的不仅是知识，他更是从涌现的大量新知识中看到了所处时代的症结所在。诗歌创作中，将历史、社会、时代做一个百科全书式的聚合则特别需要个人功力的驾驭，不仅要把思想、精神、材料、词汇等元素完美融合在一起，且要成功地转化为诗歌经验。

◇ 百科全书不仅仅是知识的汇编，狄德罗编写《百科全书》时，汇编的不仅是知识，他更是从涌现的大量新知识中看到了所处时代的症结所在。

《万寿》的问题恰恰在这里。从内容上来讲，尽管诗人试图把晚清至现代的人物、风俗、事件涵括在一起，可他是以直接植入的方式把它们简单罗列，一个事件与另一个事件并不形成意义上的呼应或对峙或增殖或消解等关系，更像是一种无序的堆砌。杂乱的历史材料在未经加工的状态下是无意义的，一组特殊的历史素材在诗人的想象建构和经验提炼中，无疑需要赋予特殊的意义，“从纯形式的角度来看，历史叙事不仅是对其所报道事件的一种复制，而且也是一种复杂的象征系统，它指引我们在我们的文学传统中找到有关那些时间结构的一种像标。”[①] 可在《万寿》中，诗人给予他所罗列的历史人物、历史事件、历史情形的态度与情感，多半时候是模糊的暧昧的。比如说，作为士大夫的康有为一面“作《大同书》”一面“娶小老婆”这样一种具有象征意义的行为，原本是可以引导我们去发现与此相关的文化、文明、习俗等一系列现象背后的本

① [美] 海登·怀特：《作为文学虚构的历史文本》，载张京媛编《新历史主义与文学批评》，北京大学出版社 1993 年版，第 106 页。

质，然而诗人却把它简单地归结为“文明的两面”，并用“大老婆和小老婆”与“孔孟之道和黄色小说”作为戏谑。这是他语言的一贯作风，随意混合“箴言”语式与油滑修辞：一方面通过复述历史中某些通常被认为是至关重要的事件把语言制作成一本正经的警世箴言，一方面又通过抖露各种历史八卦和小段子把语言变成毫无重量的油嘴滑舌。诗歌不是不可以幽默，但它至少不能沦为轻浮好笑的段子，诗歌中幽默运用得好时完完全全可以直抵我们心底最柔软的地方，而不是油嘴滑舌地把语言上、诗意上、观念上的“轻”和“重”不加分类地随意抛掷。

◇ 这是他语言的一贯作风，随意混合“箴言”语式与油滑修辞：一方面通过复述历史中某些通常被认为是至关重要的事件把语言制作成一本正经的警世箴言，一方面又通过抖露各种历史八卦和小段子把语言变成毫无重量的油嘴滑舌。

与此同时，更要命的地方是该文本因为在“戏说历史”中的游戏态度，呈现的是“破碎且无创见的历史观”，既然文本选择从晚清到现代至当下这段时间作为历史语境，那么与文本同时复现的那个时期有关的一切事物的名称，都应不同程度地承担着诗人对这一段历史的某种理解甚或思索，但“从该诗中丝毫看不出一个写作者本应有的对晚清以来历史的深刻理解或洞见”。①

最后，作为诗歌创作，诗人理应很清楚，不是所有的历史素材都可以转化为诗歌素材，可以转化为诗歌的素材也不是简单地排列下去就可以结构为诗。诗歌从本源上讲，不管选用何种材料作为言说之物，其关键的地方是材料要在每一处发挥其诗意，局部的诗意还必须相互应和着形成一个整体的诗意。如果仅仅是传达一些历史信息、一些逸闻趣事，完全可以用其他的表述方式，比如历史传奇或历史演义，在这一点上，它们似乎更有效。然而《万寿》却“类似于一篇篇用诗写成的读史札记”，仿佛是从一个历史的书袋中抽取的一些卡片，被诗人变戏法般要成了一把扑克牌。其“诗歌想象

◇ 诗歌从本源上讲，不管选用何种材料作为言说之物，其关键的地方是材料要在每一处发挥其诗意，局部的诗意还必须相互应和着形成一个整体的诗意。

---

① 张桃洲：《近年来诗歌的观感及反思——一份提纲》，载《红岩》2014年第3期。

力”与“历史想象力”几乎没发生有效的关联，我们既不能通过细节去证明“到底发生了什么”，也不能从大的意义上（如国家、民族和文化）去把握那些值得我们把握的人类传统与记忆之物，就连反思的依据也被嬉笑掉了。那么重构历史、重述历史、想象历史，有何意义？

西川在一篇访谈中也无意中透露过写作此事物的隐在动因：“我现在就实话跟你说：头两天有一个芝加哥大学的学者到我们那儿交流，他讲到当代艺术和现代艺术的区别。据他的看法，当代和现代的区别首先在于：当代艺术具有历史指涉，也就是多多少少你得处理政治问题；现代文学和艺术才只处理文学艺术问题……你走遍全世界，所有好的作家、诗人都在谈这个东西，你可以说我不进入，那好，那你就别着急了，说怎么不带我玩儿啊？对不起，不带你，因为你不关心，不谈论这个。”[①] 此段心声不仅显示出作为一个诗人的西川不仅没有作为一个诗人应有的骄傲的自主性意识，更有着流俗与轻易被误导的倾向。走向群体意味着个体的消亡，诗歌恰恰要处在“个体性”的基础上。被动仓促接受某种貌似主流的思考，于是诞生了仓促写就的蹒躄文本。而且，于诗人说来，似乎自己俨然成了一个先锋人物迈出了关键的一步，向着“优秀作家和优秀诗人”高歌前进了——借用“历史”/“传统”作为“想象”的支点去开扩人类的认知范围。然而这个噱头中遮掩的恰恰是想象力的危机，“历史”像一个“提线木偶”被提溜着随意要弄。

三 “超觉接触”还是“信息堆积”？

萧开愚早就谈论过这种写作现象，“很久以来，我们写作的资

① 西川：《答徐钺问》，载《大河拐大弯：一种探求可能性的诗歌思想》，北京大学出版社2012年版，第220—221页。

料主要出自三个方面，风景、爱情和书面文献。我们巧妙地用修辞术改造了风景、爱情和各类文学或历史典故的含义，使其变得美丽中藏有‘恶意’。诗人的改造将诗作制造成曲折、隐蔽、晦涩而又人人能懂的象征系统，作品的确因为‘全体隐喻’而多了一层意思，诗人的兴趣点多数布置在暗指的一层意思上，但是其弊端显而易见，我们无法在作品遇到正面写作必然陷入的困境和阶梯，换言之，风景和爱情作为屏障遮蔽了诗人本来想要看见观察、透视的目标区域，爱情和风景反倒成了粘满污汁的牺牲品。”[①]

当一些人扭过脸不去理睬现实土壤中暗藏的沟壑，以便返回前工业时代的那种安全的社会环境、风俗、神话或语言风格的时候，萧开愚曾把目光锁定在极具难度的“地方性”上。在回到地方性或者说以地方性为立足点处理我们的生活方式、风俗习性、伦理关系、生产方式、人际关系以及物种、气候、风土、血缘、家庭等生命经验之过程中，萧开愚要探讨的是地方秩序中深层的生理与心理结构，以便摸索到人性恶变的病因。

◇ 当一些人扭过脸不去理睬现实土壤中暗藏的沟壑，以便返回前工业时代的那种安全的社会环境、风俗、神话或语言风格的时候，萧开愚曾把目光锁定在极具难度的“地方性”上。

他的长诗《内地研究》从某种程度上来说延续了之前的《破烂的田野》，同样指向当下我们所置身的时刻，不过却进行了挖井钻头式的开掘。该诗对河南、山西、陕西三地展开“调查”：以“地质队”混合着“考古队”方式，进行一场关于文化、经济、政治、工业和人的“无律反复”，对其“兽性流动和自毁豹变因缘”进行“超觉接触”。虽然明确把“内地”限定在河南、山西和陕西这三个省，但我们知道所谓的“内地”在中国其复杂性是超乎想象的，尤其在涉及政治和文化方面。这块区域在中国传统社会中，原本是一个“核心”地区，而在新时期（尤指20世纪80年代以后）却发

◇ 虽然明确把“内地”限定在河南、山西和陕西这三个省，但我们知道所谓的“内地”在中国其复杂性是超乎想象的，尤其在涉及政治和文化方面。

① 萧开愚：《当代中国诗歌的困惑》，载《读书》1997年第11期。

生了断断续续的变化，像一种慢性病。比如说传统文化和生活习俗，其演变过程从未有像沿海地区那样迅猛，也不会像边疆地区那样坚固，海外的风即便是猛烈凌厉的，在吹遍了沿海地区之后进入内地也早已减势为轻风一缕，它可能会使身体发肤有所感知，但很难吹到人的心窝和脑袋中去，从城市吹到乡下又得一些时日，你很容易发现，新事物虽不断出现，但旧的习俗巍然屹立，就像穿着婚纱的拜天地。

正是这种缺乏确切的传染性生物病因，此地域如果产生病变，其病症会很复杂，“从豫东到豫西，并没移植到南方的戾气，在囫囵的午睡中，在忘我的夜睡中，很多地方在争吵中，在谅解中，一个接一个一样地解体容积。”在这样的一个地方，经济运作、社会风气以及思想意识，都是探不到底的“渊薮”：农业种植在科技致富的掩饰下进行的是恶性破坏，财政数据在政策条文的编织中真假难辨，工业建设在“蛮性翻覆”中全是漏洞，传统文化和道德礼仪在贫穷的羞辱里摇身为廉价的娼妓……这些“渊薮”每一个都被装饰得流光溢彩，流光溢彩之下却是一个被各种病毒交叉感染的接近枯槁的实体：

略加辩识，谨以河南为例。

只有河南，财税立项透明。

黄淮汉海四大水系，授受上下东西两股利益。郑州适中稠密，市县记得根基，过亿忧患籍贯尔尔，早睡继以晚起，日常的厉害只是日常经济的一点警惕。钱国玉厅长的报告排除经济反驳派的危耸，怠慢农业披沥的怔忡。不弄沿海的高，但捋平中的层，为葱茏这些薄田和薄面，轩轾那些纵横和中计。

税收占一般预算收入的比重低。

1994 年，87.6%，2006 年，69.5%。

县级落到 56.7%，矮于全省 12.7%。

县级非税收入窜升，

小税种税去的结合未获留意。

主体税种长得快不及税收总量长得陡，年减 2% 以上，与国均维持 3% 的差距，

财政岁入赫然不稳。

土地的使用税、增值税和耕地占用税，2004、2005、2006 年，狂突 118%、58.4%、61.9%，立椎开掉的低头和房子销掉的举头并不计作亏损。

莫非无产者的老本不抵成本？

无产者的本金是他的泥巴身体，

每枚硬币洞穿了一具。

该诗的五个部分中，前四个部分中很多细节是由政府报告中的财政报告、经济指数、工业建设、农业发展与少年犯、艾滋病、黑煤窑等新闻事件转述而来，第五部分以附录的形式，命名为“五个动机的无律反复”。哪五个动机？我个人认为是对政治、经济、文化、社会、人性的一个“调查研究”（尽管诗人说对应的是“金木水火土”）。此文本具有强烈的新闻气息，其中关于“少年犯”的转述直接来自于一个新闻报道，关于 GDP、税收立项、高铁建设、转基因农作物、上访、矿难、生态环境等材料的语式、节奏、叙述策略以及抒情方式，都有新闻体的强烈气息。为何要以“新闻报道”为次级文本？按照本雅明的说法，“新闻报道的价值无法超越新闻之所以为新闻的那一刻，它只存在于那一刻，即刻向它证明自

己存在的价值。”[①] 萧开愚是要以用这种本质上荒诞、虚构的即时性材料作为诗歌材料，从看似各不相关的事物中，呈现出一个地区（内地）的“日记”？当然，萧开愚的抱负不止于此，“三地本是留白，影射旁边的硬黑，/ 顺带四面边缘，层级深阔的空缺。”“内地”的问题绝不是一个地区的局部问题，至少它是一种普遍的蔓延在各处的问题。

◇ 可见《内地研究》想做的是要把宏观的结构框架（上层建筑）与个人环境之间的相互作用、这个框架的变迁以及它对个人环境所造成的影响，全景式地展示出来。

可见《内地研究》想做的是要把宏观的结构框架（上层建筑）与个人环境之间的相互作用、这个框架的变迁以及它对个人环境所造成的影响，全景式地展示出来。就像威廉姆斯的长诗《佩特森》，发掘出地方、文化、经济、技术等社会因素之间盘根错节的过程中所构成的合力是如何形塑了一个人“佩特森”（和一座城）的境况。确实，威廉姆斯塑造的佩特森的自我形象、他的良知以及心智的成长，他的恐惧、憎恶、爱恨情仇等情感和心态，都和他所处的社会生活历程和社会情感密切相关。但萧开愚所塑造的盗窃集装箱的“少年犯”与“内地”却都不算很成功，我个人认为，其中的一个原因是他没有把新闻话语转化为诗歌话语。

◇ 诗歌对不连续性事物的并置，则需要在一个确切的时间尺度或确定的语境中赋予事物一种内在的关联以及新的意味，诗歌中的时间性不仅仅是一个隐喻的使用，更是形成隐喻的过程。

在新闻和诗歌的叙述技巧中，尽管都可以对各种事件进行突兀并置或罗列，但二者之间是有本质差异的，比如说时间性，时间性是新闻事件本身最主要的一种构成要素，可新闻的时间性是最缺少真实性和同时性的，山西的矿难事件、河南的假药制作事件、上海发生的少年抢劫案、西安发现的古墓群、地方政府推出的税收改革，这些事件在新闻话语中并置一起时并不构成真正的联系，它们可能来自各自的历史时间层。而诗歌对不连续性事物的并置，则需要在一个确切的时间尺度或确定的语境中赋予事物一种内在的关联

① [德] 瓦尔特·本雅明：《经验与贫乏》，王炳均、杨劲译，百花文艺出版社 1999 年版，第 253 页。

以及新的意味，诗歌中的时间性不仅仅是一个隐喻的使用，更是形成隐喻的过程。

新闻话语下表述的是“事实本身”，语言只是一个透明的媒介，它摈弃一切不能直接交流、直接理解的经验和语言。而诗歌话语则与之相反，“诗歌本身的话语形式比它实际上说了什么更加值得关注”，当“一个诗歌文本向我们‘报道’一件事情或一个时刻，不是把它变成一个自命的、概念性的和已知的事件，而是模拟这个时刻，显现一个未命名的事物”。当代诗歌对日常事物和日常生活进行模态性的叙述时，是要特别强调感知力的极致深入，“用感知力深入事物的细节，或在不同的层次之间建立起联系，直到这个事物和事件看起来成了一个想象，一个隐喻，以及一种转义形式。”[①]《内地研究》并不缺少细节：

> 我们遵道而行，道而不是道德，
> 我们逐路而居，迁就道路而不使道路迁就我们，
> 我们迁就规划，无视已有，有项目才有活路，
> 我们不管荒谬与否，不问方向，管活不管生活，
> 我们开山，在山上、山下和山间铺铁轨，
> 我们在硝烟中抽烟并且向前，
> 我们沿着铁道进步，在大小火车站周边盖起大小城市，在煤灰和煤烟中排泄和亲嘴，我们方便出来的后代比我们还要还童，还要迷信闪电平铺和雷霆立交，我们修啊修啊，
> 我们赶、趴火车，倒卖鸡蛋和钢材，
> 我们批条子，干部和亲戚，盖章和签名的条子，转弯抹角

① 耿占春：《在经书和报纸之间》，载《叙事与抒情》，中国社会科学出版社 2005 年版，第 298 页。

接头的条子，

我们睡下铺，闻着脚和鞋臭与中和上铺畅谈国运，

我们吞盒饭，三十块降到二十块最后五块，冰冷纯粹地沟，

我们制造黄段子，圣贤与烈妇同着伪善者与卖国贼搞气，

我们平等伦理，超额实现计划生育，我们的黄色不结果……

每一行似乎都一个关注点（拆迁、规划、修路、城镇化、倒卖、地沟油、计划生育等），但这些细节活力却有些不足，因为每一个细节又都是一个概括，而不是一个生命形式，细节中原本沉积的痛感、无助感、绝望感和愤怒，在看似反讽和自嘲的语调中又被化解，反讽又因词语游戏而变得轻飘，“道而不是道德”“管活不管生活”“在硝烟中抽烟”“还要还童”等，很像词语的游戏，可诗人要谈论的却是生活中极为重要的、关涉到我们日常生活的方方面面的问题，而且正因为现实生活中大家不去思考，诗人才越发需要提供严肃的参照。《内地研究》的语言倒不是如新闻语言那样透明，而是人为的晦涩。比如，所选文本中这句“不弄沿海的高，但捋平中的层”，“中”相对于“沿海”是指“中原”？相对于“高”是指“中等”？还是把“中层”拆分开了？这种人为的晦涩给阅读造成的障碍，不是来自于言说之物或语言本身的深度与复杂性，而是词语被任意缩减、增加、组合后造成的不清楚。

◇ 细节中原本沉积的痛感、无助感、绝望感和愤怒，在看似反讽和自嘲的语调中又被化解，反讽又因词语游戏而变得轻飘。

由于语言的晦涩并不深植于内部，它使经验的内化变得极为生硬，这牵涉出来的是新媒介下诗歌创作中信息如何处理的问题。该诗吸纳了很多东西，它涉及政治方面的民主与公平、经济方面的恶性循环、科技方面的不可信任、新媒介方面的虚拟与无孔不入、地方性知识方面的质变，当然时事方面更是包罗万象。或许正是因为它吸纳了太多的东西，过多地把各种信息加入进来，信息本身具有

的对当下问题的关注化解了诗意经验的生成。作为一个优秀的诗人，萧开愚自然清楚要把当下时代的一些敏感的、即时的问题，比如说留守儿童的教育问题、土质水质被污染破坏的问题、虚假经济问题、农民工权益问题引入诗中，就必须对它们进行一番处理抹去它们原本的“问题样态”，把可能是粗糙的或不具有典型性、深刻性、独特性的原态问题转化为具有诗歌活力的诗歌经验，以此达到对“新的感觉混合物”的探索。然而遗憾的是，《内地研究》中许多地方都像是新闻报道的直接平移，虽然里面会不时地冒出几个反讽性的句子（“财政岁入赫然不稳”“无产者的本金是他的泥巴身体”），却也不能将大量的信息引爆为诗意的灿烂烟花。

四 “当代史诗”还是“反史诗”？

欧阳江河的《凤凰》被吴晓东教授称之为肩负起了当代史诗的重任。吴教授的长篇评论《搭建一个古瓮般的思想废墟——评欧阳江河的〈凤凰〉》[①] 为《凤凰》找到的最直接的谱系，是 20 世纪现代诗歌写作中艾略特的《荒原》《四个四重奏》，庞德的《诗章》，威廉姆斯的《佩特森》。对其“史诗品质”从如下几个方面展开的论证：①追求史诗品格的《凤凰》“具有宏大叙事的特征”；②《凤凰》“摒弃了抒情诗类型中固有的抒情主人公形象，拟设了一个与史诗类型相适应的拥有高屋建瓴的观察视角的历史叙述者”；③“史诗追求的宏大气魄还表现在《凤凰》中蕴涵了一种世纪性以及全球化的使命意识”；④《凤凰》“史诗追求的宏大还表现在历史时间的纵深感中”；⑤《凤凰》“为当代生活赋予了整体图式”。此论是否周延？让我们回到诗歌文本。吴教授是以下面这一段文本为例：

---

① 吴晓东：《搭建一个古瓮般的思想废墟——评欧阳江河的〈凤凰〉》，该文为《凤凰》一书的“序”，香港牛津大学出版社 2012 年版。

人啊，你有把天空倒扣过来的气度吗?
那种把存心放在天文的测度里去飞
或不飞的广阔性，
使地球变小了，使时间变得年轻。
有人将飞翔的胎儿
放在哲学家的头脑里
仿佛哲学是一个女人
有人将万古交给人之初保存。
有人在地书中，打开了一本天书。

猛一看，确实有一种“宏大视野”的特征，该诗一开始就要把“飞翔”“思想”“精神”“文化”“神的工作”“人的欲望”“工业建设”，还有“诗歌写作”“艺术创造”等勾连在一起，力图催生出“全诗向上飞升的整体势能”。

而略加细读，会发现其中的修辞套路极为可笑：①首先是伪装成一个对宇宙有着深沉思考的大诗人。在此，诗人似乎要站在一个全新高度上开启民智，要对话世界、对话民族、对“人”（人类）进行发问。②用一些看起来具有天马行空般想象力的词语，如：“把天空倒扣”“使地球变小”“使时间变得年轻”，这是伪浮士德式的野心与郭沫若《凤凰涅槃》里修辞模式的仿制，这个仿制又缺少他们身上无法遏制的改造世界之激情；比如，“哲学家”“哲学”“女人”，把凤凰“飞翔”的这一具有神显性质的象征，先是比作“哲学”，然后又进一步比作“女人”，在短短的三行之内对自己要树立的“精神”彻底地亵渎了一番，且不说其所倡导的“精神”是什么；“万古”与“人之初”、“地书”与“天书”，这两组俗常的修辞对照无任何新意产生。③整节文本是借助了时间与空间这样一个大概念中的常识性知识，时间上谈古论今，空间上谈天说地。而文本的构架却既不是时间性的也不是空间性的，时间与空间不过是支撑一个脚手架的钢管，以便“展开大规模的词语施工”。[①] ④所描述到的事物之间缺乏内在的关联性。欧阳江河重启远古神话“凤凰”进行现代史诗的书写，其“历史思维”和“叙事技巧”的综合显得尤为牵强。而“历史思维”和“叙事技巧”的综合能力，恰是现代史诗的“基础的元素”，将直接影响到全诗最终“格局”。[②]

仅从此四点看，此段文本仅是“具有宏大叙事的特征”，此外它既没有在形式上追求“整体性、目的性、历史性和现实批判”，也没有实现“在叙事法则之下的结构性要素和审美性要素”，更不要说完成了“一种人类思维方式和精神性追求”。[③]

第二，关于叙述者的权威。当然史诗的叙述者必须具有一定的权威，因为他要发掘某一信仰、精神、观念的重大意义并为之代言，要对历史进程中人类和社会的重大问题洞若观火并作出反思、批判或建议。欧阳江河《凤凰》中所谓的“历史叙述者”缺少权威性，其症结在：首先是对神话原型启用的不当，《凤凰》的潜文本是艺术家徐冰的“凤凰”，该作品是工业废品回收再利用后的创造，将原本不是艺术的东西制作为艺术，从而在将非艺术的转化为艺术的过程中“延展艺术的概念”“打破艺术的边界”，这符合后现代前卫艺术的基本诉求。而欧阳江河在互文利用中要启用的“凤凰”

◇ 史诗的叙述者必须具有一定的权威，因为他要发掘某一信仰、精神、观念的重大意义并为之代言，要对历史进程中人类和社会的重大问题洞若观火并作出反思、批判或建议。

---

① 姜涛：《历史想象力如何可能：几首长诗的阅读札记》，载《文艺研究》2013 年第 4 期。

② 陈大为：《江河“现代神话史诗”的英雄转化与叙事思维》，载《江汉学术》2014 年第 2 期。

③ 马德生：《后现代语境下文学宏大叙事的误读与反思》，载《文艺评论》2011 年第 5 期。

象征是原型意义上的“神性”，(应该)是“天下有道，得凤象之一则凤过之。得凤象之二则凤翔之，得凤象之三则凤集之。得凤象之四则凤春秋下之。得凤象之五，则凤没身居之”。[①] 而他使用的召唤“凤凰”到来、飞翔的材料，则是当下时代中失去秩序之后的后工业时代的碎片，他提供的“凤凰”形象在历史的风尘中，由“非竹不食，非泉不饮，非梧桐不栖”的神鸟沦落为“女工跨在身下”的交通工具，由“五色成文章”的华贵变身为“建筑废料”的组装，神性的存在被渎神至此，这本身就具有极大的反讽性。既然如此，文本叙述者如何为之代言？代言它的什么？原型启用的不当必然导致原型精神的暧昧，在我们传统文化中对“凤凰”的期盼针对的主要是天下太平社会和谐，当今时代的困境则远远不止于此，我们困扰于心的惶恐远大于身外的破碎。在此语境中，文本叙述者要在哪个维度和深度上显现原型精神？换言之，“凤凰”作为一种精神或信仰它能对症我们时代的哪一病症？如果不能，凭什么说它“蕴涵了一种世纪性以及全球化的使命意识”，其“使命意识”表现在哪里？

◇ 他使用的召唤“凤凰”到来、飞翔的材料，则是当下时代中失去秩序之后的后工业时代的碎片，他提供的“凤凰”形象在历史的风尘中，由“非竹不食，非泉不饮，非梧桐不栖”的神鸟沦落为“女工跨在身下”的交通工具，由“五色成文章”的华贵变身为“建筑废料”的组装，神性的存在被渎神至此，这本身就具有极大的反讽性。

吴晓东教授的说法是，在“追求对时代的全景式和立体性的观照和把握，试图以史诗的形式，甚至可以说当代神话的形式，为当代的生活提供一种全景式或美学抽象”。[②] 是否如此？我们以其他诗人的文本作一参照，以色列诗人耶胡达·阿米亥和墨西哥诗人奥克塔维奥·帕斯有一些此种向度的文本。阿米亥的创作中有很多是以犹太民族的宗教和历史为背景展现当代以色列社会的境况，比如其长诗《耶路撒冷，耶路撒冷，为什么是耶路撒冷？》，以“在耶

---

① 韩婴：《韩诗外传集释》(卷八)，中华书局 2009 年版。

② 吴晓东：《搭建一个古瓮般的思想废墟——评欧阳江河的〈凤凰〉》，载欧阳江河《凤凰》，中信出版社 2014 年版。

路撒冷，一切都是象征”为起点，把日常与神圣、爱情与战争、个人与民族等内容叠加于其上，像一个最柔情的爱恋者和最悲绝的祈祷者，描述出其“圣城”的过去和现在、艰难与期望。即便他的文本中有反讽的游荡，其反讽带来的是直抵内心的疼痛，他采用的个体经验中包藏着大量的集体记忆。帕斯的《太阳石》结构上以印第安人神话的圆形时间来构思，在不同文明的不同时间观的交叉中重新沉思人类的基本境遇中“时间”“自我”“生死”的古老命题，同时完成了他个人创作上从现实主义向超现实主义的转变。《凤凰》一诗虽然也涉及到神话、历史和当代生活中工业建设、艺术问题、精神失落、神话流俗等问题，却是蜻蜓点水的扫描，所谓的对当代生活全景式的“洞察”，其实不过是将“一种失败感转瞬化为崇高的审美胜景”，且“包含了享乐的气质”。[①] 文本中看不到“凤凰”精神可以重构在何处，而这一在当今时代被失落的“神物”也远没有显现出其不可失落的因由。

◇ 文本中看不到“凤凰”精神可以重构在何处，而这一在当今时代被失落的“神物”也远没有显现出其不可失落的因由。

基于此，我认为《凤凰》恰恰是反史诗的。对于《凤凰》的“反史诗性”，吴教授其实看得很清楚。他自己也说《凤凰》的矛盾性表现在一方面它“承担着总体性的追求”，另一方面它表现的恰是“当代世界的本相”。然而他认为这个基本的悖论是可以解决的，“当代生活的本质可能在于整体性的无法获得，《凤凰》恰恰揭示出这一现实。因此，当代世界中如果存在一种史诗，也是以反史诗的形态呈现的，在反史诗的过程中成就了史诗的形式。”[②] 这种解释看起来相当滑稽，在承认当代史诗不可能的同时，为何还要千方

① 姜涛：《历史想象力如何可能：几首长诗的阅读札记》，载《文艺研究》2013年第4期。

② 吴晓东：《搭建一个古瓮般的思想废墟——评欧阳江河的〈凤凰〉》，载欧阳江河《凤凰》，中信出版社2014年版。

百计地为一个较长的文本按图索骥地寻找“史诗”的某些零星片段？难道仅仅是因为“毫无疑问，文学史诗是诗歌的最高形式，它要求作家广见博识，富于创作灵感，善于在那些囊括当时社会及广博学识的诗篇中展现其视野、壮观和权威”。[1]

结 语

长诗有其自身的规范，长诗之所以称之为“长诗”，无关乎数量的长短比对、空间体积的大小、时间距离的跨度、信息数据库的容量，它不是局部相加等于整体，也不是很多短诗的排队集合，尽管现代长诗多数是由一组组短诗组成，但毫无疑问，那些被认可的长诗文本，通常有其可指认的规范性，比如结构内在的完整性，意义内在的同一性与关联性，形式上的独立性与建构性，内容上的包涵性与拓展性。在这之上更重要的是，不管言说之物是什么，文本必须首先是“诗”，而不是观念阐释、文献汇编、读史札记、调查报告、短诗拼贴之类的东西，史蒂文斯的《最高虚构笔记》借用象征体系，在把世界理解为一个形而上学的过程中讨论了现代诗歌创作的一些本质性的问题，成为一个创作哲学的典范，但它首先是首卓越的诗。20世纪以来，艾略特、圣－琼·佩斯、威廉姆斯、史蒂文斯、塞弗里斯、聂鲁达、埃利蒂斯、帕斯、阿米亥、沃伦等诗人早已提供过可资参照的杰出文本。

◇ 不管言说之物是什么，文本必须首先是“诗”，而不是观念阐释、文献汇编、读史札记、调查报告、短诗拼贴之类的东西。

国内这些曾创造出优秀文本的诗人，近些年致力于长诗写作，我想最根本的原因之一是诗人的使命感所促使的：一是要呈现所处时代的各种症结所在，非规模宏大不可展现；二是要完成一个时代的代表之作，达至艺术的至高点，树立里程碑式的标记。本文所列

① ［美］艾布拉姆斯：《文学术语词典》，北京大学出版社2009年版，第155页。

举的几位诗人，都是在20世纪80年代就成名，经过30年左右的写作，在处理材料与探索技艺上都曾有过不凡的文本，也都有过长诗写作的实践。可这些长诗文本呈现的结果，为何让人觉得如此惨败？

从对这些长诗的观察来看，确实存在着一些值得思考的东西。柏桦、欧阳江河、萧开愚和西川等几位诗人可以说都是当代非常重要的诗人，其重要性自然来自于他们曾经创造过一些重要诗歌文本这一事实。问题似乎也正是出在这里，即他们要处理一个巨大的题材并建造一个巨大的实体时，采取的方式深受其原来写作思维的影响。

柏桦有元诗歌意识，善于写历史、写温婉细腻的东西，他的《表达》《在清朝》《苏州记事一年》等诗都处理得很精巧，在《水绘仙侣》中偶尔也可以看到这些精巧，然而他陷入了对性情、语词、感觉、故事、事物、人物的“晚世风格”的过度把玩中，并对之进行无限放大和高蹈，也就无限地稀释了所谓的“逸乐”的真精神。

欧阳江河在20世纪80年代到90年代中期善于使用对立修辞，创造了一些代表性的文本，如《玻璃工厂》《最后的幻象》。2000年之后曾一度停止创作，2010年推出的长诗《泰姬陵之泪》，除了体积膨胀了许多之外，其思维方式、修辞方式、话语方式甚至世界观都没有更新。而《凤凰》一诗，则是遍布了诗人自己的前文本，很多个细节都是照搬他之前的一些诗作，像是对自己重要作品的一个采撷之后的汇编，空洞而矫饰。

萧开愚原本善于处理复杂的题材，长诗《向杜甫致敬》便是例证，同时他也有从细枝末节中直抵现代社会核心问题的能力，短诗《北站》《母亲》便是例证。在2007年写作《破烂的田野》时，使用的虽是新闻材料（山西黑砖窑事件），却能以“双性的农妇女”和“孩子们”展开对农民命运的隐喻式描述，语言是浩浩荡荡中喷薄着冷峻、毒辣、沉痛，可以说言说方式与内容达到了极高的配合。此后在诗集《联动的风景》中，语言的有意晦涩已露端倪，因为多是短诗，其缺陷还不明显。到了《内地研究》，大量的新闻事件与扭曲的语言挤抗在一起，诗意被屏蔽掉了许多。

西川原本是一个对语言有着独特见解的诗人，虽然曾一度被质疑有游戏语言的倾向。近些年的写作中逐渐增加了对本土历史和当下状况的关注，然而《万寿》的语言路数却是他一贯的做派，“关注”下滑为“戏说”。

总的来说，这几首长诗共有的现象是文本结果与诗学意图恰好成反比。此种状况的出现，我想与他们近些年的创作状态有关。在最近的 5~10 年，这些诗人虽不断有新文本产生，新文本也引起过大大小小的热议，但就文体创新和诗思开拓来讲，实在并无什么出新之处，甚至还未达及之前的代表作：柏桦貌似站在元诗探索实则成了主题先行的强行拼装，西川百科全书式汇聚的“历史断片”成为历史材料的戏说，萧开愚的综合写作成了写作综合症，欧阳江河的当代史诗不过是自我与他人文本的剪辑而已。换言之，他们的创造力似乎有些停滞。我不知道这是否曾引起他们的焦虑，但毫无疑问的是，他们不约而同地把目光盯在了“鸿篇巨制”上，想创下自己里程碑式的作品。但是，在短诗写作都不能处理完善的状态下，如何能强行建设庞大的构想？其呈现的样态必然是仅仅对文本进行了量的扩展，而没有对其进行质的探索，那么失败也便是必然的了。

◇ 在短诗写作都不能处理完善的状态下，如何能强行建设庞大的构想？其呈现的样态必然是仅仅对文本进行了量的扩展，而没有对其进行质的探索，那么失败也便是必然的了。

影响无焦虑，釜底且游鱼

——从《忧伤的黑麋鹿》谈当前的一种写作现象

海男的组诗《忧伤的黑麋鹿》，共有78首，每首14行，最初发表于《诗歌月刊》2008年05期，并获此刊的年度“实力诗歌奖”。时隔6年，该诗又获得2014年“鲁迅文学奖·诗歌奖”。海男在获奖后的采访中称此诗是她“诗歌写作史上的一次穿越心灵史的旅行。在诗中，弥漫着澜沧江峡谷中的黑暗和充满阳光的两种火焰，这两种火焰在不同的豁口相遇，因而构成了这组长诗的一个重要元素，……是一种身体的历险”。[①] 她也谈及尤瑟纳尔、马尔克斯等人对她创作的影响。

而在我有限的阅读经验里，《忧伤的黑麋鹿》可能的“潜文本”与她所言的马尔克斯、尤瑟纳尔并不符合，这种感觉清晰而强烈，相反它们应该是：一是《黑麋鹿如是说——苏族奥格拉拉部落一圣人的生平》[②]（后文简称《黑麋鹿如是说》，引文不再另注），一是艾米丽·狄金森的爱情诗篇，此外则是彼特拉克式的十四行诗。我

---

① 姚霏：《说吧，云南：人文学者访谈录》，云南人民出版社2012年版。

②［美］尼古拉斯·黑麋鹿、约·奈哈特：《黑麋鹿如是说——苏族奥格拉拉部落一圣人的生平》，陶良谋译，上海译文出版社1994年版。

迟疑过，但我还是判断《忧伤的黑麋鹿》由两部分组成：前半部分（约到第47首处）是对《黑麋鹿如是说》中的“黑麋鹿”的复陈；后半部分（约在第47首之后）则是一番“情爱”坦陈，借助的是萨福的名义，“潜文本”却是一生对爱情渴盼又质疑的女诗人艾米丽·狄金森的情诗。如果略加辨认，该组诗形式的潜文本似乎并非是《黑麋鹿如是说》或狄金森的情诗，而有可能是彼特拉克式的十四行体。

因而，我的文章是分析三者与海男组诗的关系，并会在形象、形式、结构、主题和话语方式等方面查看其转化策略以及由此产生的效果。目的乃在于：通过对文本的追踪调查，探究诗人创作的某些秘密或可能存在的问题。如果一个文本足够优秀，研究当然是十分必要；如果一个文本被认为优秀，对比研究及分析探究当然也十分必要。

◇ 如果一个文本足够优秀，研究当然是十分必要；如果一个文本被认为优秀，对比研究及分析探究当然也十分必要。

一　形象 I 比较：从“黑麋鹿”到“黑麋鹿”

为了自己的行文方便，我要首先从该诗最主要的形象“黑麋鹿”说起。关于“黑麋鹿”，有论者如是说：“海男的这组《忧伤的黑麋鹿》诗里，也同样为我们塑造了一位男主人公，也许你会发现这位男主人公和海男的其他作品没有什么不同，只不过在这里有了一个更美好动听的名字。”[①] 果真如此？让文本说话：

那些花蕾从石砾中一点一滴地
如粮食一样，融洽在前世和今世的历史中
在忧虑纵深的峡谷以后的地域

---

① 曹语凡：《忧伤的女神——评海男的组诗〈忧伤的黑麋鹿〉》，载《诗歌月刊》2008年第5期。

在这里看不到邮差和城垒
从云壤中破壳而出的是豌豆和大米
还有盘桓在泥土中，困倦万分的马铃薯
一声不吭地吮吸野的草莓，怀着幻象中的期待
它们变幻着角度、湿地和昼夜的速度
从云壤中破壳而出的神学符号
回到了我怀抱，这些神意恩赐的夜晚
我不眠着，我在夜中行走，在夜色中
把蜜露培植，直到遍体的忧伤绚丽起来
直到我打开那些抽屉，暴露了你或我
由来以久的身份之谜。之后，那些神学符号开始附体。
2008 年 1 月 29 日上午
（第 8 首《从云壤中破壳而出的神学符号》）[①]

关于这首诗，还有论者如此说："在海男的诗歌里，每一个让她钟情的事物，都是一个神秘的咒符。那些咒符既来自于自然和现实的影像，又来自于心灵中的诗性虚构。它们是'从云壤中破壳而出的'，它们是空无和直观的一部分。"[②] 言辞之间涉及海男多年来的创作倾向，这也比较符合海男多年来的写作习性，至少看起来如此。当然，严肃的读者及研究者在通常情况下都会心存好奇，以期在诗歌文本的表层之下探究深层的某些东西是否存在。

探究"黑麋鹿"的来源，有必要回到印第安文学《黑麋鹿如是

① 海男：《忧伤的黑麋鹿》，载《诗歌月刊》2008 年第 5 期。本文所引用该诗文本皆出自此刊，不再一一注明。

② 李森：《当爱情的观念遭遇语词——读海男的组诗〈忧伤的黑麋鹿〉》，载《诗歌月刊》2008 年第 5 期。

说》，既然探究，对“黑麋鹿”故事的复述就无法避免，我尽量使之简单明了。《黑麋鹿如是说》中，“黑麋鹿”是一个人名，他作为圣者也同时作为叙事者形象，以口头史诗的方式讲述了自身的经历生平：五岁时一次落日时分，黑麋鹿开始看到幻象，一只食蜂鹟开口讲话让他注意天上的云层。黑麋鹿抬头看到云层里突然出现两个人，他们像箭一样斜飞而下，对着他唱起了一支神圣的歌——“瞧，一个神圣的声音正在呼唤你！/满天是一个神圣的声音正在呼唤你！”九岁的又一次黄昏，黑麋鹿再次听到了云中的声音，随后便病倒了，双腿和手臂都肿胀起来，当他躺在帐篷里休息时，之前见到过的两位云中人突飞而至，带他飞到“雷神们生活的云山”中，黑麋鹿在云山中看到了“伟大的幻象”：一座壮观的圆锥形帐篷、熊熊燃烧的彩虹帐篷门、坐在帐篷里的六位老祖宗、聚集在四个区域的马匹、他本人所骑的枣红马、四色花神药草、红色的道路……这些“伟大的幻象”都是以“云”为材料一一变换出来的，也即是说，“神迹”是以“云”的形式展现，并以“云”的形式发出启示——知晓祖先的历史和神力，知晓自己的身份和使命，启示也是托付——托付黑麋鹿带领其民族走上“红色的道路”。而这些“幻象”是在黑麋鹿昏迷的12天之中得以完成。

◇这些“伟大的幻象”都是以“云”为材料一一变换出来的，也即是说，“神迹”是以“云”的形式展现，并以“云”的形式发出启示——知晓祖先的历史和神力，知晓自己的身份和使命，启示也是托付——托付黑麋鹿带领其民族走上“红色的道路”。

现在，可以看一看海男组诗《忧伤的黑麋鹿》前八首的题目：

①“那些该死的记忆消磨了我的……”

②“你病了，你的山冈也病倒了”

③“在你消失踪影的三天时间里”

④“忧伤的黑麋鹿”

⑤“忧伤的黑麋鹿迷了路”

⑥“这些华美，这些灌木丛”

⑦“善变中的女妖已出现”

⑧“从云壤中破壳而出的神学符号”

现在再来比照《黑麋鹿如是说》：

①从童年到青少年时期，黑麋鹿都被“神迹”（“祖先的历史”）折磨着，“我怕看见一片云涌过来；但不论云何时涌来，我总能听到有什么在向我呼唤‘瞧瞧你的老祖宗们吧！赶紧行动起来！’”幻象和云中的声音折磨着他，老祖宗的要求对于一个孩子来说似乎过于沉重，黑麋鹿为此忧伤。

◇幻象和云中的声音折磨着他，老祖宗的要求对于一个孩子来说似乎过于沉重，黑麋鹿为此忧伤。

②伟大的幻象让黑麋鹿数次“病倒”；每次生病，都见识一番祖先神力，并被一再告知要承担起民族使命，因为印第安民族正处于被赶尽杀绝失去家园的境地。

③每次病倒都是暂时的逃脱，位移于云端幻象中存在，可看作是在“尘世”中暂时“消失踪影”，也可看作是学习观照族群的命运。

④看到幻象，童年的黑麋鹿很“忧伤”且“孤单”：“我活着，人人都很高兴；但我躺在那儿想起我曾经待过的神奇地方和曾经见过的一切时，我心里十分悲哀。”

⑤随后的几年里，黑麋鹿喜欢思考那个幻象，又害怕说出它，“神迹”让人兴奋也让人颤栗。换言之，他在“神力”与“个体”之间“迷路了”——恰如海男所言，“那只最忧伤的黑麋鹿迷了路 / 它们在翻沸的云雾中猜测着 / 溪水的去处；它们在雷雨来临之前 / 仰头猜测着人世间最遥远莫测的距离 / 这是被丝丝缕缕的历史割舍过的痕迹 / 它们是一段符号，源于一只蜂群的深穴。”（海男《那只最忧伤的黑麋鹿》，第 5 首）

⑥在并不知晓的某个时刻，总有来自云端的声音响起，有召

唤、有警示、也有提醒，“云中的声音”能帮助黑麋鹿获得猎物、带领族人脱离危险，也让他非常恐惧，作为一个孩子的黑麋鹿不知该如何承担降临己身的重任。

⑦“咄咄逼人的恐惧之感”让他再次病倒并说出真相。于是老巫医和族人组织了一场声势浩大的“马舞”，“马舞”是将“幻象”在现实中搬演以驱散恐惧、获得老祖先赐予的“神力”，之后黑麋鹿终可坦然与神力“相遇”。

⑧而这一系列的故事的发生，正是缘于“云中神迹”，即海男的“云壤中的神学符号”。

◇这只是到文本1/10处的简单比对，但已清晰无比，海男的“黑麋鹿”来自于《黑麋鹿如是说》，并且作为审美文本中的主人公形象，两个“黑麋鹿”具有形式的一致性。

这只是到文本1/10处的简单比对，但已清晰无比，海男的“黑麋鹿”来自于《黑麋鹿如是说》，并且作为审美文本中的主人公形象，两个“黑麋鹿”具有形式的一致性。如果比较两个文本中的其他相关意象，会发现二者的关系更为清晰了，略举几例：

原型意象	《黑麋鹿如是说》	《忧伤的黑麋鹿》	方式
黑麋鹿	一个圣人、首领、巫医、骑士、诗人；信仰；“黑麋鹿神学”；印第安人的象征	一个想象中的前身、情人	缩小一部分涵义，衍生另一部分的涵义
神话	天神、地神、四方神	在澜沧江…的维度里	方位和颜色的象征意义转换
庆典	神力	神力	同质
音乐	印第安歌谣	肖邦的《夜曲》	置换
舞蹈	马舞、太阳舞等	女妖的舞蹈	置换
疾病	接近“祖先”的“通道”	接近“黑麋鹿”的“通道”	同质
云	神迹	神学符号	同质
水	生命	生命、爱、欲望	扩展
圣物	印第安烟斗	坛子	置换
植物	四色花（治病）	玫瑰（疗情）	置换
场所	北美大平原	澜沧江大峡谷	转移
语言	拯救民族的神力	诗歌的神力	置换

在接受《大家》杂志的采访中，海男声称，“我所有的作品都与云南的自然人文历史相关，它就是我的永恒背景。就作品而言，在组诗《忧伤的黑麋鹿》里面，铺展着黑郁色或深蓝色的澜沧江沿岸的背景。”[①] 没有人质疑海男在云南的行走以及云南版图在她作品中的位置，让人惊叹的是两个文本有如此相似的语境。

二　形象 II 比较：从“蜜蜂”到“蜜蜂”

两个“黑麋鹿”的语境有着极大的相似性原也无可厚非：一个是北美大平原，一个是澜沧江流域。从外在条件上讲，二者都有瑰丽壮美的地理状况和神秘奇异的文化风情，也都非常符合当今的审美情绪；从族群命运方面看，1900 年前后的北美大平原是印第安人逐渐失去的家园，2000 年前后的澜沧江流域也在经历着传统生活的土崩瓦解。然而阅读文本也很容易发现，尽管语境有很多相似之处，二者主题却似乎有些微妙的不同。《黑麋鹿如是说》是讲述“黑麋鹿”个体成长中的痛苦与忧伤、守卫家园寻求和平生活的抱负与艰难，民族的命运，以及对人类关系与生命关系的思考；《忧伤的黑麋鹿》则被视作是对爱情的追求，就其对“爱情”的表述来看，注重在如欢如梦的情绪中诉求极致的心灵契合，并如痴如狂地直言情爱之欢娱。可以说，其主题和《黑麋鹿如是说》相差甚远，那么海男借用“黑麋鹿”这一形象的缘由就饶有趣味了，现在转向文本后半部分，从另一形象来旁观其意图。

从第 48 首《庆典》开始，《忧伤的黑麋鹿》有一个明显的转向，之前的主要形象是“黑麋鹿”，之后的主要形象则是“蜜蜂”，与“蜜蜂”相伴的还有“玫瑰”和“女诗人萨福”。

---

① 海男、陈鹏：《写作是我生命中的遭遇——与〈大家〉杂志陈鹏对话》，转自海男的博客，blog.sina.com.cn/s/blog-4adc86af0102uzv7.html。

“蜜蜂”作为诗歌的一个抒情形象，在现代诗歌中常常指向“情爱”，而大量使用这一形象的应属女诗人艾米丽·狄金森，[①]“蜜蜂/鲜花”还被认为是狄金森诗歌中一个重要的情爱模式[②]：

蜜蜂驾着他锃亮的马车
悍然向一朵玫瑰赶去—
然后一起落下—
他自己—他的车子—
玫瑰接受了他的造访
显得坦诚而静幽—
对于他的贪婪
一弯月瓣也不扣留—
他们的时辰十分圆满—
给他剩下的就是逃逸—
给她剩下的—只有
销魂造成的谦卑（1339）[③]

在针对此诗的研究中，不乏有关于两性亲密关系不平衡性的论述。但阅读狄金森的诗，我个人认为，并非只是如此，其诗在阅读体验中提供了感官的集合，集合的感官种种共同促成了一个具有象

---

①［美］西尔维亚·普拉斯的《蜜蜂组诗》，并非是谈论爱情，这里暂且不论。

② 有论者指出，狄金森诗歌中有两种情人模式：一是“太阳—雏菊”，二是“蜜蜂/鲜花”，参看刘守兰《狄金森研究》，上海外语教育出版社 2006 年版，第 233 页。

③［美］艾米丽·狄金森诗歌的中译本主要有：江枫译《狄金森诗选》（1984）、《狄金森抒情诗歌选》（1996），张芸译《狄金森诗钞》（1986），关天晞译《艾米莉·狄金森：青春诗篇》（1992），木宇译《最后的收获：艾米莉·狄金森诗选》（1996），蒲隆译《我们无法猜出的谜：狄金森诗选》（2001）等。为了引文统一，本文所用狄金森诗歌译文均转自蒲隆所译的《狄金森全集》，上海译文出版社 2014 年版。

征意味的事物，“蜜蜂”形象在诗歌中产生了多层意义，不再仅仅作为一个男性形象的象征物或者符号化的形象建构，于对立层面上而言，诗人通过诗歌语言的吟诵唱白摆明了一个女性姿态的叙说者形象，这个形象可以被视为与男性客体对立的主体，将质问者、探寻者、渴求者集于一身，在多重身份建构的意味中传输出一种异样的声音。这个声音又在诗歌的直白式诉求的表面隐藏，是一个形象对着与自身形象对立的另一个的抗拒和召唤，我把诗中此种效果的产生称之为“暗语”——“蜜蜂！我正盼着你！/昨天还在/给你认识的某人说/你总如期而来—”（1035）此外，在“蜜蜂”与“鲜花”之间，并非全是男性主体对女性的强势或把控，实际上我们看到，在很多时候，“蜜蜂”更多的是一种怀有热烈情感的依恋者角色：

◇在“蜜蜂”与“鲜花”之间，并非全是男性主体对女性的强势或把控，实际上我们看到，在很多时候，“蜜蜂”更多的是一种怀有热烈情感的依恋者角色。

判决仪式—/末日审判/对于蜜蜂，无关紧要/他与他的玫瑰的分离/在他看来—才是最大的煎熬（167）

蜜蜂的家谱，蜜蜂并不关切—/一朵红花草，任何时候，对于他/都是千金小姐（1627）

一块红花草板/独自拯救了一只蜜蜂（1343）

简言之，狄金森指挥着“蜜蜂”组合而成的意象具有多维指向，而明确清晰的至少有以下两种：一是作为“情人”，蜜蜂酿制了“爱”的甜蜜。被造访的“玫瑰”/“红花草”/“雏菊”等等待者角色满怀期待地等候着“他”；而“蜜蜂”依照自身生物属性需要将以同样的姿态以造访者的主动在被造访的鲜花中“做窝”。二是作为“诗人”，“蜜蜂”将“诗”的甘美酿制而成：

造就一片大草原需要一株红花草和一只蜜蜂，/一株红花草，一只蜜蜂，/还有白日梦。/光白日梦就行，/如果蜜蜂零星。（1755）

在这小小的蜂巢里/蕴藏着那种蜂蜜的暗示/既可把现实变成梦想/又能把梦想变为现实—（1607）

甚至“蜜蜂的宗教”，就是“为了闲散和春天的神圣放纵狂欢”（1522），所以，一只蜜蜂嗡嗡地歌唱，是“一种巫术—把我掌握—”（155），“蜜蜂”带给诗人的是一种情感飞升甚至心灵翅翼的震颤，在渐至恒稳的细风扇动中流淌着甜蜜的梦想，也飘动着忧伤的心事。“蜜蜂”的此种双重效果在瓦雷里那儿被再次言说：

无论你的螯针有多尖，
多么致命，金色的蜜蜂，
我仍愿你的锐齿
向我温存的花篮抛一个梦
用螯针刺透我怀中的美乳吧，
爱神已死或是已然睡去，
让我那滴鲜红的血液
渗透我圆润而富有弹性的玉肌！
我急需那瞬间的痛苦：
一种强烈而致命的疼痛
比那昏沉沉的折磨要更好，
但愿我的意识
被这金色小峰的警报照亮，
否则爱神依然酣睡在梦乡！

（《蜜蜂——致弗朗西斯·苗芒德》）[①]

金色的翅膀与金色的刺针，是既美丽又危险的事物，刺针给他者制造的是急遽的痛楚、给自身制造的则是生命的终结，而疼痛对受体是一种警报、对施为者则是一种牺牲，这是由蜜蜂自身的生物学特征所决定的。作为一个象征诗人，瓦雷里并没有脱离艾米丽·狄金森的语法——情感与创造，不过却精美了许多。

在海男组诗《忧伤的黑麋鹿》中，"蜜蜂"同样指向了以上言明的两种：一是爱情的飞行者；一是诗歌的灵翼。

◇在海男组诗《忧伤的黑麋鹿》中，"蜜蜂"同样指向了以上言明的两种：一是爱情的飞行者；一是诗歌的灵翼。

你看，作为爱情的飞行者：
亲爱的忧伤，请给予我一只蜜蜂
寻找到的配偶，那些用细小的电光
垒筑起来的蜂房；那些呼吸中的花蕊
梦或水编织或吐露的甜蜜（第 50 首）

用蜜蜂一样放纵的姿态挽救了爱情的身体（第 53 首）

我溯流而上，与一只寒冷的蜜蜂相遇
我会在一个吻中，死于蜜蜂的甜蜜（第 61 首）

而作为诗歌的灵翼，你也看见：
蜜蜂的甜源自诗人的嘴唇（第 49 首）

---

①［法］瓦雷里：《瓦雷里诗歌全集》，葛雷、梁栋译，中国文学出版社 1996 年版，第 84 页。

在暗礁涌起的岛屿之上，我看到了
女诗人萨福金色的蜂房，飞舞着碰撞的蜜蜂
蜜蜂中的萨福被爱情的许多世纪
不断地哀悼，祭祀过的嘴唇
散发出最甜的琼浆。（第 56 首）

每一天飞舞的蜜蜂都不雷同
它们碰撞着来来往往的陌生人的下巴
不仅仅是为了蛰痛，而是为了礼赞春天（第 62 首）

在携带爱情寻唤的飞行中，“那些呼吸中的花蕊”正是“蜜蜂的窝巢”，“蜜蜂一样放纵的姿态”正是“驾着他锃亮的马车，悍然向一朵玫瑰赶去”的姿态！在诗歌灵翼的震颤摆动中，海男组诗中“蜜蜂”无疑也隐喻着诗人与诗人的工作。由此，“最甜的琼浆”之于海男正如“honey”之于狄金森，二者具有同质性，皆是诗人的“爱的琼浆”和“爱的琼浆”的倾吐。异形态之处在于，海男把这“爱的琼浆”追溯到女诗人萨福身上，以萨福的名义赋予“爱”更大的合法性，而狄金森则坚信着自己为“爱”酿制的“琼浆”，哪怕只有不起眼的一点点。

“蜜蜂”飞至，“黑麋鹿”奔去，该诗的主题猛然挣脱神话的辔头，嘶鸣着奔向情爱的狂野——“我歌颂我的肉体和生命”，开始了一场畅酣淋漓的“身体历险”。

三　形式比较：从“十四行体”到“十四行”

海男历险的内容包括：甜蜜、欢娱、嫉妒、孤寂、反覆、疯狂、隐情等；历险的方式有：邀请、柔声私语、祈祷、等候、回忆、梦想、猜测、誓言、诱引、呼喊等。这种要把恒久的生命经历和飞速的瞬间感觉都转化为甜蜜或痛苦、快感或疼痛、欲望或焦灼的语言符号，可以说达到了翻江倒海般的情感铺排，颇似“彼特拉克式”情歌的言说方式。细究之下，这组诗确实与西方十四行诗的主题、情绪、言说方式有着相似性。

文艺复兴时期的十四行组诗的内容主题主要是对恋情的直抒，但丁的《新生》、彼特拉克的《歌集》、锡德尼的《爱星者与星》、斯宾塞的《小爱神》，都以“爱恋”为主调，我们知道，其中彼特拉克对后世的爱情诗写作产生过深远影响，莎士比亚的《十四行诗集》与勃朗宁夫人的《葡萄牙人十四行诗集》都深受其影响。所以为了论证的理据性，下面要以彼特拉克为典型参照物，观照海男的获奖之作。先看二者主题的关系：

彼特拉克的《歌集》是将痴情男子的希望与痛苦作为主题，倾诉了对心仪情人“劳拉”的炽热之爱与得不到爱之回应的痛楚。其革新处在于，抛却了之前此类诗歌的浮夸模式，把“爱情”变成了一种建立在人的自然本性基础上的美的追求。此外《歌集》不仅是爱情的颂歌，更是诗人内心生活史，是诗人刻画自己复杂的感情体验和内心活动的作品，是“爱情”使他体验了惶惑与彷徨、忧愁与沮丧、软弱和失望等心灵经历，并从中发现了近代人的孤独性。[①]

◇ 此外《歌集》不仅是爱情的颂歌，更是诗人内心生活史，是诗人刻画自己复杂的感情体验和内心活动的作品，是“爱情”使他体验了惶惑与彷徨、忧愁与沮丧、软弱和失望等心灵经历，并从中发现了近代人的孤独性。

> 我那迷途的欲念执着而又疯狂
> 正在追逐她那飘忽不定的形象，
> 她轻盈自如而又无拘无束，

① [意] 彼特拉克：《歌集》，李国庆等译，花城出版社 2000 年版。

不停地在我踯躅的脚步前跳荡。

我劝告我的欲望不要胡追乱撞,
但它不听我的劝阻,一味任性倔犟。
看来规劝是徒劳无益的,
因为爱神的本性向来富有反抗。

它把羁绊的缰绳猛然夺去,
反而让我听从它的摆布,
我无能为力了,尝到了死亡般的痛创!

它把我带到月桂树下捡拾苦涩之果,
虽然是别人丢弃的,却让我吃,
我品尝着,少的是慰藉,多的是悲伤(第6首)[①]

对比海男的《夜色弥漫》(第69首):

迷失在人群中,这是爱你的歧途
迷失在一只黑蝙蝠所煽动的死亡中
这是爱你的末路,迷失在你对我的不倦爱恋中
这是爱你的再生

拒绝了全世界的约会
有你已足够,有你就有了巨大的谷仓

---

① [意] 彼特拉克:《〈歌集〉序》,李国庆等译,花城出版社 2000 年版。

有你就有了像绿绸似的大海
有你已足够，有你就有了打开的大门

有你就有了可以通往的良霄
有你已足够，有你就有了看见云雀的午后
我伸手给你，世界的磁铁穿越了身心
亲爱的，有你已足够让我身心灿烂

夜色又一次弥漫，亲爱的
有你已足够让我舍弃一切繁芜枝叶

至于“爱情”为何必须用诗的方式来言说？一方面是诗歌具备某种神力——“走向爱神驱使我去的地方，／我需要请求悲哀的诗歌帮忙，／它是我受伤的心最亲密的朋党。”（第127首）另一方面是爱情需要某种仪式——“我要用非凡的方式讴歌爱情／使那个无情的人在冰冷的心中／掀起波澜，发出感叹，驱尽冰冷，／重新点燃其旧日爱恋的火种。”（第131首）为此，彼特拉克竟然创造出了一种“彼特拉克体”。当“爱情”必须以诗的方式来言说之时，海男的答辞显然和彼特拉克有师从之谊：“诗人所发明的悲剧，它们尽可以使你在享乐之后／作为人世间最后的哀歌，成为你聆听的哀乐。”（第78首）然而海男的诗中十四行的形式和彼特拉克十四行体却又极为不同：

◇ 当“爱情”必须以诗的方式来言说之时，海男的答辞显然和彼特拉克有师从之谊。

彼特拉克在继承“西西里诗派”“温柔的新体诗派”的传统之上对原有的十四行诗体推陈出新，将原来四节的押韵方式ABAB，ABAB，CDE，CDE，变化为ABBA，ABBA，CDC，DCD，或ABBA，ABBA，CDC，EDE的格式押韵，从而“使之具有音韵之美，起承转合自如的特点，便于表现人物变化而曲折的感情，在艺术上更加臻于完美。”[①]

海男所采用的十四行形式，尽管也采用四节形式（4442），但每一单行并不遵循抑扬格五音步的要求，行与行之间也无韵律要求，节与节之间也并非是遵照内在结构上的起承转合。其实，她的构句方式是散文语体的抒情方式，其意象、语感、语式、语调都有着散文化的倾向，其抒情力度是靠不断地重复一些关键词产生的，是在用关键词的重复来构成一种咏叹调。简单说，彼特拉克式的抒情诗靠音步的转换而完成情绪的变化，海男则是以咏叹调的方式形成情绪的重叠。就修辞上来讲，海男采用了反象征、反隐喻的手法，将某种情绪反复呈现以达到浓烈情感的表象汇聚，所以该诗几乎不存在阅读的障碍。

◇ 她的构句方式是散文语体的抒情方式，其意象、语感、语式、语调都有着散文化的倾向，其抒情力度是靠不断地重复一些关键词产生的，是在用关键词的重复来构成一种咏叹调。

四　结构比较：从“方位”到“纬度”

从“结构”方面进行比较，似有穿凿附会的嫌疑，毕竟一个是类史诗文本，一个是抒情诗文本，可以说二者的结构方式应有本质的不同。史诗文本，就内容来讲，是“一个民族的‘传奇故事’，‘书’或‘圣经’”，所以它表现的是“全民族的原始精神”，是“一种民族精神的展览馆”；就形式来讲，需要实现“实体性”和“整一性”的要求，即“一方面是一般的世界背景，另一方面是在一般背景的基础上所发生的个别的事迹以及在神和命运的指引下行动的个别人物”；就实现方式来讲，要求“以叙事为职责”。因而，史诗的结构通常呈现为：以“神话—原型”结构作为精神的深层结构，以“自然—人”作为叙述层面的象征结构。而抒情诗文本，其内容是“心灵本身”，诗歌的出发点是“诗人的内心和灵魂”，或

---

① [意] 彼特拉克：《〈歌集〉序》，李国庆等译，花城出版社 2000 年版。

者说是“具体的情调和情景”，所以抒情诗并不要求对外在现实进行广泛描绘，而是要为内心歌唱，表现主体自己。其展现方式，一般来说是“收敛或浓缩”，“在叙述方面不能远走高飞，而是首先要达到表现的深刻。”① 因而其结构因抒情目的不同而变化多端。

具体到这两个文本，《黑麋鹿如是说》虽是由诗人奈哈特转述的苏族圣者“黑麋鹿”的故事，其本质上是遵循了史诗的内在要求，黑麋鹿开始的方式是，“我的朋友，我要把我一生的经历告诉你，……这是所有神圣生命的经历，是值得一讲的，这是我们两条腿的与四条腿的、空中长翅膀的以及一切苍翠植物同甘共苦的经历……这还是一个关于在血迹斑斑的积雪中死去的民族的梦的故事。”而海男的《忧伤的黑麋鹿》显然是要遵循“彼特拉克式”情诗的模式，对爱情进行身体的历险。然而即便是如此大的差异性文本，二者在结构上还有着惊人的相似性，比如空间结构和时间结构的安排。

◇圣者“黑麋鹿”对民族历史和自身成长经历的追述，其空间结构的安排是遵循“神话－原型”的深层结构，同时是通过“人－自然”的象征结构进行文本叙述。

圣者“黑麋鹿”对民族历史和自身成长经历的追述，其空间结构的安排是遵循“神话－原型”的深层结构，同时是通过“人－自然”的象征结构进行文本叙述。他告诉我们，印第安人的神话与宗教中有六位神灵，分别是天空之神、大地之神与四方神。天空之神代表着友爱，象征物是花斑鹰；地神代表着生命的轮回，象征物是枣红马；西方之神的象征物是“一杯水”（生存的神力）和“一张弓”（毁灭的神力），象征颜色是黑色；北方之神的象征物是“神药草”（治疗伤病）和“白色的翅膀”（净化一切），象征颜色是白色；东方之神的象征物是“启明星”（唤醒）和“烟斗”（和平），象征颜色是红色；南方之神的象征物是“开花的红木棒”（生长繁

①［德］黑格尔：《美学》（第三卷下），朱光潜译，商务印书馆 1979 年版，第 102—187 页。

殖的神力和民族生存的中心枢纽），象征颜色是黄色。关于这些，在文本中是以“黑麋鹿”讲述幻象的方式再现的，它们构成了“黑麋鹿”作为一个圣者 / 巫医的心灵依据和印第安文化的精神基础而存在。更关键的是，此六个方位神不仅是印第安民族的精神基础，就文本而言，此精神基础构成了文本的基本骨架，四方与天地共筑建为一个“圆”，所有的讲述都在“圆”中进行，按照圣者黑麋鹿的说法就是，“世界的神力所干的每件事情都是在一个圆圈里干成的。天空是圆的，……众鸟的巢都是筑成圆形的……甚至季节的变形也形成一个大循环……人的一生是个从童年到童年的循环……”①

空间建构需要时间来粘合，其方法主要有两种：个人事迹的讲述通过“年岁”来展开，如：五岁的落日时分第一次看到幻象、九岁那年的夏天再次看到伟大的幻象、十七岁那年冬天搬演了马舞，二十岁那年夏天搬演了麋鹿舞，等等；民族事件的追忆则是通过“时令”来进行，十二个月令，在黑麋鹿的描述中，既有各自的自然语境，也是民族命运的生存语境，比如：帐篷内结冰之月（1月）“踏上战争道路”、雪盲之月（3月）“歼灭长发将军”、矮种马脱毛之月（5月）“跟三星中将作战”、长膘之月（6月）“瓦死仇们在黑山”，牛犊长毛之月（9月）“疯马被杀害”，落叶之月（11）“搬离祖母的土地”，树木爆裂之月（12月）“大屠杀”等。

◇ 而在《忧伤的黑麋鹿》这组诗中，海男是把“维度”作为一个关键词来构建其诗歌的物质和文化语境。

而在《忧伤的黑麋鹿》这组诗中，海男是把“维度”作为一个关键词来构建其诗歌的物质和文化语境，以“维度”命名的诗共有11首，我姑且胆大妄为地进行分类，空间上的表述有：“在澜沧江以上的维度”“在澜沧江以下的维度”“在澜沧江红色的维度”“在

① [美] 尼古拉斯·黑麋鹿、约·奈哈特：《黑麋鹿如是说——苏族奥格拉拉部落一圣人的生平》，陶良谋译，上海译文出版社1994年版。

澜沧江蓝色的维度”“在澜沧江黑色的维度”；时间上的表述有：“在澜沧江春天的维度”“在澜沧江白昼的维度”“在澜沧江黑夜的维度”“在澜沧江甜蜜的维度”“在澜沧江烛影的维度”“在澜沧江唱片的维度”。空间“纬度”与时间“纬度”的纵横交叉构成了该诗的脚手架，为诗人开展大规模的爱情施工提供了上下攀越的抓手，并且海男的这种结构诗歌语境的方式，遵循的也是“神”的原型方式，以第九首为例：

澜沧江的灵魂在一波三折时
都会触碰到我们的灵魂
在澜沧江以上的纬度中，我此生
触到了那些遗骸在此地安息的声音
那些前世的睫毛眨动着，犹如野草
经过了四季的轮回，又回到了枯荣的时辰
(《在澜沧江以上的纬度里》)

“以上的纬度”，对应的正是“天神”的方位，触碰的是神的灵魂，或换而言之，也是神的灵魂对“诗人”的召唤，而“遗骸”与“前世”，不正是祖先留下的呼吸？

当然，这只是具体事件在章节上的简单对应。从内在结构上看二者亦是大致对应的关系，作为酋长是追寻民族精神并承担之，作为诗人是追求诗歌精神并拓展之，比之当年的叙述活动中，《诗歌月刊》曾如此评价过：“她就像一头黑麋鹿，沿着一条自我踏踩出的小径倔强地攀援。”①

---

① 参看《诗歌月刊》2008年第5期中，《忧伤的黑麋鹿》一诗之前的“主持人语”。

◇《忧伤的黑麋鹿》与潜文本之间的关系是："黑麋鹿"以原型形象的方式穿越而来，在"彼特拉克式"的深情中，与"我"进行了一场"云图式"的相遇。

◇ 以十四"行"的形式写就，其意图明显是要把主题内容置换为"苦恋／炽恋"，她的转换猛一看还是蛮巧妙：主题内容的置换容易使人忽略了两个"黑麋鹿"的关系，十四行体的外在形式又容易使人忽略与狄金森的关系，因为十四行不是狄金森的风格。

五　转换策略：互文习性还是模仿戏游?

《忧伤的黑麋鹿》与潜文本之间的关系是："黑麋鹿"以原型形象的方式穿越而来，在"彼特拉克式"的深情中，与"我"进行了一场"云图式"的相遇。既然是以"原型形象"的方式穿越而来，必然携带其自身的语境，尤其是那些神秘的元素，这是我们今天读起来为何会有诡秘奇魅感的原因之一。其诡秘奇魅之处除了形象本身的因素之外，应是二者的言说方式的不同，"黑麋鹿"类似于口述史诗，海男则是爱情抒情诗，抒情诗文本对（类）史诗文本转化的过程中，她把具体的故事情节模糊掉，只留下某些特殊意象，并且给现实与非现实、人与神、神与物、时间与空间、历史与神话等关系配置了一套新行头"十四行"，以产生情绪的跳跃性。以十四"行"的形式写就，其意图明显是要把主题内容置换为"苦恋／炽恋"，她的转换猛一看还是蛮巧妙：主题内容的置换容易使人忽略了两个"黑麋鹿"的关系，十四行体的外在形式又容易使人忽略与狄金森的关系，因为十四行不是狄金森的风格。我再姑且妄言之，她利用的恰是印第安的"黑麋鹿"、狄金森的"蜜蜂"和彼特拉克式十四行诗之间的远距离关系。

所有人都知道，互文写作无可厚非也不可避免，所有人也都清楚，互文与模仿或游戏大相径庭。互文写作有必然的要求：首先，作为互文写作需要达到创造新文本、提供新意义的效果，比如说巴思的《白雪公主》对经典的童话形象进行拆解，其目标乃在于探索元叙述的可能性。其次，任何互文写作者的态度，对原文本是批评性的而不是赞美性，要寻找的是新的指向、建立新的价值。海德格尔尽管是以荷尔德林作为阐释对象，却并不是简单地复陈荷尔德林的伟大，其阐释的意图乃是把"阐释"看作是"一种思（denken）

与一种诗（dichten）的对话；这种诗的历史唯一性是绝不能在文学史上得到证明的，而通过运思的对话却能进入这种唯一性。”[①]此外，作为互文写作，重要的是一种新创造，此创造不在于艺术符号的复制，而在于精神指向的拓展。诗人奈哈特使用“黑麋鹿”形象乃在于他是把“黑麋鹿”看作是印第安民族的神话精神、生命态度或忍耐能力的象征，在另一种环境情况下，他重申“黑麋鹿”精神作为民族符号的意图，乃是以此实施对现代性、对殖民主义的批判。

那么海男借用“黑麋鹿”形象，是否也施展着某些批判或反思？还仅是沉迷在“原始假想”的叙事中以仿像的方式进行模拟而已？以抒情形象“黑麋鹿”为例。

麋鹿（Elk），在苏族的文化传统和宗教生活里深具意义，尤其是对科拉特人（Lakota）来说，麋鹿既被尊为精神导师也被看作实力、性能力、勇气的体现，同时鹿皮、鹿牙、鹿角也被视为贵重的礼物，科拉特男性出生时会被赠予一颗麋鹿牙齿以保佑他长寿。[②]而以被尊崇的动物为孩子命名既是传统也是期望，比如其首领“坐牛（SittingBull）”或“疯马（CrazyHorse）”的命名就是如此，继承祖先名字的“黑麋鹿（BlackElk）”亦是如此，他是作为科拉特人的“巫者、诗人、圣者”形象存在的。海男如果要将此“黑麋鹿”形象成功转化，至少要解决如下问题：首先是抒情形象原型意义的对接，从生物学上来讲，“BlackElk”是北美大平原的特有物种，不同于我们中国的“麋鹿”，中国的“麋鹿”也非是生存在澜沧江流域。从文化上来看，“Elk”确有导师、实力、性能力、勇气的象征意义，鹿皮也常发挥馈赠情人或结婚彩礼的作用，但“Elk”在其文化系

---

①［德］海德格尔：《荷尔德林诗的阐释》，孙周兴译，商务印书馆2000年版，第2页。

② 对麋鹿（ELK）的解释，参见维基百科。“Elk In History”，Rocky Mountain Elk Foundation，FromWikipedia，the free encyclopedia，http://en.wikipedia.org/wiki/Elk。

统中并非是以“情人形象”存在的。与此相比，“鹿”（且不说更狭义的“麋鹿”）在中国文化或文学想象中则更多地指向祥瑞、品德、长寿等象征意义，尽管《诗经·召南·野有死麕》提供的信息也有“以鹿皮为贽”的婚姻礼俗，但“鹿”无疑也并非是作为“情人形象”使用的。简言之，“黑麋鹿”作为情人形象，很难从原型意义上成立，当然你可以说，诗人理应对原型形象进行转换变化，不错，我们也非常需要推陈出新。推陈出新需要解决的是抒情形象的审美意义如何生成及效果，显然“黑麋鹿”对于以澜沧江为语境的海男来说，并非是实在世界的经验存在而是文本世界的虚构或想象，海男使用“黑麋鹿”为抒情形象的意图乃在于完成诗人对自我情感世界的呈现，那么这就需要使该形象生成强大的情绪感染力，但正如前文所言，“黑麋鹿”被抽空原有的内涵、意义或价值之后，几乎无力承载起“人类情感向外部的投射”也无力体现“具有社会性的人类性格”，[①] 只是以“虚构性符号”的方式漂浮于文字上，此种虚构性符号仿佛构成了一个文本世界，然而却是一个没有经验性存在的世界，直言之，“黑麋鹿”作为文本最重要的抒情形象却在“文本的世界中失去了命名的功能，而在经验的世界中又失去了它的客观性”。[②] 最终成为一个毫无力量的“伪形象”——“是在没有情感的条件下产生的虚假创造，并因此缺乏有生命的机体的特性，缺乏具有感染力的、可从一个机体传导给另一个机体的心灵的激动”。[③] 这或许就是阅读《忧伤的黑麋鹿》为何会有极其混乱的感觉，该诗

◇显然“黑麋鹿”对于以澜沧江为语境的海男来说，并非是实在世界的经验存在而是文本世界的虚构或想象，海男使用“黑麋鹿”为抒情形象的意图乃在于完成诗人对自我情感世界的呈现。

①［俄］瓦·费·佩列韦尔泽夫：《形象诗学原理》，宁琦等译，中国青年出版社2004年版，第16页。

②［德］沃尔夫冈·伊瑟尔：《虚构与想象——文学人类学疆界》，陈定家、汪正龙等译，吉林人民出版社2011年版，第257页。

③［俄］瓦·费·佩列韦尔泽夫：《形象诗学原理》，宁琦等译，中国青年出版社2004年版，第16页。

虽以“爱情”为主题，但“爱情”却像是一件外衣，在对话与倾诉的话语方式中，言说着个体对“某物”的诉请，“某物”为何物？也许是爱情，这是普遍的观点。也许是身份，身份又是暧昧的，前半部分对“黑麋鹿”的期遇是低于语境的女性身份，而后半部分与萨福的比附中又是高于语境的女性身份。也许是梦想，诗人的梦想自然是诗歌，只是缪斯不来春花不开的时节，频来不休的往往是白日梦。

当然，此现象并非是海男诗歌独有的，它在当前一些长诗或组诗写作中广泛存在着。

到此，或许应该思考一下外来影响中国化的问题。西方文化对中国新诗的影响有其必然性。从整体背景来讲，当代中国诗歌写作是在当代世界大语境中展开的，不可能也不必逃开外来的影响。从写作经验的意义来说，学习移植外来技艺也是适宜的，比如西方诗歌从技巧、形式到内容的裁度，从情感、观念到语言的炼制都已形成了成熟且丰富的技艺，平移其经验肯定有助于我们的诗歌写作。而站在诗人的立场来看，接受外来影响也是必须的功课，西方诗人的价值、观念、理念以及情怀都会蕴积或展现于其文本中，我们的诗人在学习他们诗歌的过程中，必然要接受他们思想的影响，这有利于培养更深阔的理解力与更多维的观察视角。关键的问题是，如何把外来影响中国化。

◇不管外来影响多么强大，来自血脉中的东西都是不可被清洗的，中国诗歌必然应蕴积着独属的元素，比如最本质的民族经验、文化经验、地方经验与生活经验，人类的普遍命运和生存环境即便有很多相似之处，不同的族群却是在不同的生态语境与社会语境中展演各自的人生际遇。

当我们说希尼是爱尔兰诗人、米沃什是波兰诗人、聂鲁达是智利诗人、阿米亥是以色列诗人时，其实我们已经默认了他们诗歌中有某种特质的存在，一种地缘性的特质所在。我想说的是，不管外来影响多么强大，来自血脉中的东西都是不可被清洗的，中国诗歌必然应蕴积着独属的元素，比如最本质的民族经验、文化经验、地方经验与生活经验，人类的普遍命运和生存环境即便有很多相似之处，不同的族群却是在不同的生态语境与社会语境中展演各自的人生际遇，所以，米沃什和阿米亥即便是对同一事物（比如家园的失去）进行书写，呈现的也是截然不同的文本样态。海男的组诗《忧伤的黑麋鹿》中的“黑麋鹿”之所以会变成一个空洞的符号，我想某种程度上就是该形象是一个伪原型形象，脱离了最基本的地方性知识，无法承载原型的功能。如果从语言上来讲，所有人都清楚，诗的美感是从语言文字上传达出来的，一个词语、一个句式总会包含某种符码，按心理学的说法，可能就是一种情结，汉语诗歌的写作必然要开掘汉语的幽微要眇，尤其是言外意蕴的特殊美感。那大概就需要适当地节制翻译体的语言习惯，而多加注重汉语的特质以及汉语中的思维方式，具有本民族思维方式的语言或许才是产生具有中国式文体的根本。

作伪的是琴弦：现代抒情精神的阐释与演进

王德威对现代文学考察后，认为在革命、启蒙两大话语之外，必须将“抒情”作为现代主体建构的另一个重要面向。[①] 因为不管时代变革如何激烈，在时代的阶段性发展中，人作为行走其间的社会主体，情感的选择与判断不可能彻底消匿，有“情感”在，社会大众问题、个人和时代命运的问题就会持续涌现为让诗人疑虑、困惑、痛苦的问题。那么，“抒情”仍是必须的，因为我们所谓的民族与世界、个人与社会、家族与伦理、外在的时代矛盾、内在的自我矛盾，必然都需要一个情感的立足点和突破口。只是，当现代性以变幻多端的面孔带给我们不同于前人的碎片体验后，传统抒情已悄然演进为现代抒情，诗人把情感外化的浪漫抒情转化为个人的情绪体验，使情感从形象完成的过程中自动析出为包含着经验、智性与情感的——具有“贴切性”的客观对应物。因而，应在抒情精神的新阐释及演进中查看抒情从过去到今天遭遇到了什么样的内在矛盾性，比如说什么情可以抒？什么情不可以抒？如何抒？哪些元素在现代抒情中能更好地发挥效果？

---

① 王德威：《“有情”的历史》，《中国文哲研究集刊》2008年第33期。

这里将以20世纪80年代后，当代诗歌写作中的“河流”这一抒情形象的变化为线索，在分析这一形象的诸般样态及不断转化现象的基础上，理解当代时期的社会经验、历史经验、文化经验以及其他的一些社会现象，是如何成为“河流”这一自然审美物的衍生产品，它们又是如何漂浮或潜伏在河流里，成为占据更核心位置的审美对象。此外，也期望在了解诗人对外界事物的感知力、感受性、敏感点的变化的过程中，理解当代人的情感方式与感知方式发生的变化。进一步，期望能够了解诗人如何通过语言去表征越来越复杂或陌生的情感体验。

一

◇ 河流形象，在中国古典诗词中是一个主要的审美对象，也是意境的主要构成要素。从现代时期，这一诗歌构成要素开始被转化。

河流形象，在中国古典诗词中是一个主要的审美对象，也是意境的主要构成要素。从现代时期，这一诗歌构成要素开始被转化，先是周作人在以《小河》探索新诗的写作中，首次赋予“小河”一种人道主义的人文气质，随后他的同人和后学者，如梁实秋、朱湘、冯至等人，也先后以“小河”作为一种新的诗歌形象来书写个人情感。20世纪30年代，随着民族救亡运动的展开，河流形象又担当起了民族家园的象征，《黄河颂》（光未然）、《松花江上》（张寒晖）、《黄浦江》（任钧）的浪涛中轰鸣的是保家卫国的志愿，咆哮的是失去家国的屈辱。1949年共和国成立后，随着建设祖国大地的潮流，河流形象分裂为两种看似对立的象征：既是新生力量的象征，同时也是被制服被改造的对象。比如，在赞美三门峡水电站和龙羊峡水电站的大量诗歌中，黄河常是以被驯服的野兽之形象出现，“战黄河”，“炸黄河”的诗歌多如牛毛。

20世纪80年代早期，河流依然是作家、诗人、艺术家持续迷恋的主题之一，就诗歌而言，早已成名的老一代诗人乐意用河流来表明立场，如李瑛的《啊，黄河》、林晞的《无名河》；年轻的诗人则把河流作为精神文化的源头，身居京城的骆一禾、海子先后写下许多涉及河流的诗篇，长诗就有《河的传说》《大河》《河流》《传说》《水，但是水》；居于黄河发源地的昌耀，更是写下《水色朦胧的黄河晨渡》《冬日，登龙羊峡石壁鸟瞰黄河寄兴》《河床》《寻找黄河正源卡日曲：铜色河》等诸多关于河流的赞美诗；上世纪90年代，河南诗人马新朝则以十万言的豪情写下1800行的《幻河》，意图完成对母亲河的史诗塑形；时隔不久，辽宁诗人李松涛同样也以宏大的结构《黄之河》去组织一个力图涵括自然景观、历史人物、节日风情的文化史诗；在这个过程中，也不断地出现另外的声音，有对"河流"深深的忧虑不安，如于坚的《那人站在河岸》，周涛的《河流的耻辱》；也有戏谑般的嘲讽解构，伊沙《车过黄河》中的基调曾经掀起过一轮又一轮的热议；21世纪前后，河流形象（尤其是黄河形象），依然是诗人们流淌不息的情思，甘肃诗人姚守礼出版了诗集《喊不住的河流》（2003年），广东诗人陈陟云的诗集《在河流消逝的地方》（2000年），最近诗人古马还推出了长诗《大河源》。不同的是，近些年来越来越多的诗人回到了属己的"河流"，雷平阳在其诗集《云南记》中，几乎用文字踏遍了家乡的大小河流，"怒江""昭鲁大河""雅鲁藏布江""澜沧江""红河"等大河以及这些主河流上大大小小的支流，都以更为具体的声响回荡在云南的峡谷密林中。同样，湖北诗人哨兵，也用整整一本《江湖志》和长诗《水立方》，去展现他生活于其中的长江以及长江漫延出的诸多湖泊、沼泽或湿地，他们在回到区域性地方性的过程中，越来越关注的是河流的自然生命。此处列举的只是大家耳熟能详的作品，其实几乎每个诗人，尤其是在水边长大的诗人，他们的写作中都会流淌着一种"河流"情结。

先看骆一禾。20世纪80年代早期，在骆一禾的长诗中，河流首先是被作为“中国精神的发源地”出现的：

有了河流中国的火才燃烧到如今
照亮城墙下的青松山丹和黔首
那些
像灵魂和树木一样天生的女人
像河流一样勇敢的男人
他们是有力的
抛洒下散出去就不再属于我们的自由
我们并不能
永远从收获里得到幸福
而河流的种族
就这样在暴风雨的前面
撒下了种子
自由
在蝴蝶闪着磷火的黑夜里
明亮起来美丽起来
河流明亮起来美丽起来
雨水剥开果仁
痛苦而又新鲜的感情
大雾般弥漫在映着水淞的河流上
一切都旋转在激情的心中

（骆一禾：《河的传说——献给中国精神发源地，伟大的河流》）

“精神发源地”这个原型，之所以会在20世纪80年代早期作为一种很受诗人钟爱的抒情形象存在，首先应该是历史传统的原因。大家知道，我们中国的“水”相当于西方的“river”，而“河”则是更倾向于专用的名称，特指黄河。由于水流动趋下的属性和其具有的洗涤、润物、承载、鉴照、观赏等功能，传统文化中水便成为“道、德、义、勇、法、正、察、善、志”等理念的象征，也是“生、死、苦、乐、忧、惧、悲、爱、壮”等的情感象征。[①]同时，也是一种审美象征，“内心所欲的东西都能归结为水的形态。”[②]而黄河，历代以来被赋予的文化意识，对后来的每一位诗人都有着非同凡响的意义，即便从未见过黄河流动的身影或者从未听到过黄河鸣涧涧的水声，却仍然能时常感受到它的力量，其在心理上的影响甚至还完全可以超越那些真正浸润过自己的河流。那个渡台的诗人余光中就曾如是说：

我是在下游饮长江的孩子
黄河的奶水没吮过一滴
惯饮的嘴唇都说那母乳
那滔滔的浪涛是最甘，也最苦
苍天黄土的大风沙里
你袒露胸脯成北方的平原
一代又一代，喂我辛苦的祖先
和祖先的远祖，商，周，秦，汉
全靠你一手摇动的摇篮

① 刘雅杰：《论先秦文学的水意象》，博士学位论文，东北师范大学，2005年。
②［法］P. 克洛代尔：《处境与建议》，转引自巴什拉《水与梦——论物质的想象》，顾嘉琛译，岳麓书社2005年版，第148页。

摇出了哭声，伴着一首
喉音多深沉的浑黄歌调
（余光中《黄河》）

◇ 当一条河流足够阔大，阔大得足让万物都感到卑微和渺小时，它在空间中的物质性往往会被赋予许多神秘的想象。

当一条河流足够阔大，阔大得足让万物都感到卑微和渺小时，它在空间中的物质性往往会被赋予许多神秘的想象，被人们想象为是那些难以理解之物的表征形式或神迹启示，之后又会慢慢地成为历史、文化、精神、宗教的象征，然后自然而然成为大家无意识中第一位的情感象征的选择。即使河流的最根本形式是自然所造就的，它的名字也不再仅仅是对自然之物的指认，因为同时它更是一种情感的认知，是大家根据自己的想象对其加以取舍改造而成的象征物，象征不光是在认知中进行，也在想象中飞翔。在每个诗人的辞典里，河流（尤指黄河长江）大约总会流淌着李白的酒、项羽的血，或是屈子披散的长发、西子浣过的轻纱吧！有这种无意识的文化心理，想让它们不成为哲理、神谕、母体、勇气、情爱等的代言都是困难的。所以骆一禾理所当然地把“河流”视为——“是蓝色星球的播种者 / 是在那一片片盐渍闪着白光的沙漠上播种道路 / 是在那空气摇曳着白叶片的日子里播种春天”，是历史、神话，土地的“见证和希望”。（骆一禾：《河的传说——献给中国精神发源地，伟大的河流》）

骆一禾把河流作为一种精神的源头，大约也和黄河重源的传说有关。从最早的《禹本纪》《山海经》《穆天子传》到后来的《水经注》中，都没有弄清黄河河源的所在，后来历代也多有考察，但黄河源头仍然是众说纷纭。直到 20 世纪 50 年代，黄河的河源才被勘察清楚。然而传说由来已久，且使这条大河更具神秘神圣的气质，对黄河源头的追寻，便演化为对一种本原之本源的追寻。居于西部高原的诗人昌耀在书写河流时，多半就是这种心态。

20世纪50年代刚到西部时，昌耀和当时的年轻诗人一样，对黄河的书写中，一面是征服自然、建设祖国的豪情（《伏虎者》），一面是对母亲和伟大力量的赞美（《寄语三章·2黄河》）。上世纪70年代末到80年代初，他重写黄河时，这种感受方式还在延续。不过很快他改变了直白的呼告和赞美，开始让西部的那些巨大的标志性的实体（旷原、高山、河流）"自己"站起来描述自己。在那个"青藏高原形象塑造"系列中，第一首是以对河床的塑形开始，第六首则是以返回来寻找黄河源头结束：

> 从碉房出发。
> 沿着黄河我们寻找铜色河。
> 寻找卡日曲。
> 寻找那条根。

是以对于亲父、亲祖、亲土的神圣崇拜，我们的前人很早就寻找那条铜色河。

> 寻找铜色河大沼泽。
> 寻找铜色河的紫色三岔口。
> 寻找河的根。
>
> （昌耀《寻找黄河正源卡日曲：铜色河——青藏高原形体塑造之六》，1984年）

黄河的源头所在何处，在20世纪80年代已经没有任何悬念了。

◇ 寻根溯源，不能简单地理解为对文化对传统对生命原初认知的渴望，认知背后隐藏着第一位的发言权的争取，完成某种源头的“确证”意味着诗人竭力争取的是至高至上至真的言说话语。

但是诗人仍要寻访、求证、追随，这种从自身（还有同伴）对黄河的忠实出发，诉说对它的情感，有着更隐蔽的动机。寻根溯源，不能简单地理解为对文化对传统对生命原初认知的渴望，认知背后隐藏着第一位的发言权的争取，完成某种源头的“确证”意味着诗人竭力争取的是至高至上至真的言说话语。

有着同样野心的还有诗人海子。在骆一禾写下长诗《河的传说》之后，海子也很快写下了《河流》与《传说》。

在森林中静静航行，在传说的黑翅膀下静静航行，我看见了黄昏的河湾

母亲捧着水走过黄昏的风圈，爱人越缩越小，只能放进心里

一群牧羊人在羊群山苍凉的掩映下想起了南方和雨

山峦像清秀的渔夫撒满江面，岛屿像鸟的手指在夜里啜饮大海

南方，许多声音，许多声音

九个巨大的金属坐在海岸上，你的城市沉下一块又一块紫丁香

我追过桥去，一批石人石马等我静静退出

牛角号伴着我度过阵阵抽搐的夜晚，关起木栅，把黄昏和牛放满一地

舞的人群消融得像一幅疲惫的脸，在樱花树下拣起你的月亮，你的风风雨雨

用一只腿跳着离开干涸的河床

揭开一层层泥沙，骨胳迎风而立

在必要的时刻，南方的河流，你的头发流泄那么多不可缺少的爱

（海子《河流·3来到南方的海边》，1984）

在海子的诗中，河流首先是女性形象的投影。“母亲”和“河流”结合为一种“母亲—河流”的景观——“你刚合上眼皮/渔人就/用海螺做成眼睛互相寻找/女性的亲人/温情如蓝色的水”。母亲—河流景观的身旁则是女人—河流景观，不管是“爱人”“情人”还是“姐姐”“少女”，都可看作是除了“母爱”之外的，“不可缺少的爱”的投影。这是他与骆一禾极为不同的地方。随后海子在写作《传说》时，开始加入了一些民间文化，看起来其注意力主要集中在对秦腔、唢呐、茑、女萝、老人、村庄、传说、风俗等事物上，河流形象反倒是以一种潜伏的方式串流于其间。不久他又写下《但是，水》，力图进入对一切原初之本源的理解，河流也由一种相对具体的形象扩张为“水”之整体形象。这些作品通常被看作是海子早期创造史诗的愿望。

如果从文本形象来看，海子关于“河流”（水）长诗是一个南方、母性、精神家园的系列。这些诗中，既有对皖南地域文化的思考也有对中国古典文化的追溯。根据海子成长的经历，他所出生并度过童年和青少年的安徽怀宁县，原本是一个水文资源丰富的地方，境内有四大水系六大湖泊：皖河、珠流河、高河、大沙河水系和白洋湖、三鸦寺湖、石门湖、冶塘湖、七里湖、八里湖。但据他的怀宁同乡的分析，海子所生活的地方，“水”一直是他们家乡人民生活中并不充裕的生活资源，尽管高河就流经他们的乡镇，同时还有枫林河、查湾河、泉水河等支流，干旱和用水困难却是最真实的生活状态。[①] 所以在海子的诗中，虽然一再出现河流的意象，但

① 丁柏林：《海子诗歌中的水意象》，载《安徽农业大学学报》（社会科学版）2004年第4期。

那些意象呈现的却并非是一种彻底的清澈或明丽的欢悦，而多半是蒙上忧郁甚至是冰冷的质地。

◇ 一方面他营造着想象的河流，并在想象的河流中装点上梦幻的水草、歌声、爱情。另一方面他不停地穿插进去对河流干涸这一事实的焦虑，并把自己看做大地上另一种河流。

那么河流，在他自主情结中该是一种比较矛盾的东西吧？一方面他营造着想象的河流，并在想象的河流中装点上梦幻的水草、歌声、爱情。另一方面他不停地穿插进去对河流干涸这一事实的焦虑，并把自己看作大地上另一种河流：

我是一条紫色的土地的鞭痕
在日子深处隐现
我的眉心拧结着许多紫色的梦
……
我知道我是河流
我知道我身上一半是血浆一半是沉沙
（海子《河流》，1984）

诗人的野心是成为滋养大地万物的“河流”，其实是在借助“河流”这一形象，来抒写自身的欲望，这个欲望一部分是爱情方面的（此时他正是风华正茂的小伙子），更重要的部分则应是雄心方面的，那个时候他一再说，“我的诗歌理想是在中国成就一种伟大的集体的诗，我不想成为一个抒情诗人，或一位戏剧诗人，甚至不想成为一名史诗诗人，我只想融合中国的行动成就一种民族和人类结合，诗和理想合一的大诗。”[①] 那么不愿意成为抒情诗人，甚至连史诗诗人都“不屑”的海子，如何在当代完成“史诗”的写作？他言中的“大诗”是一种什么样的品格？[②] 数年之后，杨匡汉先生对

① 参阅《倾向》1990 年第 2 期“海子，骆一禾周年祭”专辑。

② 根据抒情诗，戏剧诗和史诗的概念，海子这里的言说是缺少严谨思考的。

那一时期诗人梦想中的“大诗”，做出了一个总结：

> “大诗”是足以震撼一代人心灵的声音，是立足本土又把全世界拥抱在自己心中的篇章，是审美化处理环境使之灵魂创造生动、恒久的价值的歌唱，是在救治世界的同时完善人性，健全人格的圣地之旅。[①]

为了完成这样的目标，该塑造出什么样的形象？

形象，按照佩列韦尔泽夫的定义，它应该具备这样一些内涵和功能——“形象是人类情感向外部世界的投射，是在技术器官中体现并因此具有社会性的人类性格，它与现实存在的人类世界联系密切，通过技术表达器官体现的有关人类感情具有激动人心的作用。”[②] 那么为了完成心中的“大诗”，他们在河流形象的塑造上，该把哪一种原型意义选作主要的象征？应让其在何种维度上成为抒情元素？应该在其中添加些什么？掩藏些什么？埋伏些什么？彰显些什么？这些问题看似低级简单，但一定会是有着写作“大诗”理想的诗人们必须特别考虑的东西。

仍以海子和昌耀的诗歌文本为例来分析。他们的共同点是：比如，把河流的身体性与自身的身体感觉结合起来。我们把海子《河流》中出现的意象简单地串起来看：月亮—流水—情人—小草—琴—春天—梦—小船—树根—种子—爱等，就会发现“正是物质在决定着形式”。河流在诗人的眼里，先是物质的，然后是形式的。坐在河流岸边，肢体被水流轻轻摇晃，水汽在指尖和眉梢中颤动，

◇ 河流在诗人的眼里，先是物质的，然后是形式的。坐在河流岸边，肢体被水流轻轻摇晃，水汽在指尖和眉梢中颤动，水草、泥土、夜色混合的气息在鼻翼和喉腔中滑动，在聚合视觉印象、听觉印象、触觉印象中，河流的物质形象便幻化出一种首先让自己都迷恋的情感形象。

① 杨匡汉：《中国新诗学》，人民文学出版社 2005 年版，第 409 页。

②［俄］瓦·费·佩列韦尔泽夫：《形象诗学原理》，宁琦等译，中国青年出版社 2004 年版，第 16 页。

水草、泥土、夜色混合的气息在鼻翼和喉腔中滑动，在聚合视觉印象、听觉印象、触觉印象中，河流的物质形象便幻化出一种首先让自己都迷恋的情感形象。而昌耀在《河床》一诗中，首先是让“河床”的自我言说中有了近似于人类的性格，有了鲜活的生命的肌体，并表现出肌体的结构特征。然后再在河流的外在形体中寻觅那些符合自己内在生命和情感的外在表达的途径。显然，他们将自然世界中的河流比作人，或者将人的内在情感比作河流的物质形态，目的都是为自身的某种感受提供一种可见的物质形式。河流因被赋予的情感、情绪、感知、态度、气度而有了鲜明的“性格”，诗人的情感和欲望也因对河流外在的物化的表达而得到了表达。

此外，他们都热衷添加神话系统。昌耀借助的是西部少数民族那些离我们看起来比较遥远且陌生的神话系统，或者神话化自己的人生经历，让那原本是屈辱的命运看起来充满了传奇色彩（按巴赫金的说法，传奇也是基本神话程式的再现）。海子是将自己的直觉、想象和观念与因袭的神话或民间传说相融合，创造自己的神话体系，并将这种神话体系和诗歌理想结合在一起。为了配合“救世主”的身份，海子有意地为那个想象中的“救世者”设计了一幕又一幕“悲情”的“出场”：

> 他感到河流就像一条很细很长、又明亮又寒冷、带着阳光气味和鳞甲的一条蛇从手心上游过。他的手似乎穿过这些鳞甲在河道下一一抚摸那些人们无法看到的洞穴。(《龟王》)
>
> 人们都说，他是从一条木船上被抱下来的。那是日落时分，太阳将河水染得血红，上游驶来一只木船。这个村子的人们都吃惊地睁大眼睛，因为这条河上已经很久很久没有船只航行了。(《木船》)。

两条相爱的蛇使他这一辈子注定要在河道上漂泊、寻找。
一枝火焰在他心头燃烧着。(《初恋》)

每个民族都有自己的神话系统。神话的作用，在此无须赘言。谢林和弗里德里希·施莱格尔早就说过："现代诗人要写出伟大的文学作品就必须建立一个全新的、囊括一切的神话体系，这一体系要能够把以往西方神话的深刻见解和人类在哲学、自然科学方面的新发现综合在一起。"① 或许正是这一目的，直到现当代时期，乔伊斯、艾略特、奥尼尔、叶芝、马尔克斯、马哈福兹、帕慕克、莫里森，在创作时还总是有意识地把现代题材编织进古代神话的模式中或者自创出一套神话体系。

但是现代中国以来，"神话"和"传统"一样，遭遇到了前所未有的冲击。不管试图颠覆者或者是试图敬拜者，都把其置于一种非正常的位置。"神话"对于在"破四旧"中成长起来的读书人来说，是一个不宜说清甚至是不宜言说的话题，然而20世纪80年代却有很多的作家、诗人、艺术家在他们的创作中启用"神话"元素。除了创作环境的宽松之外，更重要的原因是什么？

海子为"河流"撰写"传说"，让传说在河流上发生，其实就是把"河流"作为一种要寻找的实体接触，并把这种对实体的意识和感觉，当作是史诗的最基本特质——"依靠传说是长篇史诗这一形式的内在要求"。② 他先后把土地、河流、太阳看作是走进一个民族心灵深处的最可靠的实体，并且认为在对这些巨大物质体的触摸下打开那"古老的沉积着流水和暗红色血块的心脏"，就能寻找

---

①［美］艾布拉姆斯：《文学术语词典》，北京大学出版社2009年版，第343页。

②［苏联］巴赫金：《巴赫金全集》第3卷，白春仁、晓河译，河北教育出版社2009年版，第511页。

◇ 所谓“大诗”，所谓“震撼一代人心灵的声音”的“集体的诗”，所谓“音乐机器”，都是用诗歌传颂所谓的“真理”，并以此来拯救尘世。各种代名词之下潜伏的是一个相似的目的——将书写的自然崇高化——将其一切外在的表现都形诸于一种价值等级的范畴中，那么这其中是否潜藏着不可言说的权力意志？

到古老心脏的“冲击力”和“回声”，就能完成一种超越父本与母本之上、超越审美之上的具有“宇宙性背景”的“伟大的诗歌”。[①] 昌耀也一再表示他持的是大诗歌观，看重的是诗“言志”“载道”的作用，他启用的那些神话故事、宗教仪式、民间传说，都有一个共同的特点，即用来衡量善恶并对个体行为作出一种判决，昌耀在诗中很少审判历史也很少质疑政治。还曾说“是以我至今仍保留着对于‘文以载道，诗以言志’古训的敬重，主张每一位诗人在其生活的年代，都应是一部独一无二的对于特定历史时空做能动式反映的‘音乐机器’，其艺术境界可成为同代人的精神需要与生命的驱动力。”（昌耀《诗人写诗》）

今天看来，这更像是一种政治无意识的诗歌野心，用一种看似“寓言化”的策略，表达自身无意识中的欲望。所谓“大诗”，所谓“震撼一代人心灵的声音”的“集体的诗”，所谓“音乐机器”，都是用诗歌传颂所谓的“真理”，并以此来拯救尘世。各种代名词之下潜伏的是一个相似的目的——将书写的自然崇高化——将其一切外在的表现都形诸于一种价值等级的范畴中，那么这其中是否潜藏着不可言说的权力意志？

纵观 20 世纪 80 年代这些写河流的长诗，诗人的兴趣中心看似向内转了，抒情诗中的“我”从代表性的集体性的“大我”转向为诗人个体的“自我”，诗人们开始讨论思想、感情或意志，但在这个表象之下，那些浓墨重彩描绘的宏大场景、“重要”事件和特意传奇化的情节，无意中正好说明他们感兴趣的依然是场景、事件和情节，也反证了这个“向内转”是多么的表面化。很多的诗人，都尝试着将抒情诗进行史诗的转换，在打着“虚构”“神话”“传说”这

① 海子在 1987 年 6—8 月的日记中，曾数次这样谈论他的诗歌理想。

样的招牌下，他们一面推重着“自我”，一面模拟西方的史诗，似乎从未意识到史诗和自我之间原是有着不可通约的关键。我想，对长诗（或者他们所谓的史诗）的热衷，很多的时候是因为他们清楚地意识到，长诗既富于表现力，而且还富于自我表现力，可以实现一种“自我的崇高”。在所谓“史诗”的追逐中，他们特别关注的乃是意识形态在创作以及塑造某些自我原型中的作用，而非真去探讨那些养成自己人格心理的传统文化或民族精神。就如“河流”这一抒情形象，虽然诗人很想通过河流的形象把自己隐藏起来，但通常是一种暂时的退隐，他们努力在做的正是在一种“隐蔽的”新形式下延续自己的情感，看似在分析河流的精神，其实乃是在分析自己的精神。没有一条河或一座山仅仅因为它们是河本身或山本身而成为神圣，它们变为神圣是因为它们在“传说”中被加诸了许多整体性价值。

◇ 很多的诗人，都尝试着将抒情诗进行史诗的转换，在打着“虚构”“神话”“传说”这样的招牌下，他们一面推重着“自我”，一面模拟西方的史诗，似乎从未意识到史诗和自我之间原是有着不可通约的关键。

二

在屈原、李白、杜甫生活的时代，长江黄河都是充满浪漫神奇色彩的河流，有自己的个性和无数的传说。但是在机械时代之后，它们是不是会像雨果的莱茵河那样，在工程师的改造下，逐渐失去原始的吸引力，成为“工业的代表”？

> 如今最大的特点是河流已为道路代替
> 所有的道路都蜿蜒
> 它们模仿河
> 所有的道路都迎着车轮急泄
> 然而没有浪花
> 所有的道路汇集于城市

却绝不奔向东海
我不知道世界何以变得如此干涸
后来我下决心去寻访伟大的河流
结果见到的令我失望
它们已远不如想象中那么雄壮
奔腾的浊流驯顺如羊
平坦的大地缺乏瀑布
著名的大河不再如反叛的马队围困城墙
它们像流水线一样平庸呆板
这暴躁强蛮的高原之子已经衰老了么？
在泄洪闸的枷锁下挣扎喘息
降低水位的河岸露出卵石老人般的牙齿
可怜的水流无力承载船舶
它们被人撕成细窄的小布条
一路遭受瓜分
像古代的生辰纲被沿途抢劫
连淹死人的事也变得异常罕见
（周涛《河的耻辱》，1985 年）

◇ 他们同样是把河流作为一种精神源头的象征，甚至有些相同的词汇与短语被使用，但是塑造出来的诗歌形象以及形象所体现出的性格却有着极大的差异。

周涛的这首《河的耻辱》，是一组关于河流书写中的第一首。对“失去的河流”或“河流的失去”感到悲哀，这样一种情绪着实让我感到了微微的诧异和一种或许不应该有的惊喜。同样是要寻访“伟大的河流”，周涛与骆一禾、昌耀和海子们却有着截然不同的体验。

他们同样是把河流作为一种精神源头的象征，甚至有些相同的词汇与短语被使用，但是塑造出来的诗歌形象以及形象所体现出的性格却有着极大的差异。比较而言，昌耀多是以父亲来表征黄河，黄河形象在他的诗中又通常是以雄性力量的气势出现，从河流的外在形态到河流的声响，都充荡着不可遏制的力量，奔腾且野性。这一明显的特征有着强大的视觉效果，强大到我曾经完全忽略他是在桃花江那条柔美且有些轻奢的明澈溪水边长大的，忽略了他原本有南国才子那一份细水般婉转的柔思情肠。我们不能说昌耀骨子里应该更喜欢明丽柔美的南国山水，但是很明显，他早期的写作有意地回避了童年记忆经验。海子则恰恰相反，他的诗歌里总是融进很多童年记忆以及地方性经验，也更多个人的情感经验，虽然有些漫漶，却也多了些许迂回的缠绕。骆一禾则是更直接地启用河流最通用的文化意义，这大约和他生活经历有关。

但是周涛，他在寻找伟大的河流时，看到的却是河流的“耻辱”而非河流的“荣光”，过去伟大的河水是——“其源浑浑泡泡者也。东去玉门阳关千三百里，广轮四百里。其水澄渟，冬夏不减少。其中洄湍电转，为隐沦之脉。当期濆流之上，飞禽奋翮于霄中者，无不坠于渊波矣”。[①] 而今却是水流浑浊、呆板平庸、窄细无力、衰老丑陋、挣扎喘息。在外在形态的变化之上，是河流功能的失去：一不再是交通的核心，因为“可怜的水流无力承载船舶”；二不再是灌溉的丰藏，“降低水位的河岸露出卵石老人般的牙齿”；三也不再是精神的象征，“它们像流水线一样平庸呆板”。因其功能的丧失，便有了被取代的可能，所有的“道路”都摹仿河流，形体上蜿蜒如它，功能上取代它，目标却是另一个地方。河流的倾泻是为了奔向大海，道路的汇聚却在城市。一个要走向自然，一个要走向工业。走向自然的越来越无力，走向工业的越来越热闹。当周

---

① 郦道元:《水经注全译》(上)，陈桥驿等译，贵州人民出版社1996年版，第39页。

◇当周涛说河流的被模仿被取代是河流的耻辱时，他直接说出的是一种自然物即将消逝的悲哀，没有直接说明的，恐怕还有“即将消逝”和“终将消逝”之后的结果。

涛说河流的被模仿被取代是河流的耻辱时，他直接说出的是一种自然物即将消逝的悲哀，没有直接说明的，恐怕还有“即将消逝”和“终将消逝”之后的结果。

因而，我认为这首诗中对河流问题的思考，在那个时代还是比较特别的。就像我刚刚分析的，海子、昌耀、余光中的写作中，河流都是以一种近神的形象被书写的，周涛的声音显得相当“刺耳”。再回想一下昌耀的河流形象，周涛则几乎是解构主义的。在私人交往上，周涛恰恰很欣赏昌耀。提到这一点，我想说的问题是，海子、昌耀、余光中们在书写河流中，他们赋予河流的象征功能，在很大程度上是对传统象征的应和，他们都保留了传统抒情诗的一些基本元素，而这种情感态度是有着广泛群众基础的。虽然这并不一定是他们的意愿，海子热衷于“集体书写”，热衷于救赎，不愿意抒情，偏偏他的诗充盈的古典情怀总是浓得拔都拔不开。余光中是受过现代主义浸染的诗人，却也是善于与“当权者”合作的诗人（这样说并不是说他对黄河的书写是伪情的），他不大可能在以两岸关系友好形象的邀请中，认真地反思河流所遭受的现代性的冲击。而昌耀，从青年时代就对西部大开发持有积极的政治热情，20世纪80年代也几乎没有反思过工业建设的不良后果。也就是说，河流在工业社会出现的一些状况，并不被纳入他们的写作视野中。基于此，我认为周涛的思考，难能可贵。我些微的惊喜，也正因为看到了河流的现代性问题，终于进入诗人的视野。诗人对河流形象这一传统审美主体的感受方式，开始发生了某些实质性的转变。

20世纪80年代末，诗人伊沙的《车过黄河》引起的热议可谓延宕良久，赞美声与诅咒声都够充足。但不管态度的褒贬，许多人都认为伊沙把崇高神圣的黄河嘻嘻哈哈地“黑”了一下：

列车正经过黄河
我正在厕所小便
我深知这不该
我应该坐在窗前
或站在车门旁边
左手叉腰
右手作眉檐
眺望像个伟人
至少像个诗人
想点河上的事情
或历史的陈帐
那时人们都在眺望
我在厕所里
时间很长
现在这时间属于我
我等了一天一夜
只一泡尿功夫
黄河已经流远
（伊沙《车过黄河》，1988 年）

黄河，是一个让我们不由自主会对其肃然起敬的词语，因为她直接就和母亲，和摇篮，和祖国，和苦难，和勤劳，和文明，和人类的起源联系到一起了，你怎么分都分不开。在我们所受的教育里，黄河已不仅仅是一条“混有大量泥沙的河”，而是一条被教化出来的河流，她有的是精神的赋值与增值。就如此刻，如果我不用“她”而用“它”来指代时，就会心生愧疚。我相信这种愧疚和教化有关，我的家距离黄河不足百里，可是在 20 岁之前我根本就没有见过黄河，至于今也总共不过去过四五次，还是去游玩。诚实地说来，对黄河的实际经验远没有村头那道溪流真切，然而对村头小河的敬畏却远远比不上黄河，一旦要让自己说出不大恭敬的话语时，便会立即感到内心不安。

◇“黄河”这个词语的意义被不断扩大，这里面当然有诗人的功劳，一代又一代的诗人用他们的才情让黄河在“传说”中，成为神圣不可冒犯的象征。

“黄河”这个词语的意义被不断扩大，这里面当然有诗人的功劳，一代又一代的诗人用他们的才情让黄河在“传说”中成为神圣不可冒犯的象征。比如，其名字的由来原本是因为其含沙量造成的（“清澄一石水，六斗泥”），不知道从哪一天起，她的颜色又和“黄土地”“黄皮肤”发生了关联，继而又成为一个民族外在面貌与内在气质得以形成的本源。随着这一观念的合法化，有谁愿意去质疑她呢。但是，真实的黄河到底是什么样子？相信大多数人是不清楚的。

那么诗人可以让“黄河”永远神圣伟大英雄下去吗？假如有人胆敢还黄河一次“本身”，或者无视一次甚至“亵渎”一下，那将意味着什么？这样的行为，在文学史中会被说成是某个时代的诗人有意识地反文化、反崇高的野心。但是我总觉得“反文化、反崇高”不是诗人的最终目的。谁会无缘无故地去讽刺、嘲弄“母亲、父亲、自由精神、英雄”等等这些至关重要的精神依托呢？

学界曾认为，这一行动的开始和当时反讽语境的出现也不无关系，那一时期《中文系》《有关大雁塔》等作品的出现，曾经被看作是诗人们有意采取的“反攻”主流话语的行动。尽管荣格也告诉我们说，“民族和时代也像个人一样，有它们自己独特的倾向和态度。”[①] 但是需要思考的是，这样一种逆袭出现的原因是什么？在

①［瑞士］荣格：《心理学与文学》，冯川、苏克译，生活·读书·新知三联书店 1987 年版，第 122 页。

我们中国传统文学中，山的抒情不如水的抒情，因为水是结合时空体的，是流动性的，它特别和生命有关。比如，河流因为有一去不复返的特征，与时间的特征便有了相似性，人们因此把它的生物形式、物理形式、地理文化形式等基本特征作为最高形式的文化象征，河流形象也成为一种可见可感的时空基本形式。河流的这种时空特征表明了它存在本体的永恒性，这说明不管河流的形态如何千姿百态，其原型意义是有着同一性的。那么作为中国抒情诗最重要的一个原型形象，却开始被越来越多的诗人质疑，这其间必然隐藏着更深密的缘由。曾经我们在特别强调动机的时候，无意中大约忽视了那一时期很多抒情形象与正统理念、思想与感受已经发生了严重的分裂。也就说，抒情形象在作为主体与作为心智表达的主体之间，已经出现了裂隙。

因而我认为，诗人对河流的质疑，首先应该是因为河流的身体性发生了根本性的变化：

◇ 诗人对河流的质疑，首先应该是因为河流的身体性发生了根本性的变化。

> 这是最后的河流黄沙封门的河流
> 白茫茫的河床上空无一人白茫茫的河床上
> 弦断音绝萎缩的手被黄沙砍断的手
> 吹灭了羊圈里的花朵像干渴沙哑的水瓮里
> 已经看不到七十二个峡谷之上的威仪
> 看不到波光水影里纤夫们弯曲的青铜脊背
> 裸露出她的光身子在暴烈的阳光下扭曲变形
> 羞涩疼痛神的踪迹全无
> 一万条翔舞的银龙隐匿于幕后大河断流
> （马新朝《幻河 · 52》，1995—2002 年）

在黄河的源头，马新朝还虔诚地把她视为十二雪峰守护的“黄金的圣殿”——“携带着高原上的光芒万有幻像星宿海的流溢 / 携带着宇宙间的气息元素凉意鹰翅 / 携带着圣灵的肃穆经卷词语与词语之间的沉默”，奔腾而来，势不可挡。且有那流水孕育的琴师，坐在闪闪的流水上，用穿过“七十二峡谷”流水的节奏，弹奏着“黑夜和白昼”弹奏着万有生灵（“鹰翅走兽紫色太阳骨镞西风”）“内心的敬畏和热爱”，弹奏着流水在大地上“延伸的文告”。然而随着河流穿越峡谷大地森林草场的途中，出现的却是越来越多让诗人感到“难堪”的景象——最神圣之物的“神迹”消散——甚至是被扭曲、被改道、被屠戮。一条断流的大河，让诗人怎样拿她来象征精神的威力？

如果河流的身体性发生了变化，比如说黄河改道，在三门峡在开封，她都变得与以前的不一样了。那么她新的物质形态与传统的情感形态自然会逐渐偏移，二者再作为比喻关系肯定会出现缝隙，也就是说，河流身体性的形象与河流的象征性或隐喻性形象不合了。河流的身体性既然已经变异，随之的精神象征物自然也会发生变化，抒情形象当然也会发生变化。或者我们这样思考：如果这个抒情主体从根本上发生了变化，人们对过去的精神史进行反思以外，那么人们是不是对表述方式也产生了质疑？

显然，从物质形式的变化转化为思维状态的变化之过程中，过去对河流的抒情方式已经捉襟见肘了，而且显得虚伪。因为过去对河流的抒情都是在摹仿论的基础上，伟大、崇高、神圣等精神象征或隐喻，都是和河流原本的物质形式上有极大的暗合或相似之处。但是慢慢地，河流自身发生了身体性的变化，随着客体形象自身客观的物质状态的改变，原型意义上最主要的基本的象征发生了变化，进而导致思维状态的变化，这个思维上的变化也包括和它相联

◇ 过去对河流的抒情都是在摹仿论的基础上，伟大、崇高、神圣等精神象征或隐喻，都是和河流原本的物质形式上有极大的暗合或相似之处。

系的情感发生了变化：

河上没有海鸥
河上没有白帆
他想起中学时代读过的情诗十九首
世纪的爱情也在这河上流过
河上有鸳鸯
天上有白云
生活之舟栖息在树荫下
那古老的爱情不知漂到海了没有
那些情歌却变得虚伪
像一个个花枝招展的淫妇
面对这风景他沉默
他不怀念也不忧伤
（于坚《那人站在河岸》，1985）

当站在一条“臭烘烘的河流”边，看到的是上面“长满细菌”，“口痰和粪便糊在上面”，“泡沫抱着鼠尸旋转”，听到的是蚊虫哼哼入耳，这个时候，即便是你在和一个姑娘谈情说爱，即便那是你紧张激动得不知所措的初恋，估计也难逃一股股恶心念头的干扰。那些曾经听过的古老的情歌，那个曾经在水一方的“伊人”，也灾难般地被你想象为翻卷的“一堆臭烘烘的泡沫”。这样的河流里，我们还会有“溯洄从之”“溯游从之”的愿望吗？

此时，如何不对河流形象发生质疑！再说伊沙对黄河的解构。黄河，如果不再是创造世界的英雄，不是精神和文化的源头，不是滋润万物养育生命的母亲，那她是什么？对河流形象的质疑，意味

◇ 正是河流自身那些否定性的因素越来越多，才激发大家开始对她进行否定性的挑战，过去，我们思考她“是”什么，今天，我们思考她“不是”什么。当我们把注意力集中在“不是”上时，“解构”河流的意图便开始悄然行动了。

着个人主义对信仰的挑战。没有人愿意平白无故地去怀疑“河流”所表征的意义，我们产生这一质疑，一定始于河流自身具有了可以被否定的因素，并使文本也充斥着否定性的力量。正是河流自身那些否定性的因素越来越多，才激发大家开始对她进行否定性的挑战，过去，我们思考她“是”什么，今天，我们思考她“不是”什么。当我们把注意力集中在“不是”上时，“解构”河流的意图便开始悄然行动了。

那么对河流形象的解构，也是对摹仿论的质疑。我们知道，摹仿理论认为一切自然物象均可以再现为艺术形象。而其基本前提是那些被选定为摹仿对象的自然物都有其鲜明的形式感，可以通过自身外在形式的自然展现完成一种审美效果。并且，这些自然物象除了其外在形式之外还有一种强大的内在精神，它们组合为一个内外统一的物自体，不仅是美的形式而且还会引起观看者的审美冲动。换言之，那些被选定来摹仿的自然物象其内部似乎都存在着一种“召唤结构”——会唤起情绪和感觉，引起创作的欲望。当诗人面对物象时，是一个双层互动的过程，一方面是人的意识的主动性与意向性，另一方是物自身的显现与其意识。物象的属性和特征总会倾向性地带入新的形象之中，成为某种形象的代表或具有某种特定的含义。同时它的潜能也是在互动中被不断激发，成为某一种理念的表征或者某一精神的标志。当然物象潜能的可塑性是不能偏离其根本属性的，否则，便失去可信度。[①]

正是因为摹仿论看重的是准确性够不够、是不是真正代表了精神层面、所指是不是对等问题，并把是否“真实地”再现了它所表现或应该表现的题材作为衡量作品的依据，它的问题在现代性语境

① 关于摹仿论中形象问题的探讨，参阅刘恪《形象诗学》，载《词语诗学·空声》，河南大学出版社 2008 年版。

中便是难以克服的。当物象的审美形式不能产生新的抒情符号时，形象与意向便不再是一对一的关系，对摹仿论的质疑便是在所难免了。

当物象与象征之间的纽带被断裂后，创作者要想把他的意向准确地达出来，由摹仿论转向表现论就成为必然的选择了。因为表现主义极力表现的是对人生与人类社会的自我感受（通常是忧心忡忡、满怀激愤的人生感受）与种种极端化的强烈情感，其手法自然是热衷于对现实主义艺术中所谓的客观世界的外部特征加以夸张和扭曲。[①] 说白了，就是不再顾忌表面是否相像，表现对象的外在形式是一个什么样的东西我不管你，我只管把我自己的感受情绪呈现出来就行了。对在工业化、技术化、城市化构筑的世界中越来越感到孤独和恐慌的个人来说，表现主义具有比现实主义更强大的呈现能力，它不仅更适用于作家诗人或艺术家，也更适于我们普通人。

◇ 当物象与象征之间的纽带被断裂后，创作者要想把他的意向准确地达出来，由摹仿论转向表现论就成为必然的选择了。

三

当集体的母亲河被戏谑之后，越来越多属己的河流，进入到了文本表现的空间。近些年来，更多的诗人关注的是那些与他们相依相伴的地方河流。这里暂以雷平阳和哨兵的写作为例。诗人雷平阳，在他的《云南记》中，不厌其烦地谈论着家乡的条条大河与溪流：

太阳落下的地方
是故乡。那儿的冰雪融化成水
每天几十万立方。一个母亲背着一桶
千千万万的母亲，组成了

---

① 郦道元：《水经注全译》（上），陈桥驿等译，贵州人民出版社1996年版，第171页。

圣洁的河床。左边是碧洛
右边是高黎贡，父亲们站在天空两岸
建起了村庄和教堂，雪山的赞美诗
传递给白云，白云传递给清风
……传到母亲那儿，波浪
连着波浪。每一片波浪之中
都有一个鼓动的琴箱
鱼儿，鼓着腮帮
（雷平阳《怒江，怒江集六》）

在云南的高山中有许多河流，它们在深深的峡谷中流过，每一条河流都有自己的传说。对于边疆的诗人来讲，遥远北方的黄河也许是陌生的，而这些身边奔腾的河流，才是他真正的母亲河。因为远方的认知是文化教育，近处的故乡则是生命经验。故乡意味着有父亲母亲有兄弟姐妹有伙伴密友有晚辈侄儿，还有熟悉的蓝天、白云、清风、草木、屋舍、街道和流水声。可当雷平阳写下这些词语时，他心中是诗意还是失意？诗意不仅是美的形式更是美的内容和感受，比如，当用“蔚蓝色、湍急、洁白、青草”等一些干净的词条去描绘“河面、滩涂和堤岸”时，只是一种自然美的形式，如果再补上鱼群、鸭子、白鹭、柳丝和鸟儿，再补上旁边的“牧歌和炊烟”，则会让你想起“一种熟悉的寂静”——家的味道。（雷平阳《昭鲁大河记·二十》）可如果这只是记忆中、梦境中的熟悉，要“恶狠狠地想”才会想起来的熟悉，又该是如何的疼痛？当那些熟悉的“古树纷纷倒下”，当那些“泥土和石头从土地上跳将出来”，诗人还能平静地启用这些“干净的词条”并补充上“熟悉”这样的修辞吗？比如说他所热爱的怒江。

◇ 故乡意味着有父亲母亲有兄弟姐妹有伙伴密友有晚辈侄儿，还有熟悉的蓝天、白云、清风、草木、屋舍、街道和流水声。

发源于青藏高原唐古拉山南麓“那曲卡”的怒江，是一条著名的国际河流，也是世界上少数生态保存基本完整的天然大河之一，它与相邻的澜沧江和金沙江共同构成了“三江并流”的世界奇观。复杂的地质过程造就了该地区异常丰富的生物多样性，使其拥有从南亚热带到高山冻原带完整的植被类型。同时这里集聚的傈僳族、怒族、藏族、独龙族和白族等13个少数民族所保存的古老而独特的生活方式，又使其地域文化呈现出多元性。这样一个值得珍惜的地方，被联合国教科文组织宣布为人类文化遗产，然而从20世纪50年代以后那里的树木却遭到大面积的砍伐，目前云南海拔2000米以下的河谷地带的原始森林基本上是已不复存在了，大片林地退化为茅草荒坡。

实事求是地说，怒江相对于国内的其他河流来说还是幸运的，因为有国际和众多环保人士的干预，对其的开发利用工程一直不能顺利进行。而云南其他的那些河流，像澜沧江、红河的干流和支流上，早已经建起了大大小小几十个水电站。早有专家论证，水电站对流域生态系统环境的影响主要体现在河流非生态变量与生态变量变化两个方面。生态变量的影响，主要表现在对生物栖息地的破坏方面，“大坝毁坏了部分陆生植物的栖息地，使依赖于这些陆生植物生存的生物资源发生了变化。大坝还阻隔了洄游性鱼类的洄游通道，影响了物种交流，改变了水库下游河段水生动植物及其栖息环境等。”[①] 非生态变量的影响方面，主要是因为大坝“改变了河流的水文特征、水力学特征、水体物质及营养特征、河流地貌特征”，从而“使河流生态系统依赖的基本条件均发生很大的变化”。[②]

---

①［美］麦卡利编著:《大坝经济学》，周红云译，中国发展出版社2005年版，第109页。

② 水利部国际合作与科技司主编:《河流自然功能的利用及保护研究》，中国水利水电出版社2005年版，第55页。

追求经济效益的当权者，并不把这些“影响”当回事儿。这些年来要在怒江上建设一场大规模的13级水电梯级滚动开发规划的提议从未消停过，把一条自由奔放的大河变成宁静的水潭，估计定会成为怒江来日的命运。这一现状，定然是让雷平阳忧虑至极。他在观察中，早已看到他所热爱的怒江甚至整个云南，有一天终将会变得面目全非：

> 怒江侧，群山向上开疆拓土。每块沉默的石头都有雷电交加的思想。树木也站了出来，高举着烈火横渡怒江。白雪和云朵风暴的残骸，自由尚存，但已经冰凉阳光响起涛声，陡峭的虚空里存放抓住炊烟的两端，孩子和鹰他们的拔河赛，持续到月出于东山薄暮无疆。唯有年老的人们抽着土烟，望着江山不语，不动，所有的铁血与悲怆，在血管里，停止了喧响。
>
> （雷平阳《怒江，怒江集二十三》）

◇ 一种事物，河流也好，高山也好，乡村也好，古城也好，不管它被赋予何种高度上的意义或象征，如果它和我们没有切身的交集，那么它所遭遇的一切，对于我们而言通常并不具有切肤的痛感。

一种事物，河流也好，高山也好，乡村也好，古城也好，不管它被赋予何种高度上的意义或象征，如果它和我们没有切身的交集，那么它所遭遇的一切，对于我们而言通常并不具有切肤的痛感。可是它一旦和我们生命个体发生某种关联时，便会成为我们生命的组成部分，也可以说我们便会成为它们生命的组成部分，任何一点变故我们都能敏感地体会到，更何况是剜肉刮骨般的疼痛，更加上还有那扭转个性的屈辱感。今天云南的那些河流，固然还没有像长江黄河淮河那样被改造得千疮百孔、瘤痂满身。然而越来越多的水电站早已悄悄地改变了它们的水质、水流与水量，使其变得连“名”都难以副其“实”了，要知道“澜沧江”“怒江”“雅鲁藏布江”，这些名字的由来都是有故事的。目睹家乡河流的不断恶化，甚至整个生存环境的变化，雷平阳在让河流（以及与河流相依的植物、动物、矿物、大地）说出它们自身的痛和爱时，说出的也是自己的痛和爱：

夏天，他撕开流水的大门蓝盈盈的宫殿里，住满了走丢的人其中几个，曾是他的玩伴如今成了流水的人质。在里面他们以喝水为生，从青草那儿打听河流之上的消息。偶有云朵路过，他们捕捉的姿态，像青蛙从梦中跳开。他在那儿找到了向下生长的一棵杏树坐于枝丫，品尝苦涩的火焰。

（雷平阳《昭鲁大河记六》）

大河因为其性格的狂暴，不是没有给两岸依它而居的生灵以致命的伤害。雷平阳从不回避这一点，他的诗中并不缺少两岸生活的艰难和不易。同样他也从不篡改河流两岸人们的态度，河流虽然会在发怒的时候，带走自己的亲人同伴和孩子，让人备尝思念之痛甚至老幼无依，然而这却分毫不减大家对河流的崇拜，即使被它秘密处死，仍然会觉得“被它吞噬乃是你的荣光”（雷平阳《披着袈裟的河》）。可是被视为荣光的河流如果变得肮脏不堪呢？

在劳动号子中，人们建起了一座
灰白色的钢筋水泥桥。机动的闸门
改变了河流的性质，调整了流水的步伐
远远看去，它像个古堡，幽灵出没
拦截下来的秽物，淤积在河床

人们第一次发现，真脏啊
这河流真的很脏。守桥的人，绿军帽
皮鞋，中山装，天天坐在桥墩上
诗曰：“桥下水千里，桥上山万重
唯有白鹭鸶，见我常来此。”
（雷平阳《昭鲁大河记七》）

河流变得如此肮脏，再葬身于此，连最后的“安慰”和“荣光”都会被剥夺掉。河流变得肮脏不堪或干涸断流，不是昭鲁大河独有的命运。今年3月，中国水利部公布了一项调查，称全国已有2.3万条河流完全消失，许多知名河流在污染之下退化。事实上，各种症候也越来越以显在的方式频繁出现，高原开始变热，持续的干旱。河流被污染的问题日渐严重，当地人们的生活质量并没有随着工业建设的推进而有所改善，相反，他们固有的生活节奏却被打破，云南那些原生态的河流、森林、峡谷、古城，以及习俗、生活方式、节日礼仪、舞蹈音乐，差不多都被印成华丽的宣传彩页贴在云南的大小机场和车站了。这一现状已经引起越来越多的关注，可总觉得在雷平阳的诉说中显得尤其的疼痛，大约他的诗中，河流自己也会发出呻吟或叹息，或者说，河流是活生生的生命体自为地站立着。

◇ 河流的生命首先是河流的自然生命，然后才是文化生命，一条河流它可以没有神话没有传说，它也可以没有文化意涵没有历史使命，这些都无碍于它作为一条河流而存在。如果失去了自然生命，河流的文化生命恐怕只剩下一场缥缈的传说。

河流是有生命的。但我们一贯言说的是它的文化生命，即以河流自然生命为客体，形成的那些文化力量。河流的文化生命主要表现在语言与文字、哲学、道德、宗教、文学与艺术、神话传说、民俗民风中，作为人类文明史的一部分影响和塑造着我们人类主体的精神和物质生活，而非作为纯粹自然现象呈现。谁都知道，河流的生命首先是河流的自然生命，然后才是文化生命，一条河流它可以没有神话没有传说，它也可以没有文化意涵没有历史使命，这些都无碍于它作为一条河流而存在。如果失去了自然生命，河流的文化生命恐怕只剩下一场缥缈的传说。这个道理看似微不足道，然而事实偏偏却是：许多人都能随口说出河流象征着什么，而对河流的自然生命却很难给出一个哪怕仅仅是让自己满意的解释。我也一样，对河流自然生命这一概念的了解，还是从水利学科的论著中找出来的。他们是如此来描述河流自然生命的：

> 其一，河流是有机的生命整体，由水流及其所维系的动物、植物、微生物和环境因素相互作用构成地球的各生命系统。
>
> 其二，河流有一个完整贯穿的河道形态，是由河源、干流、各级支流、连通湿地和湖泊以及河口尾闾组成的流动水系。
>
> 其三，河流是一种开放的复合生态系统，包括陆地河岸生态系统、水生态系统、相关湿地及沼泽生态系统等，并具有栖息地功能、通道功能、源汇功能、过滤和屏障功能等多种功能。
>
> 其四，河流的流量、流态、洪水、湿地、水质共同构成了一种波澜壮阔而又互相耦合的生命形态。1. 流量代表河流自然生命的规模；2. 流动代表河流自然生命的活力；3. 洪水代表河流自然生命的高潮；4. 湿地代表河流自然生命的多样性；5. 水质代表河流自然生命的品质。[①]

---

① 王盼：《河流自然生命的概念及意义》，硕士学位论文，哈尔滨工业大学，2006年。

从河流的生态系统层面来描述河流的生命系统，是把河流生物群落与环境的整合视为河流自然生命的功能单位。在此之上，根据自然规律与人类的社会规律共同作用的程度，又可以把河流自然生命的类型分为三种：天然河流自然生命、人化河流自然生命和人工河流自然生命。天然河流是人类活动没有干预到或经过人为干预后基本恢复源发状态的河流，其生命形态保持源发自然性。人工河流是人类为了满足自身需要，在天然河流或人化河流上开辟缺口，将河水引入人为开凿的河道而形成的河流。我们通常意义上谈论的河流是人化河流，即自然河流被人为改造后的状态。人化河流的自然生命，最显著的特征是源发自然性与构建自然性统一，它决定了人化河流的自然生命同时具有社会属性和自然属性，它在自然规律和人类社会规律双重作用下存在，是自然—经济—社会的复合系统。古代社会，人化河流自然生命的社会功能主要体现为它为人类解决饮食的问题。人类饮用河水、捕食河流鱼类等水生动物、收获冲积平原上生长的植物。近代以来，在科学技术的辅佐下，河流自然生命的服务功能进一步扩展为供水（不但包括生活供水，还包括生产用水等）、灌溉、航运、发电、渔业、防洪排涝以及娱乐。①

◇ 许多年来，我们对河流说过许多，诉说我们的崇拜我们的感恩我们的忧伤我们的恐惧或孤独，滔滔不绝恰如那哗哗的流水，流淌着对时间的感悟、对情爱的迷惑、对上善的渴望、对生命的伤逝、对权力的野心……可是我们让河流说过什么？

我不知道，这些专业知识是不是该成为普及的常识。也不知道，那无数个以河流作为抒情形象的诗人，是否了解河流的这些基本生命形态和特征。当他们把河流作为一种文化象征，把它们奉为生命的源头、英雄、勇气、力量或家园时，会在多大的程度上观察过河流的自身样态？许多年来，我们对河流说过许多，诉说我们的崇拜我们的感恩我们的忧伤我们的恐惧或孤独，滔滔不

① 王盼：《河流自然生命的概念及意义》，硕士学位论文，哈尔滨工业大学，2006年。

绝恰如那哗哗的流水，流淌着对时间的感悟、对情爱的迷惑、对上善的渴望、对生命的伤逝、对权力的野心……可是我们让河流说过什么？

不清楚是在什么样的一种动机下，湖北诗人哨兵会用一本几百页的《江湖志》去写他生命中的“江”和“湖”，他写防浪林、写赤壁、写风波亭、写江心沙洲、写湖心岛，写岸边尘世或庸常或激情或琐碎的生活，还有那虚幻的梦想和壮志，也写自身在“江”“湖”中的成长和“江”“湖”周边他者的存在状态，有不少人把这看作是地方志的书写。后来他用了极具象征仪式的方式，写下《水立方》，意图以更多维的空间结构去形塑一个更多侧面的依水生存圈，一个由地理、气候、生态、文化、寓意和诗意联袂在一起的生命之水域。这其中让我特别喜欢的是，在对身边之水的理解中，诗人清清楚楚地意识到了要站在事物的立场发言是多么的重要和困难：

学会一只关雎野野的鸣叫是困难的
那得沉积一生对洪湖的爱情啊
学会一株野蒿立水的姿势是困难的
那得扎根海拔 15 米以下的洪湖淤泥啊
学会一朵白云停留湖面的飞翔是困难的
那得生长一双纵横 100 里宽的翅膀啊
……
学会一根蓝丝草的蓝是困难的
那得坐湖一生啊
……
学会一片洪湖白茫茫的忧伤是困难的

那得把湖草和水鸟们乳名一一喊出来啊

（哨兵《学会》）

任何一个事物，都不是那么容易真正地理解的，一只关雎、一株野蒿、一盏渔灯、一根蓝丝草、一茎芦苇，它们是用整个的生命去和湖水相融合的。假若我们只是坐在岸边，看一会儿水鸟，捋一把水草，听一阵浪声，就想理解一个包含着万千水草、鱼虾、水鸟，一个汇聚着清风、白云、声语，一个变幻着光影、色彩、形态，一个蒸腾着温度、湿度、雾霭——的湖泊，岂不是痴人说梦？那么，再扩大而言之，了解一条奔腾的古老的河流，又该是多么的困难。有一天，哨兵还写下这样一段话：

当我独自坐在荨麻草丛想像这条河流的来龙去脉，我仿佛觉得西藏、四川、重庆、湖南、湖北、浙江、江苏和上海也在想像我的一生。我仿佛听见它们从高山和雪线下走出来，穿过大漠、峡谷，途经乡村、城市，一直返还到大海的脚步声。像我路遇的亡命者、流浪汉、酒鬼、赌徒、穷亲戚，操着混杂泥土的方言。需要想像。这条混杂泥土的河流是某个人颤巍巍的手指刻进大地的契形文字：一。唯一，一生。需要想像。这条“一”字型展开的河流是一把锈蚀的刀子，埋进时光的腹部，和唯一的一生等长。我想像刻字人和埋刀人是同一个古老的人。想像这家伙有一张比恶鹰还要阴暗的脸，比蝎子更加毒辣的眼神。我想像这个古老的人就隐居在荨麻草掩盖的国家，散发牛粪、啤酒和孤寂的气味。需要想像。那个隐居的古老的人怎么把一代一代死去的亡命者、流浪汉、酒鬼、赌徒、穷亲戚、恶鹰、蝎子，怎么把一代一代死去的人，弄进了这条河流融化。搅拌。沉淀。只留下不能淘走的沙子。这些黄金和高贵的母亲，来眷恋一群牛犊俯首啃草的谦卑，像啤酒泡沫一样消失的日子的琐碎需要想像。

一个古老的人为什么具备凶手和仁爱者的双重姓氏荨麻草的籍贯以及这条河流的年龄？

（哨兵《想像》）

我不想继续谈论这首诗中的象征或寓意。如果简单地把之看作创作发生学的一个描述，我们将看到这样一个直接的情况：文学文本是创作者在用外部感觉器官和内在思维器官去调动所有的经验（生命经验、社会经验、自然经验、文化经验等等），组织一个具有内在统一性的形象。我现在关心的是，被构成的形象，能否站在自身的立场发言？如果它的特征、状态、关系和行动都是被精心选择安排——以便成某一个将拥有人类性格的生命形式——具有某种意味的形式，那么在这个艺术的形式中，保留着几成几分属于它自己的言说？

就如哨兵所言，当我们想象一条河流的来龙去脉想象它的籍贯、想象它的年龄时，总是不由自主地为其添加五形八色的东西。离开了想象、离开了人为的介入，河流难道会变得无可言说吗？

我们看不见河流
但是它在流
我们听不见水声
但是它在流

我们爱它，我们给它写一千首赞美诗

但是它在流
我们恨它，我们发誓忘记它
但是它在流

我们远远逃开，一去不复返
但是它在流
我们寻找它，像寻找圣地一样虔诚
但是它在流

我们气急败坏地吼叫，咒骂，威胁
但是它在流
我们取消它，删除它，否认它的存在
但是它在流

黑暗愈来愈黑，愈来愈暗
但是它在流
天塌下来，堵塞了它以外的所有河流
但是它在流
（伊甸《黑暗中的河流》）

河流自身所在乎的，或许只是时时刻刻都能自由地流动而已，而不是我们人类一厢情愿的亲近，更何况很多时候，“亲近”不仅是要索取还要去迫害。河流既然有其自足的存在，那么不管我们对它采取何种态度，所言说的大约真是很难接近河流自身的愿望。

河流有自己的名字，有外在存在的物质形态，组成身体的不同形态也有自己的命名，湖、泊、淀、池、渊、湾、泽、陂、薮、涧、潢、溪、滩……，汉字从一开始就给它不同的生命器官做出了明确的指认和区别，这意味着，我们的先人在命名之初就已经意识到（不同）河流的身体物质形态在显示各种姿态时，都有属于自己的感性形象。也说明河流整体形象与具体的身体形象是极其丰富的样态存在，河流自身能够构成一个独立的主体形象。

然而，在河流漫长的抒情史中，这一形象更多的时候是被用来阐释的。我们说河流是母亲，说河流是英雄，说河流是历史，说河流是文化，说河流是爱情，说河流是血脉，通常是方法论而不是本体论。过于看重方法论的阐释效果，河流本体的物质存在便被无意间忽略了许多。比如说，一条河流它有很多支流，还会衍生出诸如湖、泊、湾、漫、滩等的旁支系统，对河流这些千姿百态的生命形态，如果用阐释的方法论，出现的将是一个整体存在的被放大的观念的河流，而非一个个具有自我个性的生命体。河流作为有机世界的一种生命形式，它原本应该是本体论的。固然，河流的原型在不断发展的过程中有了变体，但不管怎么变，还都会和原型有关。今天如果要真正地认识河流，是否应该更多的从河流的本体论上着手，找到变体之下的原型，站在河流自身的立场上，让河流回到自身？

◇ 今天如果要真正地认识河流，是否应该更多的从河流的本体论上着手，找到变体之下的原型，站在河流自身的立场上，让河流回到自身？

河流史就是生命史。

作为物质形式的河流，无疑显示功能及其作用的退化。

在这里回顾河流的抒情史，或者提出挽救一个具有生命体的时空形式，对我来说是一种螳臂当车的挑战。最初我只想囿于诗歌之内谈论一种写作现象，随着阅读的进行，真希望自己能够泅水。

机遇或牢笼：新媒介话语下的诗歌写作

◇ 新媒介在改变诗歌的艺术形式、存在方式的同时也可能改变我们的诗歌观念。

"新媒介"的普及对当下诗歌写作至少会产生如下影响：一方面，新媒介必然为诗歌写作开辟新的活动空间。自 1999 年国内第一家诗歌网站"界限"创办以来，至今已有超过千余种的中文诗歌网站、论坛、专栏和不计其数的个人博客，为诗歌创作与诗学研究提供了对话与碰撞的多层平台；另一方面，新的媒介必然会导致新的符号世界的产生。电子革命与图像革命结合在一起后，原来的理念世界变成光影和图像的世界，不断涌现的交流方式逐渐形成各自的话语效应，新话语效应的总和自然会形成迥异于传统的话语方式，逐渐地清理、置换着此前的文化基础，并产生与之匹配的感觉结构，新的感觉结构对阅读与书写都攻击力十足，使得当下已是艰难的诗歌创作陷落在更为被动窘迫的境地。此外，新媒介在改变诗歌的艺术形式、存在方式的同时也可能改变我们的诗歌观念。①

本文仅是观察诗歌写作与新媒介话语相遇碰撞时会激发种种可能，具体而言：新媒介语境下的新生事物可能为诗歌写作提供契机，但也可能是陷阱；诗歌话语在对新媒介话语（比如"拟诗歌话

① [美] 玛乔瑞·帕洛夫：《激进的艺术：媒体时代的诗歌创作》，聂珍钊等译，上海外语教育出版社 2013 年版。

语”“泛游戏话语”“仿新闻话语”等）转化时可能出现种种不兼容、甚至被瓦解；新媒介话语可能以强力导引着当下诗歌写作的倾向、甚至形塑着诗歌的新样态……这些现象应得到重视和探讨。

一

回顾国内新媒介语境下诗歌写作遭遇的伏击，让人尴尬的是，要从2006年发生的“梨花体”诗歌事件开始。事情过去了将近十年，今天回头看，事件的发酵、进展、升级以至于后来的“万民瞩目”，都证实着新媒介作为幕后操手对文学（诗歌）的操纵力。“梨花体”事件可以说是一次非常成功的策划，策划者对天涯社区娱乐八卦人的微妙心理和微妙趣味都非常了解，也谙熟该论坛的传播模式。第一步，先是发帖成立了所谓的“梨花教”，然后配以“噱头”（给所谓的“教主”配上“鲁迅文学奖评委、国家一级女诗人”的标签），再推出《一个人来到田纳西》、《傻瓜灯——我坚决不能容忍》等精心挑选出来的文本；[①] 第二步，创造一种互动性极强的传播方式：先促发大家仿写赵丽华诗歌，对之进行“恶搞”，然后在“恶搞”的声浪中迅速推出命名为“先锋诗人”的力挺文章，[②]在“激怒”网民的过程中达到再造热点、推动事件的目的；第三步启动“名人”效应推向高潮。韩寒参与后与沈浩波团队展开对骂，把该事件推送到狂欢的高潮。与之相伴的还有一系列事件的持续发酵：①许多网站迅速开发出仿制赵丽华诗歌的做诗软件，各种软件制作的“诗歌”每天可达数万首。② 2006年9月30日，由废话派代表诗人杨黎、荒诞派代表诗人牧野组织了一场以“支持赵丽华，

① 韩松落：《正当梨花开遍了天涯》，载《新世纪周刊》2006年第9期。

② 两篇文章为：孙智正《诗歌很牛比，跟贴的网友很傻比》与芦哲峰《赵丽华的诗是一面照妖镜》。

保卫诗歌”为标题的朗诵会。③ 2006 年 10 月 26 日，《人民日报》第 11 版刊登文章《在近来的一连串恶搞事件中，诗歌沦为大众娱乐的噱头——谁在折断诗歌的翅膀？》。④ 2006 年 11 月 27 日，现代文学馆举办了由《诗歌月刊（下半月刊）》《乐趣园》《伯乐》共同主办的“梨花体”研讨会，该会邀请几十位诗人和学者参加，主题为《颠覆！全球化语境下的汉语诗歌建构专题研讨》。

◇ 不到三个月时间，“梨花体”从网民娱乐性的恶搞，到“先锋诗人”力挺，再到主流媒体《人民日报》的评论与现代文学馆的研讨会，其蹿红速度令人瞠目。

不到三个月时间，“梨花体”从网民娱乐性的恶搞，到“先锋诗人”力挺，再到主流媒体《人民日报》的评论与现代文学馆的研讨会，其蹿红速度令人瞠目。在学术研讨会设计的问卷调查中，我注意到的有两个点：“赵丽华被恶搞的诗歌是否是诗？”“你认为网络写作时代的来临，是否可能成为新文化的开端？”

先说“恶搞”的指认。究竟谁是“恶搞者”，谁是“被恶搞者”？如果网民是“恶搞者”，“被恶搞者”是赵丽华的诗歌，网民从中得到了什么？赵丽华的诗歌又失去了什么？现在回到“诗歌”文本：

毫无疑问
我做的馅饼
是全天下
最好吃的
（赵丽华《一个人来到田纳西》）

这四行文字，不管创作意图是什么，如果把它推举为“诗歌”，确如韩寒所言“会按回车键就行”，也如一些网友调侃“说话结巴也行”。尽管这样的文本不能代表赵丽华诗歌的真实状态，赵丽华也不能代表中国当下诗人的创作状况，但毫无疑问，在媒体的一系列策划与制作之下，它们是最方便制作成为“热点”的。从那首广为流传而被赵丽华愤怒否认的《谁动了我的花内裤》来看，恰好说明“梨花体”的“体”首先就值得怀疑。既然如此容易仿制且仿制品的语言冲击力远大于原创，说明它本身的话语策略乃是“泛游戏话语”，而非“诗歌话语”。

◇ 新媒介作为消费时代的宠儿，产生“泛游戏话语”有其必然性，因为该话语的心理独白在于把一切都变成娱乐方式，大到民族传统文化、社会精神基础，小到个体的生活、情感、处境等，都可以用“泛游戏话语”的策略去消解。

这里“泛游戏话语”的“泛”取义为“浮泛”“空泛”，针对的是此种话语方式中传统的“游戏精神”已经严重褪色，取而代之的是消费时代的“伪激情”“着迷与操纵”的“卖弄风情”。[①] 新媒介作为消费时代的宠儿，产生“泛游戏话语”有其必然性，因为该话语的心理独白在于把一切都变成娱乐方式，大到民族传统文化、社会精神基础，小到个体的生活、情感、处境等，都可以用“泛游戏话语”的策略去消解。正因为是“泛游戏话语”才能激发众多的非诗歌从业者的围观兴趣，大家可以在“泛游戏话语”的策略中“越轨”各自意识中相对严肃的“诗歌话语”，戏谑、嘲弄、仿制各自顺手的材料，其目的或许仅是“娱乐”一下。

◇ 网络媒体舆论努力导向的观点是网民在恶搞“梨花体”，但事实上是“梨花体”先越界挑战了大家内心的诗歌底线。

网络媒体舆论努力导向的观点是网民在恶搞“梨花体”，但事实上是“梨花体”先越界挑战了大家内心的诗歌底线，“梨花体”的体式在某种程度上冲击了传统的诗歌观念，先是《一个人来到田纳西》让人不屑，稍后《谁动了我的花内裤》有意恶俗，其策划本身就是要激发网民以更夸张的方式去灌水。如果说网民的“恶搞”会对“诗歌”造成某些影响，那也应该是促使诗歌从业者去反思创作中可能已出现的病灶，比如说，既然“泛游戏话语”会对“诗歌话语”造成挤兑、揶揄甚至扭曲（尤其是某些必须严肃的语境时），那么诗人该去思考此种话语可能对诗歌带来的考验，还是增加无意

---

① [法] 鲍德里亚：《消费社会》，刘成富等译，南京大学出版社2014年版，第103页。

义的噱头？我比较疑惑的是，一些命名为“先锋”的诗人对“泛游戏话语”的热情追随会对诗歌带来什么影响，比如力挺“梨花体”的沈浩波的下半身写作与杨黎的废话写作。

第二个问题，“网络写作时代的来临，是否可能成为新文化的开端？”毫无疑问，“梨花体”事件对诗歌来说是一次毁灭性的侮辱，除了诗歌文本自身的因素之外，新媒介的明火执仗的操纵自然更脱不了干系。但同样毫无疑问的是，新媒介同样可以为比较优秀的诗歌创作提供一个便捷的传播平台，2015 年 1 月份扬名的“脑瘫诗人余秀华”，便是一例。

◇ 我没有能力预测微信对诗歌会产生什么样的影响，但却清晰地感受到了微信带来的蜂群思维以及这种思维对某些东西不辨就里的淹没。

这样看来，把新生事物作为书写内容或采用新媒介的传播方式，或许并不让人担忧，真正让人担忧的大概是新媒介下的新生话语本身，当那些曾经美妙的诗句从书页中散落，在微博或微信里以新的方式重新排列组合时，总会让人有一些莫名其妙的感觉。当莫文蔚在春晚上唱了《当你老了》时，微信里瞬间收到许多人上传的叶芝的那首著名情诗《当你老了》，这有些让我惶惑不安，我没有能力预测微信对诗歌会产生什么样的影响，但却清晰地感受到了微信带来的蜂群思维以及这种思维对某些东西不辨就里的淹没。

二

陈超先生在《传媒话语膨胀时代的诗歌写作问题》一文中指出，传媒话语膨胀时代，“作为文本的诗歌，其影响力在减弱，但作为一种审美气质，‘拟诗歌话语’其实已像幽灵般渗透在生活中，过去向内凝重的诗意被稀释、分解了”。[1] 据他看来，“拟诗歌话语”的首要基础是当下大众日常生活的审美化，任何日常用品与生活场

---

① 陈超：《传媒话语膨胀时代的诗歌写作问题》，载《个人化历史想象力的生成》，北京大学出版社 2014 年版，第 48 页。

景都被各种各样“设计”出的审美文化所包围，小到牙膏、洗发水等洗护用品的广告，大到城市建筑、环境保护的公益活动，都可以被虚化为爱情的浪漫邂逅或对世界的终极关怀。换言之，不管是大众日常生活及其周遭环境还是只能属于每个自己的“身体”，都被审美设计为“诗意的存在”。这种被普遍存在的“诗意”不断地发挥着格雷欣法则（劣币驱逐良币）的作用，用消费话语下的“伪诗意”驱逐着诗歌本真的“诗意”。那么“拟诗歌话语”时代，诗人如何处理其“诗意情结”？

在古代，我只能这样
给你写信 并不知道
我们下一次
会在哪里见面

现在 我往你的邮箱
灌满了群星 它们都是五笔字形
它们站起来 为你奔跑
它们停泊在天上的某处
我并不关心
（翟永明《在古代》，2004）

翟永明在这首小诗里，对新媒介导致的诗意渐逝发出了一声轻微叹息。不错，“在古代”，交流可以是诗意（相思与等待总会生发出许多迷人的甜蜜与忧伤），也可以是有意义的（山重水复、长亭短亭可以炮制出更绵长更醪厚的离愁或别绪）。而“现在”，我们把自己的欲望、情感、身份简化并编码为显示屏上的图像、声音或文字，在每一个随心所欲的时刻灌流出去，不让它有丝毫的停泊。同样，我们捞取他人灌流而来的文件包，对其进行解码、然后清空。来得方便去得也容易。

电报、电视到网络等新媒介，确实以越来越快的速度改变着之前的话语方式，新生的话语方式为重新定义事物、思考问题、抒情表意方式提供新的定位，这让人兴奋不已也让人怅然若失。当语言从口头传递到书面传递再到数字传递，主体与世界的关系被重新构型，主体因对世界的感知方式与表达方式发生了变化，其自身也被重新构型。比如，那些原本未被注意到的“日常细节”在新感知方式中发生了变化，“日常”开始转变为“诗意”。“诗意”本身不在写封书信、分别、相约、相见这样的一些事件，而是那些与事件共存的场境（比如纸张、青山、绿水、一杯酒、两匹马等）开始具有了“美”的元素，成为诗人（进而成为世人）用以怀旧的像标。生活的现代化程度越高，我们就越热衷于拟想过去的事物、热衷于制造怀旧的诗意。

◇ 生活的现代化程度越高，我们就越热衷于拟想过去的事物、热衷于制造怀旧的诗意。

我一直有个怀疑，“拟诗歌话语”其实是从诗人那里生产出来的。比如说，在“景观诗”之前，20 世纪 50 年代就出现过大量的“边地风情诗”，对优美风景与幸福生活的一致性书写，是为了完成强化少数民族对中华民族共同体的认同。20 世纪 80 年代“边地风情诗”再次出现时，以少有的同一性展示出了“迷人风景”以及与“迷人风景”相伴的“迷人诗意”，采风诗人努力展现的是陌生世界的奇异形式，本土诗人努力展现的是遥远之地的诱人形式。比如关于西部高原的书写，昌耀就把高原的地理学、气候学、生态学等一切与高原民族志相关之物都转化为明确可感的诱人形式。这类文本是一种田园生活理想的体现而不是原始生活的体现，我们很难看到换位之后对边地本身、对与那片土地真正共命运的原著居民的情感和态度之观照。等20世纪90年代边地进行旅游开发时，这类诗歌文本的话语模式，首当其冲地被选为广告促销的话语模式，但这也并未引起诗人的警惕。因为等到一个个“自然空间”终于被成功地包装为“景观”时，反思性的话语方式依然很少，很多诗人直到21世纪初期依然自得其乐地沉浸在某种“边地风情诗”的话语模式——把一个个被改造的、被生产的、被规划的自然空间转化为浪漫的、奇异的、纯真的诗意空间，植物、山川、河流与空气、水、阳光都被简单地转化为叹息都市生活的“新的稀有物”，而完全漠视这些“新的稀缺物”与“本真诗意”是如何被消费被剥夺的。

◇ 当“拟诗歌话语”成为一种常态之后，真正的诗歌话语已被悄悄化解。而当此种现象普遍化到了让我们可以视而不见时，格雷欣法则的威力就越来越强大。

如此循环往复，“拟诗歌话语”中“拟”的比例越来越高、“拟”的范围越来越广，诗歌话语必然便面临着与“拟诗歌话语”的混淆不清。当“拟诗歌话语”成为一种常态之后，真正的诗歌话语已被悄悄化解。而当此种现象普遍化到了让我们可以视而不见时，格雷欣法则的威力就越来越强大。蒋涛把海子的《面朝大海，春暖花开》与各种保健品、房地产、旅游景点等“广告话语”掺和在一起，写作了《在一首广为流传的诗中植入广告》：

就选这首吧
从明天起，做一个幸福的人
要王子还是房子
要幸福还是衣服
请看电影《幸福额度》
喂马，升级马牌185轮胎，秒杀锦湖
劈柴，柳州市博亚机械有限公司为您提供
分裂机，劈裂机，劈裂器，劈石机，液压劈裂机

周游世界
激情浪漫精致之旅歌诗达豪华邮轮济州行
从明天起，关心粮食和蔬菜
产业链好产品关注中粮集团
我有一所房子，
房子比男人可靠粉领公寓
面朝大海，大海牌弹簧我只能说太牛了
春暖花开
一部反映现代女性坚强独立的现代励志情感大戏……
（2014年）

◇ 日常生活审美化与审美日常生活化，制造出大量的“拟诗歌话语”，在模拟诗歌话语方式的过程中为日常生活“加魅”，从而使艺术与生活的界限日渐模糊甚至彻底消除。

这些句子捅戳得让人反胃——美的幽灵无处不在，一切都笼罩在“审美的灵光圈”之下。这种由审美泛化而来的文化状态，被鲍德里亚形容为“超美学”的：一方面“美向生活播撒”，到处都是甜腻的浪漫；另一方面“审美方式转向生活”，自欺欺人的抒情精神已成为必须。[①] 日常生活审美化与审美日常生活化，制造出大量的“拟诗歌话语”，在模拟诗歌话语方式的过程中为日常生活“加魅”，从而使艺术与生活的界限日渐模糊甚至彻底消除。这种消除的一个结果是，逐渐地我们相信了其虚拟的“诗意”/“诗性”，并为之微醺，进而在兴奋编码的过程中“过滤”掉阴霾和失败感，用显赫的消遣方式转化为日常的感官体验。

更糟糕的是，诗人的态度在这样的文本中有些暧昧，他或许是想嘲讽当下生活对诗意的滥用、冒用和践踏，可言说者的姿态又使本质的诗意（海子的原诗）被滑稽地消解。海子的《面朝大海春暖

① 刘悦笛：《生活美学：现代性批判与重构审美精神》，安徽教育出版社2005年版，第79页。

花开》是以“实物”的形式（明天、写信、亲人、喂马、劈柴、周游世界、房子、大海、春暖、花开等）具象了一个精神的乌托邦，其每一实物名称之后都是一种行为方式，读者只需抓住某一名词作为自身梦想之物，就能让梦想在诗歌中飞翔。蒋涛在彻底地对每个实物名称进行了实物式的置换之后，想象性的空间就被彻底地封闭了起来，也彻底抽空了该诗原本的诗意精神，而填充进去的信息成为充满感官刺激、欲望和无规则游戏的俳谐，再次以暴力美学的形式对审美感知进行扭曲。

三

新闻话语，亦是新媒介话语模式中的主要一种。按照媒体人的说法，整个世界都变成了新闻存在，它已成为日常生活的组成部分。而以“时事”入诗，向来都是诗歌的一个传统，所以这里要讨论的不是“新闻”能否入诗的问题，而是诗歌在处理新闻话语时可能遇到的契机或掣肘。

2008 年汶川地震发生后，网络、电视、报纸等媒体对地震现场进行了滚雪球式的“再现”，一开始那些铭记阿多诺“写诗是可耻的”之言的诗人，拒绝在灾难进行中发言，然而很快各种媒体上都出现了许多充满豪情的“诗歌”：

只有一个骑在爸爸脖颈上的小女孩，
穿着淡红的衣裙。
人们喊一声中国加油！
她又一次高扬起双手。
这黑白世界里的一朵淡红，
绽开了生命的火种。

“中国——加油！”
呼喊声像滚雪球，
聚起了越来越多高举的手。

◇ 在灾难面前，写或不写，都不应该加以道德评判，诗歌并不一定就是合适的救赎力量。但若用廉价的抒情和虚拟的乐观，遮蔽民众由此承受的苦难和死亡、掩盖灾难发生的原因，甚至还装饰出一种同仇敌忾的声援，就大可质疑了。

这首《中国不哭——天安门广场 19 日 14 点 28 分实录》（节选），刊登在 2008 年 5 月 23 日的《中华读书报》上，是善于写报告文学的作家陈祖芬创制的。在灾难面前，写或不写，都不应该加以道德评判，诗歌并不一定就是合适的救赎力量。但若用廉价的抒情和虚拟的乐观，遮蔽民众由此承受的苦难和死亡、掩盖灾难发生的原因，甚至还装饰出一种同仇敌忾的声援，就大可质疑了，且不说该诗艺术上的极大缺陷，单是加油、豪气、高扬、鼓掌、高呼等此类词汇用在对灾难的表达上，无论从美学律例还是道德准则来看似乎都不适合。事实偏偏如此，应时而生的“地震诗歌”中，有很大一部分是大众“积极参与”的成果，他们利用现代传媒的技术条件，借助高姿态的鼓舞、施予式的悲悯或人情味的抚慰，恣意往文字里灌输虚拟的勇气、决心或同情、哀叹，制作出大量不堪卒读的文本。

随后，越来越多的诗人也加入进来。但正如诗人朵渔所言，这不过是“作为一种心灵抚慰剂而汇入集体的大合唱，它在自我感动的同时冀望于感动众人。”然而这个愿望也在落空，它们不过是惨绝画面背后那一缕飘过的黑烟，给灾害再增加一些污染，给诗歌再添补一些问责的证据。包括朵渔自己那首获得广泛称赞的《今夜，写诗是轻浮的……》，也像是戴着面具的布道：

今夜，大地轻摇，石头
离开了山坡，莽原敞开了伤口……

半个亚洲眩晕，半个亚洲
找不到悲愤的理由
想想，太轻浮了，这一切
在一张西部地图前，上海
是轻浮的，在伟大的废墟旁
论功行赏的将军
是轻浮的，还有哽咽的县长
机械是轻浮的，面对那自坟墓中
伸出的小手，水泥，水泥是轻浮的
赤裸的水泥，掩盖了她美丽的脸
啊，轻浮……请不要在他的头上
动土，不要在她的骨头上钉钉子
不要用他的书包盛碎片！不要
把她美丽的脚踝截下！！（2008 年）

“灾难”变为一个舞台，媒体宣传、救援、声援，都有着表演的性质，各色人等在上面兜售自己的悲悯，这让诗人既悲伤又愤怒。我不怀疑诗人的悲恸与情感，可我怀疑此种泪水般涌流的话语方式，是否真的与某些以意识形态为目的的抒情诗有本质的差别。怀疑产生的原因是，此种书写方式呈现出来的结果与通过电视和网络视频获得的感知无甚差别，要么是高调的英雄主义，要么是深切的悲悯主义，要么是悲愤地谴责官僚作风，要么是沉痛地悼念幼小生命。传播媒介有意剪切掉了民众面对灾难的软弱无力与束手无策，有意地把死亡和伤残剪辑为可以用来促进募捐的“景象”，我们暂且还能把它理解为是要帮助灾民获得更多的援助。可诗人对灾异进行抒情的目的到底是什么？

◇ 我不怀疑诗人的悲恸与情感，可我怀疑此种泪水般涌流的话语方式，是否真的与某些以意识形态为目的的抒情诗有本质的差别。

这里不是在指责抒情无必要的存在，而是疑惑此类抒情的形式和高度是否和它的内容相称，涂脂抹粉的同情与陈词滥调的优美，与伤亡枕藉的电视画面相比，更是不堪直视。正如有学者所思虑的，“地震诗歌”呈现出如此相似的结构和辞令与强大目的论的意识形态，这一现象暴露出了当下诗歌抒情机制在面对重大公共事件时的种种无力，比如，“新闻话语”“意识形态”“美学自律”“经验冲击”“道德诉求”等方面之间的严重失衡。那么是否要思考一下当下诗歌可能面临了哪些新考验？[①]

四

2013 年 11 月 30 日，在杭州举行的首届“诗建设”诗歌奖中，张曙光获主奖。此次颁奖在所谓的诗歌江湖上掀起了一股波浪，诗人兼评论家的项兆斌先生在《文学报》上怒指，“张曙光的《和僵尸作战》，获杭州获首届‘诗建设’诗歌奖十万元奖金。一首不知所云的诗获此奖项，让读者大跌眼镜，成了砸破天的大新闻！……《和僵尸作战》得奖的后果是，打着‘推动新诗建设’的旗帜行阻碍‘新诗建设’之实。”项兆斌先生认为这是一首极差的“口语诗”：语言上“拉拉沓沓”“没有诗的要素和特点”。内容上“借罗列电脑游戏，讲鬼话逗乐，貌似想象，实则庸俗，以审丑为美，以搞怪为趣，毫无诗意可言”。文体上“不是诗也不是散文，体裁四不像”。[②]

《和僵尸作战》确实不是张曙光的优秀之作，被误传为获奖作

① 赖彧煌：《美学自律与经验冲击的挑战——“地震诗歌”的诗学问题再思》，载《青海社会科学》2010 年第 9 期。

② 项兆斌：《十万诗奖岂能儿戏？》，载《文学报》2014 年第 1 期。

品，理应引起质疑。[①] 我感兴趣是此事透露出的某个信息，一个被命名为“知识分子写作”或“精英写作”的诗人，当他尝试介入对新媒介语境中的新生事物进行书写的时候，可能会遇到怎样的挑战。就说这首《和僵尸作战》，行文比较缓慢甚至琐碎，虽对游戏的构成要素、基本规则、玩耍方式都做了细致的描述，但因语速的缓慢和悠闲，游戏的刺激和兴奋点被冲散，以至于语言节奏和所述之物不太合拍。诗歌结尾处，从倒数第六行开始出现了诗人声音的干预，它们又消解了“游戏的精神”，使“游戏”变得不够刺激不够好玩，也使一首写游戏的诗变成了对“生活多么美好”的简单类比。

一个诗歌理念、技艺手段都形成了个体独特性的诗人，新媒介语境的出现固然不会对其创作造成巨大的冲击，他仍然可以依靠其熟稔的领域保持其创作。但对新生物表征中左支右绌的状况，恰好也说明了新事物对固有写作经验的冲击。更何况某些情况下，这些诗人也想利用一些新媒介话语。

萧开愚曾用《破烂的田野》一诗对 2007 年“黑砖窑事件”进行诗歌转化，该诗陈述的是当年的新闻热点，但避开了新闻话语的言说方式，没有复述“他们”（被拐卖到黑砖窑的孩子们）的遭遇，而是回到了最基本的身份确定上来，并在辨析身份的过程中调查“他们”的命运为何出现了如此可怕的后果。此诗让我们看到，在转化新闻时事时，诗歌本身的话语形式比它实际上说了什么更加值得关注，事件本身因诗歌话语而不再是一个具体的、特殊的事件，它已转为社会的一个隐喻。此诗写于 2007 年，曾触动很多人，但此诗的成功却有一种孤证的命运，在此后的类似写作中，诗人开

① 此次评奖中，张曙光获得的是个人成就奖，该奖是基于他历年的创作颁发的，《和僵尸作战》并非参评文本，而是颁奖典礼上的朗诵选本。

始陷入与新闻话语对决的局面，其近作《内地研究》想做的大约是要把宏观的结构框架（上层建筑）与个人环境之间的相互作用、这个框架的变迁以及它对个人环境所造成的影响全景式地展示出来，然而当那些关于GDP、税收立项、高铁建设、转基因农作物、上访、矿难、生态环境、少年犯等材料以新媒介播放画面的方式翻滚在我们眼前的时候，我们的眼睛被各种数据和词语占据，语言之美与诗意之美却蛰居不动了。究其原因，我想大约是日常生活中我们被各种新媒介轮番强制得已然麻木了，对新媒介灌输过来的信息早见怪不怪了，而《内地研究》不仅没有规避我们被新媒介养成的抵御心理，反而是对其进行了模态性叙述，滚滚而来的“细节”让人窒息。

◇ 当诗歌对时事进行表征时遇到了另一种困境，匿名的大众话语随时以各种方式解构着任何信息，话语被解构而事实依然存在，不过已滑稽化。

而今，当诗歌对时事进行表征时遇到了另一种困境，匿名的大众话语随时以各种方式解构着任何信息，话语被解构而事实依然存在，不过已滑稽化。2013年“雾霾”成为年度关键词，雾霾来了，牵涉到千千万万人的正常生活，自然成为大家的日常话题。有趣的是，吐槽雾霾的姿势千奇百怪，我们随便搜索一下，便能搜索出与此相关的“段子”，暂举几例：

①终于体会了泰戈尔的意境：“世界上最远的距离，不是生与死的距离，而是我在北京街头牵着你的手，却看不见你。”

②北京风光，千里朦胧，万里尘飘，望三环内外，浓雾莽莽，鸟巢上下，阴霾滔滔！车舞长蛇，烟锁跑道，欲上六环把车飙，需晴日，将车身内外，尽心洗扫。

③某知名媒体人笑称自己是“雾都孤儿”：“今天才意识到是双重杯具，一是生活在雾都，二是个孤儿。”

让人忧心的生存环境，在五花八门的吐槽中被彻底娱乐化了。这就是今天的一种普遍现象，不管看上多么严重的“事件”，它后面紧跟着各种吐槽会在瞬间消解它的重要性，甚至让它显得稀松平常，不再激发愤怒或者恐惧，甚至还是可以忍受的。对此现象，诗人怎样处置？森子曾写过一组《雾霾行记》，诗中对“雾霾”的不满与对“雾霾心态”的不满都处于被抑制状态中，诗人或许很想用诗歌对“雾霾”这新生事物言说自己的体认，可无论采用何种态度（反思、反讽、忧郁、失落、诅咒……），都不能很妥善地“转义”为理想的诗歌话语，诗句里埋伏着一股无处发泄的鬼火。这真是让人恼怒的现实，写作时可以有意避开新闻话语的入侵绕道而行，但却无法将文本与它置身的语境进行彻底隔离，一旦在言词中涉及当下事物，其语境便携带着它更生动的民间文本浮现，让诗歌文本自行消解。

◇ 这真是让人恼怒的现实，写作时可以有意避开新闻话语的入侵绕道而行，但却无法将文本与它置身的语境进行彻底隔离，一旦在言词中涉及当下事物，其语境便携带者它更生动的民间文本浮现，让诗歌文本自行消解。

诗歌话语如何与新媒介话语进行搏斗，或许真的让诗人头疼了。文学需要创新甚至需要革命，也需要一个相对合度的秩序，但并非所有的话语方式都能够从一种媒介转化成另一种媒介的，诗歌尤其不易，因为它必须保留赋予诗歌美感的那种东西。新媒介下当代诗歌与诗人遭受到的各种指责已经够多，这里不再复述。尼采的话依然阴森——“无论谁与怪物博斗，都应保证在此过程中不要变成怪物。当你长时间窥视深渊时，深渊也就窥视着你”。[①]

①［德］尼采：《善与恶的彼岸》，转自［美］马克·波斯特《信息方式——后结构主义与社会语境》，范静哗译，商务印书馆2000年版，第134页。

文本：想象灵光并未逝去

昌耀诗歌的象征世界

一 “高原”形象：象征空间的形成

昌耀在上世纪80年代中期，先后从河流、朝圣的河源子民、高贵的母马、殉职的高原开发者、鲁尔沙镇的节日、寻找黄河正源卡日曲的跋涉者等方面写下六首关于“青藏高原形体”的抒情诗。结合他之前所写的《旷原之野》《山旅》《雄风》与之后的《巨灵》《一百头雄牛》《牛王》等诗，可以看到，这些作品都有着相同的基调和意图。诗中虽然也有对自然外物澄心息虑的静观默察，但更多的是在激情奔涌中达成功利的表达，诗的意象尽管也随着时间和处境的变化不断地向外延展，而意象质的内涵却是明确同一的。我们仅以《河床》一诗为例：

> 我从白头的巴颜喀拉走下。
> 白头的雪豹默默卧在鹰的城堡，目送我走向远方。
> 但我更是值得骄傲的一个。
> ……
> 我的令名如雷贯耳。
> 我坚实、壮阔。我的发育是完备的雄性美。
> 我创造。我须臾不停地

向东方大海排泄我那不竭的精力。
我刺肤纹身，让精心显示的图形可被仰观而不可近狎。
我喜欢向霜风透露我体魄之多毛。
我让万山洞开，好叫钟情的众水投入我博爱的襟怀。

我是父亲。

我爱听兀鹰长唳。他有少年的声带。他的目光有少女的媚眼。他的翼轮双展之舞可让我血流沸腾。

我称誉在我隘口的深雪潜伏达旦的那个猎人。

也同等地欣赏那头三条腿的母狼。她在长夏的每一次黄昏都要从我的阴影跛向天边的彤云。

也永远怀念你们——消逝的黄河象。

……

(《河床》)

这首诗的形象有很强的视觉感，河床的来处是“白头的巴颜喀拉”山，为其送行的是“白头的雪豹”，“白头”既是一种客观实情的摹写，巴颜喀拉作为雪山自然终年都是白色的，说白头，也是一种古老历史的比况，这个世界上还有比巴颜喀拉山更古老的存在吗？同时白色还为整个文本构成一种底色，正是“巴颜喀拉”以其广阔的白色背景，才使兀鹰、母狼、猎人、山峦、地峡和唐古特人的车队等一切物象得以分享“圣地”之独有的最尊崇之美。从声音方面来考量，诗的短句居多，长句多分为几个排比的短句，形成一种急短快的节奏，仿佛是鼓点，整体上敲得很快，声调被不断地提起呈上扬的趋势。一阵急鼓点之后会换之以略微舒展的长句，声调也略显平静。在句式的长短变化与声调的高低起伏中，“河床”在奔腾，他的子民便在欢声中以或远或近的位置，以或清晰或模糊的形象出现。这样的句式带来的情绪基调是激昂欢快热情奔放的。在雷鸣般的声响中，“河床”从不同的方面“夸耀”自身的神采风度和辉煌历史：“我”有着高贵的身份——出身自“圣地”巴颜喀拉；“我”有着让万物仰慕的雄性美——坚实、壮阔、精力旺盛、刺肤文身、体魄多毛，声名如雷贯耳；“我”是伟岸的父亲——兀鹰、猎人、母狼、黄河象都是我所疼惜的孩子；“我”是富有的君王——一身织锦，一身珠宝，一身黄金，奔腾而来；那屈曲的山峦，切开的地峡，下陷的断层，眩晕的飓风，连同那时间、古迹、通邑大都、深不可测的深渊……都不过是“我”在一瞬间表现出的大千众相，因而，“我”才是从宇宙洪荒中走来的“始皇帝”，是谱写世界主旋律的“创造者”。

在昌耀之前，没有一个汉族诗人曾如此大气磅礴地描绘过西疆大地，尽管我们早有边塞诗，也不乏壮怀激烈的抒发，可那更多的是表达戍边之苦或思乡之情。1950 年代“到远方去”的潮流中，倒是产生了大量歌唱边疆的政治抒情诗，但它们所虚构出的比世外桃源还要美好的世界与此没有可比性。即使是众多和昌耀有过同样命运的诗人，也没有谁以此笔法去赞美曾经的流放之地。总的来说，昌耀写“高原”的诗中有两种声音：一种是以受惠者的身份对高原的礼赞——“这块土地被造化所雕刻”；一种是以“高原”般博大厚重的热情向人间向未来发言——“我将是古史的回声”。在两种声音的交响中，“高原”形象便从两个层面被构成，一个是众生有灵、人与自然和谐统一的生态，一个是具有强大生命力的活体。

◇ 创造一个地方是一个真正的挑战，我们不会因为诗人和作家说了什么就相信它是什么。

但我们知道，创造一个地方是一个真正的挑战，我们不会因为诗人和作家说了什么就相信它是什么。因为每个人都有自己的认知，在观看那些被指出的地方时，必然有自己独特的对地形或自然位置的感性理解和判断。即使没有去过青藏高原，摊开地图，我们也知道它的地理环境是：四周大山云集，北为昆仑山和祁连山，南为喜马拉雅山，西边是喀喇昆仑山，东边是横断山脉。内中有唐古拉山、冈底斯山、念青唐古拉山等，这些山脉海拔大多超过 6000 米，喜马拉雅山等不少山峰超过 8000 米。这是中国最为广袤的地方，气候干燥寒冷，空气稀薄，多半以上是山地、沙漠、戈壁和丘陵，适宜种植业的可耕地很少，生物生长艰难。而任何一个到了西部的人都首先被“巨大”所震慑，高原上所有的东西似乎都是那样巨大，眼睛在这儿似乎丧失了作用，目力所及的最远地方之外还有着无限的绵延，浩荡的长风像一只雄猛的野兽要毫不客气地把我们撕碎，苍茫无边的感觉和寥落无涯的恐惧不可阻挡地先从感官上把我们征服了。我们与之相比时，渺小的个体几乎就是一粒沙子、一根草茎。若此，那身边的每一草木虫豸不都需要尊重的吗？藏民把自然中的每一生灵都看作是隐藏着某一神性之物，是否有其天然的缘由？那么面对如此不可超越不可把握之巨大存在，诗人如何以之为依托完成抒情主题？综览昌耀这方面的作品，可以发现，他采取的主要手段是象征，并构成了一个统一的象征体系，请看下面的简图：

高原象征体系示意图

原型	指涉幻象	想象界	意指
1. 旷原	织丝、烈风、九部乐混成的土地	卍字符的象征、英雄人物	创世神、英雄（原义）
2. 河床	父亲、力量	“我”以主体身份发言	巨型造物神（原义）
3. 西部	民族精神、祖国	巨灵形象的塑造	英雄（原义）
4. 峡谷	世外桃源	回忆流放经历	故乡（转义）
5. 太阳	领袖	呼告对召唤者的顺从	王者（原义）
	光明	启示、救赎	神明（原义）

续表

原型	指涉幻象	想象界	意指
6. 牦牛	牛王	牛王仪式	家园（转义）
	多情的雄性	对花母牛的追求	自我的性情
	遭受屈辱的英雄	被割掉了一支犄角的悲烈	（叠义）
7. 龙马	知己	幻想对幻想之神驹的爱抚	欲望（原义）
	家园	移就大地的形状给母马	身份（新义）
8. 鹰	骑士	以鹰的飞翔姿态比拟	理想（原义）
象征链			
9. 雪豹	受伤的王者	示现它舔舐伤口的场面	信仰（转义）
10. 羚羊	草原的精灵	摹状奔跑的场面	精灵（直义）
11. 木轮车	英雄（高车）	排比、直接赞美	理想（映射）
	古老的土著生活	车户哥的生活速写	信仰（转义）
12. 猎户	青春	以向日葵来指代	生命力（换义）
13. 河源子民	朝圣者	对比他们对城市的漠然	信仰（转义）
14. 土伯特少女	绿度母	示现阿尼玛幻象	欲望（直义）
15. 土伯特牧人	众神的宠偶	示现具体的细节	感恩（直义）
16. 夷、雪山人	祖先	摹状独特体貌与行为	怀古（换义）

此简图显示，昌耀的高原确实是一个高原，可显然又不仅仅是一个高原，“高原”一词被用作隐喻，它物理性的特质与它在叙述和抒情中发挥的作用则使其成为含有寓意的象征物，即一个由神话、历史、文化、原生态与形式巧妙融合的象征空间。

首先，它是一个神圣空间的象征。大地（旷原、高原、雪山等）、河流、太阳等形象都有着这样的特征——君主式的意志、无边的神力、雄风般的豪迈无羁，有着极度的自我表现欲望，要把内心的激情宣泄到覆盖整个世界。它们指涉的幻象都是生命的创造者和哺育者，都是“创世神”的化身，其象征性力量也正好在于其根本不是单纯的自然客体，而是一个个情感奔放、勇猛浩荡的英雄，有着单凭自身就能创造世界万物的宏大梦想。创世神们指涉的自然是一个神圣空间，或者他们本身就是神圣空间的象征。神圣空间的建构首先是符合地域文化的合理存在，它首先也是属于西部土著居民的。因为在他们眼里，青藏高原的雪山、河流、草原、谷地、湖泊原本就是“神圣的空间”，甚至不需要诗人特意的象征，它们也是宗教意义上必须的存在。“人类没有神圣的空间是须臾不能生存下去的”，这是藏文化的基本观念，因为只有在神圣空间中，“神显”可以通过重复自身把“空间变成力量和神圣的永不枯竭的源泉，使得人类只要进入这个空间就能分有那种力量，就能够和神圣相互交换”，并且通过进入神圣空间，人们就获得与神圣沟通的可能。[①]人类通过与神显之物的沟通，从而获得与神明共在的认知，确认自己享有被神明照看、恩宠或救赎的权利。昌耀通过把高原塑造为一个英雄、一个创世神、一个“神圣的存在”，虽然不同于藏民的虔敬，但从情感上来讲，他也一样把高原奉为照看过、恩宠过并救赎了自己的地方，诗人的“被救赎”或许并不指向灵魂在宗教意义上的皈依，而更多是世俗功利意义上的，即把高原视作一个在遭遇人生厄运的困境中曾无私地给予收留、协助、引领、启智的——一个既救“命”也救“心”的“恩人”。

◇ 人类通过与神显之物的沟通，从而获得与神明共在的认知，确认自己享有被神明照看、恩宠或救赎的权利。

其次，高原是诗人个体内心的象征空间。昌耀让西疆旷原以“主体”的身份言说其神采、风范、精神和气度的过程中，同时并行做的是叙述诗人的“个人历史”，我们必须注意，在任一恢弘壮美的高原图景中都有一个头戴荆冠的诗人游走其中，且是以很突出的位置呈现。昌耀的诗中有故事、有情节、有人物，但绝没有那个时代叙事散文化的絮叨，相反在浓烈的情感抒发中故事成为一种彰显人生命运的开关，读者只要按动这些开关就能瞭望诗人

---

①［美］米尔恰·伊利亚德：《神圣的存在：比较宗教的范型》，晏可佳等译，广西师范大学出版社 2008 年版，第 347 页。

的整个人生，那些磨难、那些情爱、那些悲欢等诗人所经历的身外与内心的一切似乎都明明白白地陈列于其间。这说明高原象征形象，其实是诗人为自我角色所确立的精神映像。在旷原巍峨屹立的啸傲中，在河床奔腾的浪涛中，诗人像那喀索斯一样迷恋的是英雄的幻影，他的本意或许是想通过描述自然环境的险峻来突出曾遭遇的生死考验，但我们是不是也看到了这样一个事实，诗中那种真诚的感恩赞美与自我抚慰不断地化解了原本应该有的透彻骨髓的哀痛或激愤，并生发出一种大气凛然的豪情。他是如此描绘这片土地的：

◇ 昌耀的诗中有故事、有情节、有人物，但绝没有那个时代叙事散文化的絮叨，相反在浓烈的情感抒发中故事成为一种彰显人生命运的开关，读者只要按动这些开关就能瞭望诗人的整个人生，那些磨难、那些情爱、那些悲欢等诗人所经历的身外与内心的一切似乎都明明白白地陈列于其间。

四周是辉煌的地貌。风。烧黑的砾石。

是自然对自然力的战争。是败北的河流。是大山的粉屑。是浩空的河床。是无人区。是峥嵘不测之深远。……

（《旷原之野——西疆描绘》）

诗人不止是对西部高原的地貌表达崇赏之情，更赞美它闪光的历史：说它“是十二生肖恪守的古原”，“是古占卜家所曾描写的天空”，“是穆天子西行驻跸的地方”，“是匈奴日逐王牧马的地方”，“是汉家宜禾都尉屯田的地方”……更重要的是它造就了他：

啊，边陲的山，
正是你闭塞一角的风云，
造就我心胸的块垒峥嵘。
正是你胶粘无华的乡土，
催发我倾诉的粗放不修。

（《山旅——对于山河、历史和人民的印象》

这很符合那个时代的主流要求，也很符合诗人内心的自我需求。他一再提及的这些英雄形象，都可以看作是他采用的象征性的手段。英雄崇拜是我们每个人都有的情结，尤其对于身处绝境者，英雄情结往往具备救赎的神奇效力，二十来岁去西部时，年轻的诗人怀揣的是成为一个“伟大”诗人的梦想，二十年的流放虽没有消磨掉这一宏愿，但忧郁、迷茫、彷徨甚至绝望等意念也必然成为每日的功课，这就特别需要一个可以信赖的援助随时地、及时地输送力量，帮助他走过生命中的重重难关，或者拉住他，以免在疲乏中绝望中或茫然中困境中落伍中陷入弃逃的泥潭。如果没有这些援助，没有父亲般的、英雄般的高原为内心注入勇气，想一想那看不到尽头的流放啊，将是怎样的一种可怕！所以，昌耀诗中的这些被神化了的英雄似乎都是带有集体主义特点的个体的化身，他们发挥的是同一种作用，“即在缅怀过去，寻找远古的体现民族精诚团结的一些典型形象中，去发展个体的自我意识——对于自身的力量和弱点的认识——以这种自我意识去面对向他展开的艰巨任务。”①

◇ 昌耀给我们雕塑了一种美好生活，美好的生活不是一种具体的生活状态，而是一种诗意的家园存在。

第三，语言形象的诗意空间。昌耀给我们雕塑了一种美好生活，美好的生活不是一种具体的生活状态，而是一种诗意的家园存在。比如酿造麦酒的黄昏、筏子客、土伯特女人和她孩子等诗，我们看到的不是具体的生活，而是诗意的细节，诗人极其明晰准确地抓住了一个个事物在某种状态下最耀眼的独特东西。对我们读者来说，这些神奇又异样的描绘，总能引起无限的想象。在诗人不断追忆的温情脉脉中，“荒原”与“流放”这一概念与事件本身似乎都

①［瑞士］荣格等：《人类及其象征》，张举文等译，辽宁教育出版社 1988 年版，第 127 页。

在提醒我们应该去对此进行重新的理解：

> 我也记得夏日牛虻肆虐的正午，
> 那黑色的飞阵卷起死亡的啸叫越过草泽林莽
> 忍将逃生的马驹直逐下万丈悬崖。
> 我记得暮春的白雪自高空降临的气概：
> 霎时间，天地失去生命的绿。
> 子夜，却是雪霁月明，另具一种幽雅。
> 高山的雪豹长嚎着
> 在深谷里出动了。
> 冷雾中飘忽着它磷质的灯。
> 那灵巧的身子有如软缎，
> 只轻轻一抖，便跃抵河中漂浮的冰排，
> 而后攀上对岸铜绿斑驳的绝壁。
> 黑河，在它的脚下
> 唱一支粗犷的歌
> 向北折去……
> （《山旅——对于山河、历史和人民的印象》）

在这样的回忆中，那些突遭不幸的变故和屈辱，那些艰难的求生和非人的境况，开始闪烁着迷人的光晕，高原成为一个能够被看见、被听见、被想象、被爱恋、被敬畏的地方，那里曾经发生的一切在时间的流失中（或诗句的雕刻中）都凝冻为美丽的化石。因而，我认为昌耀一直在做着这样一种工作，即把那些他所感兴趣的自然象征、文化象征或兼具自然象征与文化象征的象征栽种于他诗歌领地的每个角落。我们知道，自然象征起源于心灵的无意识内容，它们代表着基本原始意象的无以数计的变化形象。文化象征则是人们用来表现“永恒真理”的象征，在经历过很多次转换变形与程度不同的意识发展演化中成为文明社会悦纳的集体意象。[①] 当这些象征在诗中拢聚、汇合、被转化为集体意象之后就呈现出这样一个结果：西部高地既是一个可怕的荒原，也是一个神秘的伊甸园。

于是诗中的各种风景和人物也都产生了这样一个特点，在经过了一番严格细致的挑选和裁剪之后，每一个形象及每一形象的细节都在补充着主形象“高原”，加上诗人强有力的语调和强烈的情感倾泻，我们读者便不断地被诱惑着去猜想诗中描述的事物是不是还有着更深的意义或另一种与字面不同的暗示。在推断诗人没有说明的意指的过程中，我们可以隐约感到在形象表象之后站立着另外的东西，那仿佛是一个巨大的隐藏，略加辨认就会发现，那是另一形象——一个在对自我本质寻求表达的“诗人形象”——他把我们带到了一个神奇的地方——感受身在其中的广阔性。可以说，“广阔性”是昌耀诗歌内在的主题，并不仅仅是因为诗人塑造的高原外在形体上的阔大深厚，更在于这一“接天荒原”本质上带给了我们梦想的无限广阔，它为我们创造了一个永远也填不满的梦想“空间”，或者说这一有着梦幻般神秘色彩的“空间”提供了一个让我们可以尽情生发梦想的机会。与此同时，历史中那些伟男子、那些英雄、那些像织丝般熠熠闪光的往事和乐天子民踢踏的舞步，仿佛也从苍茫的尽头逶迤而来，千年仿佛一瞬，一瞬仿佛千年，时空的象征性成为我们表达自身理想的媒介物。从这个意义上讲，高原通过成为一个象征体系，它所“揭示”的东西将比任何作为一个物理存在的高原上的显现物加在一起所能揭示的还要多，并能“全

◇“广阔性”是昌耀诗歌内在的主题，并不仅仅是因为诗人塑造的高原外在形体上的阔大深厚，更在于这一“接天荒原”本质上带给了我们梦想的无限广阔，它为我们创造了一个永远也填不满的梦想“空间”，或者说这一有着梦幻般神秘色彩的“空间”提供了一个让我们可以尽情生发梦想的机会。

---

①［瑞士］荣格等:《人类及其象征》，张举文等译，辽宁教育出版社 1988 年版，第 71 页。

景式地呈现其他显现物只能间或而部分地显现的世俗”。[①]

二　三重文化的汇融：象征“引地”或“中间风景”

昌耀的语言是水润的，即使他在写一种龟裂的土地与大漠的沙暴，写一个枯竭状态下的生命的焦灼，情绪可能是被烘烤后的薄脆或坚硬，但语言本身却氤氲着水汽，没有干裂的生硬或毛燥。我们只需随意抽检他的诗句就可以证明这一点：

浴罢的肌体燧石般黎黑，/男性的长辫盘绕在脑颅，/如同向日葵的一轮金边。(《湖畔》)

远处，蜃气飘摇的地表，/崛起了渴望啸吟的笋尖，/——是羚羊沉默的弯角。(《莽原》)

午时的阳光以直角投射到这块舒展的/甲壳。寸草不生。老鹰的掠影/像一片飘来的阔叶(《踏过蚀洞斑驳的岩原》)

大熊星座像一株张灯结彩的藤萝，/从北方的地平线上伸展出它的/繁枝茂叶。(《荒甸》)

昌耀自身也许从未意识到，当他描绘一个形象时，总是采用经验中的物象来比拟，向日葵、笋尖、花、藤萝、阔叶、深锁的门庭、伞、水……这些词语一定来自诗人童年的经验。这很有意思，说明我们每个人的头脑中都充满了种种私人的感知世界，但同时我们又共享着某些共同的感知表象（或概念），共同的感知表象构成一个为我们每一个人都了解的交流基础，当诗人想把他关于西部独特的个人感受形象化地传达出来，就必须将其经验转化为我们读者可以

① [美] 米尔恰·伊利亚德：《神圣的存在：比较宗教的范型》，晏可佳等译，广西师范大学出版社2008年版，第421页。

接受的那个共同世界中的种种实体的象征符号，就如羚羊的弯角，对我们内地人是陌生之物，但“笋尖”却是熟悉的，当二者发生关联时，交流便可以进行，最普通不过的物象也能发挥奇妙的作用。

昌耀在诗文中很少提及他的童年与他真正的家乡，但不说并不等于没有记挂，诗人过去的经验一再被词语所激活，那些透露着经验的词语本身便是内在情感的一种象征。或许诗人使用时是无意识的，但他确实塑造出了一座具有南方气息的西部大高原。可以说，昌耀开垦出来的诗地，是一个“引地”，他不停地为“西部高原”引入具有异质性的元素。当然“没有异质要素，艺术（就）不能获得自主性”。[①]从这个意义上来看，昌耀为象征世界加入了新的元素。这也说明昌耀的象征是一个杂种，是南方经验、西部经验和汉文化价值观念媾和生产出来的一个杂种。

昌耀出生在湖南桃源，毫无疑问，人生之初浸染的是湘楚文化。湘楚文化虽源自中原文化，在发展中却逐渐形成自己的特色：一是它充满了神话、幻想、巫术的浪漫想象和瑰丽色彩；二是它充满了奇禽异兽和神秘的符号；三是屈原“九死未悔”的节操信念和“上下求索”的理想追求成为湘楚士子从小就耳濡目染的精神资源。所以，热衷象征虚构、迷恋奇异神秘、追捧神话梦幻、喜欢自由漫游、喜欢凌空飞翔的主题、擅长抒情，这些是湘楚文人的特长，最早我们可以追溯到屈原。昌耀全部的作品也都体现了这一点。

在西部流放的岁月中昌耀深入到了最原生态的藏民生活中达20年之久，藏文化又成为生活的常态。藏文化在万物有灵的自然宗教巫祭的神秘诡异性、雍仲苯教祭祀文化艺术的神秘诡异性和来自于印度教、婆罗门教、密宗金刚乘祭祀文化艺术的神秘诡异性的

① 王逢振等编：《最新西方文论选》，王东亮等译，漓江出版社1991年版，第385页。

共同影响下形成了奇特的神秘诡异性。它和楚文化的神秘有着表象的相似与本质的差异。湘楚士子喜欢追求独立自由的思想也有着更加坚强不磨的意志，它和以儒家精神为立根之基础的汉文化有着异曲同工之处。藏民则是慈悲宽厚的，有着虔诚的信仰，除此之外一切皆为浮云，他们没有汉文化对精致的追求、对财富的追求、对功名的追求之野心。

此外，我们应该记得，昌耀是十三四岁才离开家乡的，青春期的成长是在战场上度过的，汉文化中建功立业的宏愿曾经是他最大的青春梦想。因而可以说昌耀对这三种文化都有着深入骨髓的体验，所以他在观看一个事物时，会有很复杂的眼光。且看：

我以炊烟运动的微粒
娇纵我梦幻的马驹。而当我注目深潭，
我的马驹以我的热情又已从湖底跃出，
有一身黧黑的水浆。我觉得它的因成熟
而欲绽裂的股臀更显丰足更显美润。
我觉得我的马驹行走在水波，甩一甩尾翼
为自己美润的倒影而有所矜持。
我以冥构的牧童为它抱来甜美的刍草，
另以冥构的铁匠为它打制晶亮的蹄铁。
当我坐在湖岸用杖节点触涟漪，
那时我的期盼中会听到一位村姑问我
何以如此忧郁，而我定要向她提议：
可愿与我一同走到湖心为海神的马驹梳沐？
（《凶年逸稿》）

这节诗音响畅飏，通过文字最普通的语义勾画出的一系列活动形象和场景，让“梦幻之马驹”展演着梦想自由无羁的魅力，野性勃发中还有着优雅矜持，尽管有些矫情，我们还是分享到了语言本身及语言所制造出的梦幻的驰骋，或许放肆的梦幻对内心狂野冲动的娇纵，恰是我们无意识中的一种渴盼。

我们在诗句中分享到了一种个人的也是共同的情感，很大原因在于这里的象征有着双层性：一层是遵循惯例的，即我们熟知的那些象征因素在起作用。汉文化中，“骐骥士不遇”“宝马英雄”中暗含着中国文人建功立业、渴求知遇的深层心理动机，英雄与宝马的伴生关系，折射的正是中国文人无意识中的价值追求和功业情结。另一层则是一种个人的象征，“龙驹”成为诗人个人内部的张力与外部现实的张力之间的关联，宝马英雄与英雄美人都是从对马的幻象中不断增发的幻想对象，是用来缓解对前途命运的忧虑与对异性的渴望而幻想出来的慰藉物。这说明昌耀在启用传统象征物时遵循的是汉族文明社会所悦纳的方式，同时又有所转化。

昌耀的诗中不乏这些描绘，而且还正是他对此不断地描绘，为我们打开了一个瑰丽的西部世界。可事实上还有这样一种情况，昌耀给了我们一种根本不同于西部本土诗人所提供的西部世界，也不同于我们在西部观光时所获得的真实印象，他所选择的场域自然是他脚下的西部高原，所用的语言却包含南方的水润之气，深层的意图则是汉文化的功业意识和对主流话语的遵循。文本形式基本上是浪漫的现实主义，他喜欢把自己打扮成一个理想主义者，把自然环境神话化，把个人经历英雄化，因而他笔下的宗教和神话，并不能具有宗教的精神。但也有这样一种情况，如果是一个藏人，讲述关于藏地的文化、神话、宗教、信仰，那会与我们相隔很远，文化距离的遥远，不易触动我们情感或者无意识深

◇ 他喜欢把自己打扮成一个理想主义者，把自然环境神话化，把个人经历英雄化，因而他笔下的宗教和神话，并不能具有宗教的精神。

处的回响，对他们来说是本真的生活状态，对我们却是一种被观赏的他者经验。当昌耀作为一个“入赘者”，深切地带着差异性去试图融入时，他个人的人生体验的东西就会自动融化进去，构成一个特殊的象征世界，个人感知性的东西首先被提出来了，在表述为艺术形象时，便成为无人可以仿制的异类。那么是否可以说他为我们创造了一个“中间风景”？

“中间风景”这一概念来源于生态学。在西方 18 世纪工业化进程中，人们逐渐认识到城市的发展和商业力量对田园传统构成的威胁，提出一个称之为“中环伦理”（ethicofthemiddlelink）的理论，该理论认为：由于人是在“存在的大链条”上居于中间环节的生物，位于动物性与知性、高级性与低级性的各种存在形式之间的过渡点上，所以人必须在其动物本性与理性理想之间接受一种无法令人满意但又不可避免的折中。因而，作为人类终极希望的环境，既不该是“荒野”也不该是“城市”，而应该是体现完美道德的田园乡村世界。对文学创作而言，这一居于城市与荒野之间的地带被称为“中间风景”，一种表达田园理想最佳的环境样态，人们过着平等、纯真的生活，那里的牧人是快乐又和蔼、单纯而朴实，既不博学也不优雅，既不粗野也不卑劣，这样既可避免荒野恐怖的威胁也可避免城市机器的吞噬，并能弥合希望与恐慌之间的鸿沟。所以，构造一片“中间风景”成为极有吸引力的诱惑，杰弗逊、哥尔德斯密斯、霍桑、惠特曼、爱默生、修·布莱尔……从政客到神学家、从作家到诗人都曾为之进行过构想和尝试。①

昌耀生前或许并无机会阅读到布莱尔等人关于田园诗最佳状态的言论，但他确实知道读者想要看到什么。1979 年刚刚回到城里，

---

①［美］利奥·马克斯：《花园里的机器》，马海良等译，北京大学出版社 2011 年版，第 73—74 页。

他就写下了《乡愁》一诗，对流放地做出了如此的描绘：

他忧愁了。
他思念自己的峡谷。
那里，紧贴着断崖的裸岩，
他的牦牛悠闲地舔食
雪线下的青草。
而在草滩，
他的一只马驹正扬起四蹄，
蹚开河湾的浅水
向着对岸的母畜奔去，
慌张而又娇嗔地咴咴……
那里的太阳是浓重的釉彩。
那里的空气被冰雪滤过，
混合着刺人感官的奶油、草叶
与酵母的芳香……
（《乡愁》）

在这样优美的情景中，我们看不到对长达20余年的流放岁月和艰苦劳动的谴责或不满，相反却饱含着让人向往的诱惑。此后，昌耀用诗歌建造了一个象征性的神圣空间。尤其在《慈航》一诗中，高原成为世界上最动人的形象之一：

◇ 在这样优美的情景中，我们看不到对长达20余年的流放岁月和艰苦劳动的谴责或不满，相反却饱含着让人向往的诱惑。

雪线……
那最后的银峰超凡脱俗，
成为蓝天晶莹的岛屿

归属寂寞的雪豹梭巡
而在山麓，却是大地绿色的盆盂，
昆虫在那里扇动翅翼
梭织多彩的流风。
牧人走了，拆去帐篷，
将灶群寄存给疲惫了的牧场。
那粪火的青烟似乎还在召唤发酵罐中的
曲香，和兽皮褥垫下肤体的烘热……

在外人不知晓的河谷，
已支起了牧人的夏宫，
土伯特人卷发的婴儿好似袋鼠
从母亲的袍襟探出头来，
诧异眼前刚刚组合的村落。
……
（《慈航》）

这是一片“净土”，画面绝美，天、地、人、物、情，各在其位又相互照应。雪线、蓝天、山麓、大地、昆虫、牛羊、野兽以及流动的风、曲香、土伯特卷发的婴儿、母亲、牧人以及那半环落日、升起的炊烟、回荡的蹄声……都成了一个个诗意的形象。这些形象中暗含着三种视觉：一是作为读者（或旅人）的欣赏视角。我们对高原精神内涵多半是一无所知的，但认识一个陌生的地方，是一种愉快而神秘的体验，我们深知自己想看什么以及看的目的。二是作为牧民的生活视角。当我们欣赏高原时，日出或流风只是一种奇异的风景，对美景下的另一种事实并不需要进行探测。但对于一个藏民来说，为了在恶劣的环境生存，他必须熟悉每一自然现象变化、天体变化背后的预警，比如从太阳的样态、风的走向、天空的颜色中查看天气可能的变化，因为在美丽的景色中常常掩藏的险恶现实，这是他们首先必须防范的，“早上红云照，不是下雨就是雹”，“无风天脚红，明日有霜冻”。三是作为诗人的中间视角。昌耀不同于土著的牧民，也不同于我们这些观光者。在他眼里，帐篷、炊烟、峡谷、山峰、河流、风、鹰、草长成的是荒凉形式。荒凉就像开垦者种下的青稞，生产出海市蜃楼的绿洲，在灌浆之前有着无限的生机，丰收的诱惑美丽无比，但一场霜雪就足以结束这一幻象。昌耀对这一事实有着和牧民一样的清醒认识，这很重要，因为他切切实实了解牧民的生活实况。更重要的是他知道怎样把这样一种事实转化为读者的阅读期待。如果遵守现实主义的原则提供出许多牧民奴隶般的工作和艰难的生存画面，那无疑是让读者反感的，尤其对于1980年代的读者来说，他们早已腻烦。相反要是把牧民的生活描绘成另一个极端的优雅和富足，也难以取得读者的信任。最好的状态便是处于这“两端的中间”，抓住那些田园诗所需要的最佳环境，昌耀了解牧民的实际存在状态的艰难，也深知恶劣环境中所内含的巨大魅力，他了解牧民们性情中的朴实与快乐，更亲身体验过他们的善良与纯真。所以他笔下的牧人有着别样的魅力，尤其对于几十年后的今天生活在物化时代的我们来说：

◇ 在他眼里，帐篷、炊烟、峡谷、山峰、河流、风、鹰、草长成的是荒凉形式。荒凉就像开垦者种下的青稞，生产出海市蜃楼的绿洲，在灌浆之前有着无限的生机，丰收的诱惑美丽无比，但一场霜雪就足以结束这一幻象。

从四面八方，我们麇集在一起：
为了这夜色中的聚餐。
篝火，燃烧着。
我们壮实的肌体散发着奶的膻香。

一个青年姗姗来迟，他捎来一只野牛的巨头，
双手把住乌黑的弯角架在火上烤炙。
油烟腾起，照亮他腕上一具精巧的象牙手镯。
我们，
幸福地笑了。
只有帐篷旁边那个守着猎狗的牧女羞涩回首
允吸一朵野玫瑰的芳香……
(《猎户》)

昌耀诗中的土伯特人（牧人和猎户），都有着如此纯朴可爱的性情，原本荒蛮艰难的生存环境也总是闪现着田园牧歌的清新宜人与祥和安宁。因而从本质上来说他的诗是一种田园生活理想的体现而不是原始生活理想的体现，高原的地理学、气候学、生态学等一切与高原民族志相关之物几乎都被转化为一个写作的形式，一切精神状态也可以转化为明确可感的形式，所以他的高原具有多重性：一个是自然世界中实在的高原形象，一个是心理趋向中可托付的高原形象，当它们在语言的运作中构成一个审美形式时，又成为情感形式的表征。这正是昌耀诗歌的迷人之所在，他革新了传统的田园体验，让我们重新记起荒野的基本意义，同时又给荒野崭新的意义。所以我认为昌耀为我们建造了一座具有“中间风景”魅力的西部“大花园”，这是前所未有的创举。

◇ 从本质上来说他的诗是一种田园生活理想的体现而不是原始生活理想的体现，高原的地理学、气候学、生态学等一切与高原民族志相关之物几乎都被转化为一个写作的形式，一切精神状态也可以转化为明确可感的形式。

三　象征幼化：城市书写的泥沼

昌耀热爱大地与自然，但对机器所代表的力量也是毫不质疑的。在赞美高原的同时他也满怀激情地赞美了机器所代表的力量。在《轨道》《赞美，在新的风景线上》《垦区》《边关：24 部灯》《城

市》等诗中，他都为机器所代表的工业力量振奋着：

从东方到东方，
那些逶迤而去的条状的钢铁
带着工业润滑油的异常气息，
横过桔红的、杏黄的、钙质的土地，
冲淡着那里固有的乡俗和一切的惰性，
是沉思的、是健美的、是轰鸣的，也是权威的
从乡土到乡土（古老而芜漫的荒野）
在轨道和轨道之交织里
欢快的憧憬和艰难的记忆不可磨灭。
工业润滑油之炽热的追求
不可磨灭。
(《轨道》)

这些诗句毫不掩饰对工业技术的赞美之情。显然，昌耀没有意识到工业化对他征引的神话是一种反制力量，如果他能理解工业技术的推进与社会生活将随之改变之间的必然关系，大约就很难再把以新技术为代表的工业化视为那个时代的“吉兆”。如果他对“城市”有过哪怕最常识的认识，大约就不会把“城市”看作是“草原的一个壮观的结构。一个大胆的欲念”。如果他能意识到以铁轨为代表的交通运输革命向原生态的荒原“进军”时，荒原所独有的地域性特色将会遭受极大破坏甚至将不复存在，恐怕就不会轻率地把城市在机械摩擦、电磁波、日渐扩大的垃圾场、钢筋混凝土、灯光丛林中的颤抖，看作是“比羊号角更动人，更热烈，也更有永久的魅力！”(《城市》) 遗憾的是，昌耀同当时的大多数诗人一样，被

◇ 昌耀同当时的大多数诗人一样，被改造自然、创造新的物质财富的巨大热情燃烧着，疯狂的激情将所有的疑虑、问题以及矛盾统统淹没。

改造自然、创造新的物质财富的巨大热情燃烧着，疯狂的激情将所有的疑虑、问题以及矛盾统统淹没。这是那一时代的特色，原也无可厚非的。但这样一种“情怀”对诗人自身来讲却是致命的，昌耀或许一生都没有明白，他的这种政治无意识和他所期望的诗歌理想之间有着不可调和的冲突。

因而，从根本上来说，昌耀所真正追奉的是创世、造物、开天辟地的“功业”意识，那些高原形象的象征体系已经很好地说明了这一点。除了不竭余力地塑造并歌颂英雄般的巨匠造物神之外，在对一些普通之物的表述中他也一样喜欢采用事关“战争”“建设”之类词语，比如“旗帜”“挖掘”“冲向”“搏斗”“劈开”“荣华”“战胜”等，就连那原本具有母性慈爱的神祇也常被安置上一种热爱战斗的品行，他曾如此赞美一个生殖神，“你无坚不克，无往不利——/ 你原是以娇嗔的繁花披作甲胄，披作旗帜，披作剑锷”(《放牧的多罗姆女神》)。再比如说，他在诗中一再地把土伯特人看做众神的宠偶，但是否像关心自己那样关心过土伯特人的命运和情感？在此我想插入这样一个背景，1958 年青海政府为了响应“大跃进”的号召，提出“建设出重要的粮食基地”的口号，在青海湖附近开垦土地竟达 13000 万公顷。[①] 青海湖地区最传统的生活方式是游牧，大面积的开荒种田，不仅给青海湖地区的生态以毁灭性的破坏，也迫使大量的牧民不得不迁徙到自然条件更恶劣的地方。这些都是诗人和他的“难友”亲身经历的事实，可在诸多对高原的赞美中，我们很难看到换位之后对那片土地本身、对与那片土地真正共命运的土著居民的情感和态度之关照，诗中差不多全是诗人个体的情感或想象的情感。他为高原提供了持久而迷人的命名，

① 南文渊:《藏族生态伦理》，民族出版社 2007 年版，第 267 页。

◇ 他为高原提供了持久而迷人的命名，却并没有诚实地反思过（或在意）高原所遭受的毁灭性的“建设之殇”。

却并没有诚实地反思过（或在意）高原所遭受的毁灭性的“建设之殇”。再比如，一回到城市昌耀就开始了“思乡”的倾述（1980 年的《乡途》），却从未确切说出失去“故乡”的确切原因，也从未确切说出本地居民失去家园后的真实境况。相反在牧歌的书写中，总是要被导入政治的、文化的、伦理的、意识形态的东西，因而他写高原，写高原精神，写绝境，写绝境中的生存和抗争，对高原的重构，对高原欲望的表述，说起来不过都是他个人欲望的投射。正因为如此，他所倾心培植的“象征引地”或“中间风景”便注定了是一个无法长久继续的乌托邦梦幻。

大约从1985年的《斯人》开始，昌耀依赖其诗人的直觉已经预言到必将面临的处境，不过他并不相信他的理想主义会破灭，那些年他凭借对高原形象的塑造在国内声名鹊起。出于自觉他并没有满足于已取得的成就，相反他坦陈了写作中越来越凸显的问题：高原形象已经完成，再写只是对自己的重复，不写又很难顺利转向当下的城市书写，寻找新的写作路径成为当务之急。在20世纪80年代后期他有意识探着重新返回到对神话、宗教或历史的阐释中去，在《听后召唤：赶路》《在古原骑车旅行》《头戴便帽从城市到城市的造访》《故居》《干戚舞》《玛哈噶拉的面具》等诗都留下寻求的踪迹，但结果必然是更加的惶恐。1989年的《哈拉库图》一诗成为最精彩的见证，探寻英雄城堡原本是要找到灵魂的栖息地，找到的却是“光荣的面具已随武士的呐喊西沉，/如同蜂蜡般炫目，而终软化，粉尘一般流逝”。那一望无垠的废墟岂不是诗人内心现实的映照？诗人是否在寻找未果的失落中，意识到自己就像那“城堡被毁的阿基坦王”，从那城堡的贵族（英雄）降落为“失去一切的命运”的流浪汉这一既成的事实？

此后，昌耀的写作发生了巨大的改变，诗歌世界里就出现了一个特殊的由都市人物和物象组成的形象系列，他们不是通常意义上的“平民百姓”：

在寒冷的清晨，一个加入到城市拾荒者队伍的农民，背着一只几乎与身体同高的破口袋，旁若无人地翻检垃圾桶，当他翻捡出一块小麦烤饼后，并未急急忙忙揣进怀里，也没有急急忙忙送到口里，而是多看了几眼。这一举动引发了诗人如此触动：

> 我一路想着这件事：这个流落到城市的农民对着一只冰冻的麦饼反复揣摩、探研。我想到前不久在圣彼得堡俄罗斯国家博物馆见到的一幅极尽诗意构想的油画，描绘的是一对身着民族服装的农家姐妹勾肩搭背品察手中握着的镰刀：那镰刀如两轮弯月交映的辉光中有一双花蝴蝶翩翩翔舞。这个手捧麦饼的拾荒者在其灵视中或见到了那一双麦地上久别的花蝴蝶？而我觉得那麦饼就是无垠的麦地，但我感觉到一种荒寂。(《想见蝴蝶》)

在诗人多情的想象中，靠翻淘垃圾为生的拾荒者化身为值得敬慕的美的鉴赏者。而那些身体有残疾的人，则更为神圣。比如在一个丁字路口，诗人描绘出了这样的一幅景象，水流般行驶着的机动车群、兽拉车群、自行车群形成的漩涡之间，是一对过街的母女：

> 母亲是一个拄着双拐的女青年，萎缩的右腿还停留在幼儿发育期形状。女儿是一年幼的小女孩，紧紧贴在母亲的身边，双手搀扶着母亲臀部的衣角。这是险象丛生的路段，二人时走时停，打算横越马路走到对过。二人相拥相依着向前挪步：一会儿是母亲带领着小女孩，一会儿又好像是小女孩带领着妈妈……看啊，那小女孩，那母亲，那赘物似的在双拐之间吊挂

摆动的残肢，是感人至深的语言啊！（《语言》）

昌耀后期的诗文中有的是此类形象：以手掌代步浪迹天涯的朝圣者、马戏班玩蟒蛇的小男孩、拄着盲杖到寺院领取斋饭的盲人、在地下通道卖艺的老者和孩子……说明他已把注意力从高原形象转向了城市物象，与之相应的是越来越多地以不分行的长句子作为主要的写作方式，呈现散文化的倾向。关于“散文诗”的写法，昌耀早在1990年写下《苹果树》和《象界》的时候，就曾专门做过解释，“习称的散文诗与非散文诗我宁可视作一体，清一色总是令人困惫的”。并解释说：“我并不十分强调诗的分行（更勿论外在音律），也不认为诗定要分行，没有诗性的文字即便不分行也终难称为诗。相反某些有意味的文字，即便不分行也未尝不配称为诗。”接下来还说：“我并不贬斥分行，只是想留于‘分行’以更多的珍惜与真实感，不要动辄分行。任何东西滥加使用都可能事与愿违。”①

这是一个势头不错的转变，意味着要从现实主义写作过渡到现代主义写作，既有助于诗人突破固有的写作惯性，又顺乎时代的潮流。毕竟20世纪80年代后期现代性语境的背景下，昌耀所擅长的把浪漫主义的象征和现实主义联姻的手法已显现出不够活泛的迹象，那么主动地从田园牧歌的赞美转向现代城市的书写，无疑是一个明智的决断。而且在语境的转变中，能够迅速抓住“流浪汉”这一角色，说明昌耀还是足够敏感的。“流浪汉”在19世纪的欧洲文学中就被看作是“一种描绘现代城市的札记”，在波德莱尔的诗中，“流浪汉”和“漫游者”形象成为城市书写的新象征，而流浪汉的矛盾性行为所透露出的从乡村田园生活到城市现代生活的情感结构

◇ 20世纪80年代后期现代性语境的背景下，昌耀所擅长的把浪漫主义的象征和现实主义联姻的手法已显现出不够活泛的迹象，那么主动地从田园牧歌的赞美转向现代城市的书写，无疑是一个明智的决断。

① 昌耀：《昌耀近作〈诗与随笔〉》，载《人民文学》1996年第6期。

之变化，恰恰能为诗人进行“现代性”的表征提供合适的中介。[①]

从20世纪90年代写下的《一种嚎叫》《戏剧场效应》《划过欲海的野鸟》《坦裸的桥》《空城堡》《小城淡季》等众多诗篇中，可以看出昌耀基本上捕捉到了城市生活中人们情感结构的变化和人与人之间关系的变化：

混迹于大街人流
广受终生一遇到的机缘，
也是印象平平。而我独独敬仰你们
肩负着一袋袋面粉的男女，排成列队
感受果腹的阳光成品
好像面对金黄色麦地。
人啊，正是如此领有信徒的虔敬，
又赋有征服者的悲凉。
明智的妥协与光荣的撤退都无济于事。
人，意味着千篇一律。
（《人：千篇一律》）

城市最明显的现代性的表现是，与荒原的荒凉恐怖或乡村的自给自足相比，它是“商品和交易的博览会”。城市包含了双重特性，到处都是灯光、色彩、声音、人影、商品，可这灯火辉煌、熙熙攘攘、热热闹闹却和你毫不相干，由于身边出现的总是陌生人，你反而会遭受着越来越强烈的孤独感，感觉自己犹如巨大的丰富中飘荡的一个肥皂泡，看似也五彩缤纷，一个哈气，就让你烟消云散——

① [英] 迈克·克朗：《文化地理学》，杨淑华等译，南京大学出版社2005年版，第49—50页。

"明智的妥协与光荣的撤退都无济于事"。昌耀感觉到了城市的某些核心本质，但他并没有去客观对待之，相反却把目光聚集在如上所例举的边缘人物身上。对弱势群体生活状态的关心和救助，或理解和公平，这是每个人都应该持有的最低限度的道德尺码。诗人，自然被要求了更多的关注。但是这里出现的问题是，昌耀所信奉的审美意识形态是一种政治化的意识形态，就像本雅明批评弥尔顿时所讲的那样，为了象征之物的理想化，诗人几乎是毫不犹豫地让自己所选定的客体服从于一种从内部启迪和救赎它的精神激流，在理想化的闪现中，意义和物质性调和为一，那原本不和谐的存在和意味也被和谐地整合为一体。[①] 正是在理想化的幻觉中，底层人物不合情理的生存状态，反成为缓解某种失落的美德。诗人持续地为我们也为自己描绘出一种特殊的"共在的形象"，这是一些被生产和设计出来的新象征，"缺少它，思想和行动就会缺乏一种高贵的美德"，赞赏它，则有助于为陈腐的观念"笼罩一层闪烁着平等共同体的荣耀光芒的轻雾。"[②] 这就"不仅是一种伪装，还是原始本能驱力的转化"，证明了诗人已经陷入一种危机状态，看似在雕塑出一个"平等者的共同体"，实则"表达和再现了一种受到挫折的本能冲动渴望得到满足的愿望"。[③]

◇ 在理想化的幻觉中，底层人物不合人情的生存状态，反成为缓解某种失落的美德。诗人持续地为我们也为自己描绘出一种特殊的"共在的形象"，这是一些被生产和设计出来的新象征。

不过，在已经成为废墟的碎片上，对苦难的美化过程中，昌耀并非是没有矛盾的，他采取了"象征幼化"的方式。由于象征最初是被作为神圣对象的替代物，一种用来确立与神圣对象关系的工具，

① [英] 特里·伊格尔顿：《沃尔特·本雅明或走向革命的批评》，郭国良等译，译林出版社 2005 年版，第 17 页。

② [法] 雅克·朗西埃：《政治的边缘》，姜宇辉译，上海译文出版社 2007 年版，第 63 页。

③ [美] C.S. 霍尔：《荣格心理学入门》，冯川译，生活·读书·新知三联书店 1987 年版，第 170 页。

随着时代的变化，自然会出现理性化、退化和幼化的过程，即把神圣置于每一个微不足道的事物中，或将整体置于每一个细小的部分中，或把最底层最琐碎最不具有华贵性的人与事物置于神明的光辉之顶，使神圣得以无限的延伸。这种现象并不反常，因为“神圣确实倾向于变成某种世俗的实在，倾向于转化并且圣化一切创造”。①但幼化现象将神显无限延伸的倾向则有可能在另一个侧面以粗鄙的方式遮蔽事物原本需要揭开的愿望。此外，假若卑微和艰难被覆盖上一层神圣之光就能改变其处境，那么还用得着忧郁和同情吗？从诗中对低层生活的特意升华中，可以看出诗人的反抗之情绪，反抗这个社会对人的基本生活与安全感的剥夺，反抗大众心理对此阶层卑微生活的不屑一顾或鄙夷。他几乎把神置于嘲讽的位置，但事实上他并不愿意反抗“神”，曾经神话、仙女的传说、宗教彼岸世界的许诺、人本主义的幻象、英雄传奇，都是他表达自我的中介，在早期，对自然美的观察中也总是倾向于关联到人类整体生活中的道德层面，时代语境变了，这些方法变得无效，才用被美化的草民精神代替过去的英雄、时代革命、社会理论、宗教、神话等崇高之物。

这并不等于他会放弃对英雄的渴慕，《一滴英雄泪》《宝马·轩车·伤逝》《唐吉可德军团前进着》《毛泽东》等诗还在不停地制造英雄。可无意之中他的写作成了一种渎神的反抗，虽然这个反抗是那么的不彻底，因其不彻底，使其显得很伪善。他心中的梦想在不断碎裂又不断地试图黏合，他看到了人性的变化，看到了人与人之间关系的变化，可这个时候并没有把目光转向问题的肇始之源。诗人直接说出的是对这类底层人物的精神赞美，没有直接说出的是，他从这些人身上已经窥到了自己现有的实际状况：他又一次被抛

◇ 诗人直接说出的是对这类低层人物的精神赞美，没有直接说出的是，他从这些人身上已经窥到了自己现有的实际状况：他又一次被抛离主流话语的轨道。

① [美] 米尔恰·伊利亚德：《神圣的存在：比较宗教的范型》，晏可佳等译，广西师范大学出版社 2008 年版，第 419—423 页。

离主流话语的轨道。奇怪的是，他又一次启用了主流话语所允诺的方式，痛斥“资本”或金钱的罪恶。潜意识的心理动机是什么？

四　象征分裂：面具下的乌托邦补偿

阅读昌耀的诗，总能看到两个明显的形象，一个是作为讲述者的“我”，一个是被讲述的目标，两个形象经常处于交谈者的位置上，不管交谈的双方是真实的还是想象的，是以个体的身份还是以集体的名义，对话无时不在进行，甚至轮流充当讲述的主角。在那些类似于独白的诗篇中，说话者自我与受话者自我之间对话或交谈的声音似乎更加明确。我们在阅读中，也会逐渐习惯他的倾诉、抱怨或表白，并在熟悉中逐渐看到一个充满矛盾的角色，因为一切讲述既是事实的表象，也是内心隐秘的象征。所以，耿占春先生说：昌耀的诗歌是一部他个人的精神传记。①

宇文所安认为，诗人写下解释内心自我的自传诗，说明诗人希望告诉后代他是谁，他曾经是谁，这是希望通过文字获得不朽的欲望。在有选择地讲述自己的过往中，诗人为自己确立了一个身份，这身份是被无数矛盾、渴望、复杂性等无数回声环绕着的角色。由于角色最初是一个戏剧概念，它本质上相当于面具，与自我处于分离状态。所以“解释自己恰恰意味着双重的自我——真我与表面角色。”表面角色也许是真实的，但它并不足以说明真实的自我，就像陶潜在他的田园诗中所表现出的那样，一边扮演“农隐者”一边埋下渴望不朽的伏笔。但角色又没有完全和诗人分裂，它的设计不是为了脱离自我，“而是自我有组织的维度：角色期待被理解成自我所表现的样子”。同时，由于诗人在虚构任何一个角色时都会注入他自身的内在

① 耿占春：《失去象征的世界》，北京大学出版社 2008 年版，第 148 页。

性格和渴望于其中，所以角色通常并不会是一个完全的假面具，而是自我限定过程中的“隐得来希”，是设计者希望成为的那一个形象。①

昌耀也正是这样，设计戏剧化的角色成为表达意图的手段。他的众多诗中都设计着这样一个或多个角色：开拓疆域的穆天子、霍去病、匈奴王，九死未悔的头戴荆冠的诗人、大漠的流浪汉，荒原中受伤的雪豹、酷爱自由的土伯特子民、过街天桥的卖艺者、游荡者、路过的朝圣者……，这些历史中的英雄人物、神话人物、宗教信徒，或现实中的边缘人物等角色在不同时期变化着，仿佛是诗人举起的一张张面具，去指涉自我的价值观念、情思妙想、理想追求、内心欲望或难言之隐。当然把一个角色扮演得很成功，往往需要借助于面具。下面我们通过一个简图，来分析昌耀所使用的面具下呈现了什么样的压抑状态，面具与面具之间是什么关系，面具与自我的关系，自我在多重面具下隐含的内在本质：

◇ 这些历史中的英雄人物、神话人物、宗教信徒，或现实中的边缘人物等角色在不同时期变化着，仿佛是诗人举起的一张张面具，去指涉自我的价值观念、情思妙想、理想追求、内心欲望或难言之隐。

		面具	压抑动因		自我分裂
冲突	互补	英雄（旷原、河床、古堡、帝王、将领等）	价值观	价值观念	倾诉
		建设者（水手长、勘探队员、战士、为修路、筑坝而死的工人等）	革命事业		沉默
		圣徒（拿撒勒人、约伯、僧人、江湖远人等）	信仰		放弃
	互补	旅行者（探寻荒漠的“络腮胡须、大漠居士等）	写作困境	自由精神	追求
		城市畸人（夜游者、自杀者、强迫症患者等）	性压抑		敞开
		流浪汉（拾荒者、卖艺者等）	身份压抑		遮蔽

第一组中，英雄、建设者、圣徒三种形象的同一性在于，对自

① [美] 宇文所安：《自我的完整映像——自传诗》，载《北美中国古典文学研究名家十年文选》，江苏人民出版社 1997 年版，第 123 页。

我所认定的价值观念或信仰都持一种执著的精神，差别在于目标的大小或领域的不同，英雄创立的是开天辟地的伟业，建设者实现的是梦想的目标（或自身价值的追求），圣徒信奉的是宗教精神的永恒，三者互相补充，构成个体价值观念的不同层面。

第二组中的三种形象是在20世纪80年代后期才与圣徒形象相伴出现的，此阶段，英雄形象与社会主义事业建设者形象都已经淡出，如果圣徒形象可以看作是二者延续中的变形，那么流浪者等三种形象则几乎是以与英雄反相的姿态出现的。

表面上看两类形象处于对立状态：雄壮、博大、华美与卑微、怯生、寒酸相对立，豪情、壮志、威名与惘然、忧郁、无名相对立，英雄面具要求遵循集体主义原则与流浪汉面具象征的自由精神相对立。但两者也有着内在的同一性，即都具有异常的“个性”和“品质”，并为坚持这一“异常”而闪现出神圣的光芒。事实上这两组形象在不同层面上都发生了绞合关系，既冲突对立又相互呼应补充，既相互撕裂又相互抚慰。这种内心的矛盾状态带来的是象征变得越来越多义越来越复杂。例如“太阳”这一象征物的变化：

太阳 →父亲 →英雄 →自我
原型作用 象征指涉 象征物 分裂式

历史的（革命）：太阳是一个领袖般的人物，自己甘愿做他的走马。
神话的（救赎）：太阳象征光芒和母性的慈悲，具有抚慰与救赎的神力。
现实的（物质式）：太阳是温暖、火和美。
想象的（宣泄式）：太阳是永不退却永无休止永不妥协的金色发动机。
本我的（欲望式）：阳光成为欲望的委婉表达。

因为内在矛盾的扭结，“太阳”这一原本最古老的原型意象也在反复启用中裂变为：忧郁与乐观、迷惑与安慰、嘲讽与表白，雄心与赞美，渴望与挣扎……各种情绪对撞着、迂回着、拥抱着，最后汇集为一个具有分裂性的自我——一个具有坚定信念同时又多愁善感的人。

昌耀自己说他天性是一个活跃的人，以诗言志开创一个新世界是他信奉的“大诗歌观”，但同时他又具有湘楚士子特有的怀疑精神，并热爱自由。就像任何一个有独立精神的知识分子一样，是一个“有思想的不幸者”，为世界的状况忧郁，出乎意料的社会变化令他痛苦和不安，他如实地说出了他的痛苦，却不能把痛苦化解，因为他既没有办法把思考付诸于行动，也没有勇气追索问题的根源，痛苦最终变成了一种诗歌基调。他也像那些忧郁的知识分子一样，在为其所思所想深感痛苦中，不但“没有陷入精神的虚无中，还把绝望变成一首歌”。[①]

◇他如实地说出了他的痛苦，却不能把痛苦化解，因为他既没有办法把思考付诸于行动，也没有勇气追索问题的根源，痛苦最终变成了一种诗歌基调。

这样的人一般都有着根深蒂固的乌托邦情结，昌耀在与臆想俄罗斯人进行臆想的对答中曾说过这样一段话：

> 不，你尽可说人世饱受沧桑之变。其实不然，梦幻的“乌托邦”的痴人并未断子绝孙。简而言之，我一生，倾心于一个志士认同的大同胜境，富裕、平等、体现社会民族公正、富有人情。这是我看重的“意义”，亦是我文学的理想主义。社会改造的浪漫气质、审美人生之所本。我一生羁勒于此，既不因向往的贬值而自愧怍，也不因俱往矣而懊悔。如谓我无能捍卫这一点，但我已在墨守这一立场……

---

①［德］勒佩尼斯：《何谓欧洲的知识分子：欧洲历史中的知识分子和精神政治》，李焰明译，广西师范大学出版社 2011 年版，第 17—18 页。

（《一个中国诗人在俄罗斯》）

当一个人对世界不满、深感痛苦时或与社会政治事物发生激烈冲突时，很容易滋生出乌托邦思想，因为“乌托邦实现可以为他们开创一个更加美好的世界，同时还有驱散忧郁的功能”。[①] 乌托邦也正是在这个意义上起到一种激励作用。每个人都有乌托邦情结，昌耀的家乡是湖南桃源县，就是陶渊明为我们早早就预留下来的人间福地（世外桃源）的假托地，他极有可能从小就被大同世界的乌托邦梦想所浸染着。只不过在太平盛世，它被潜藏得比较深一点，一旦所渴望的生活状态被严重地阻隔时，乌托邦情结就会促使人采取某些行动。

20 世纪 90 年代，昌耀的家庭、感情、个人经济、人际关系都显露出无法掩饰的危机。这些还都是外在的压抑，更要命的是，原本飞腾的诗歌事业也陷入了胶着状态。现代性语境的到来，文学以市场的方式被重新确立。文学市场的确立必然是一把双刃剑：一方面使作家获得了创作上相对来说更加充分的自由，但作为自由的条件（比如经济上的自力更生，出版上的自筹经费等）则是难以忍受的和强制性的。另一方面作者与读者的关系又一次发生了本质上的变化，读者在经历市场经济的调节中自动分流，他们的消费选择又成为文艺生产运作的主要参照依据。这些都无形中胁迫着作家或诗人在新的时势下，必须从态度观念到具体写作方式都做出一定的调整，既要把自己训练得越来越专业或者越来越能显现出“独特的创造力”，又要探索出一种可以让大众化的读者接受的技艺。

昌耀并非是迟钝的，也并非是不愿调整写作方式，然而遗憾的

---

①［德］勒佩尼斯：《何谓欧洲的知识分子：欧洲历史中的知识分子和精神政治》，李焰明译，广西师范大学出版社 2011 年版，第 17 页。

是，他无法放下他的“英雄梦”，比怀揣“英雄梦”更致命的是他不愿意坦诚各种压抑的真相，而是不断地在痛苦中遮掩，在遮掩中虚构救世的英雄，在虚构中进行自我抚慰：

信仰是至上的然诺，一种献身，构成合力。
假如毛泽东今天从长眠的宫寝启程，
我不怀疑天下的好汉仍会随他赴汤蹈火，
因为他——永远在前面。
因为他，就是亿万大众心底的痛快。
（《毛泽东》）

◇ 英雄和偶像一个一个都被粉碎了，再重新制造一个新的英雄，或许是一种有效的乌托邦补偿。

英雄和偶像一个一个都被粉碎了，再重新制造一个新的英雄，或许是一种有效的乌托邦补偿。或者说对“崇高”与“神圣”、“英雄”与“伟业”的敬畏供奉，可以虚化出一片圣明的光环抵制现实的“荒芜”，因为人在造神的心灵恍惚中可以感受到作为人自身的庄严和精神超越，从而拒斥可能的沉沦（昌耀《诗人写诗》）。曾经，昌耀在把那个最原始、最远离文明、最荒蛮的边缘地域和牧民艰苦的客观现实“热情”地转化为一个诗意浪漫、神秘绚丽的崇高象征时，就抱持的是“乌托邦式的观物态度”，当生活处于压抑状态找不到突围的豁口、情感上找不到可以相托的爱侣、精神也找不到信仰的依据时，自然更是紧紧地抱持着“乌托邦式的观物态度”（只看那些他愿意看的一面），甚至让那些承受着一贫如洗、流离失所、无家可归或精神折磨的艰难生活实况，在诗句中展开梦幻般的神圣光彩，宣泄他那被压制的情绪。很多时候，他都像梵高创作《农民的鞋》那样，“在尼采式的意志力驱动之下，把人间那原本荒凉贫瘠的种种用乌托邦般的颜料涂画的异常充实饱满”。这未尝不算是一种自救的途径，因为艺术家相对于普通人来讲有一个天然的优势，即“以创作为终极的补偿方式”，并且当艺术家在以创作作为补偿方式去开拓艺术的乌托邦领域时，还能“创造一个完整的、全新的感官世界，追求一种以最高的感觉（即视觉）官能为基础的艺术世界”。[①] 并为我们打开一个新的生活空间。

对于艺术创作来讲，各种矛盾冲突带来的将是一种复杂的情感经验，诗人正好可以藉此写出“最复杂的田园诗”或“最破碎的城市像”（昌耀后期并不乏优秀之作，如《时间客栈》《火柴的多米诺骨牌》《感受白色羊时的一刻》《醒来》《20世纪行将结束》等诗，在没有强烈意识形态干预下都呈现出了现代人情感结构的微妙变化）。然而遗憾的是，大多数时候，昌耀都被过多的激情挟持着，激情掩盖了经验的复杂呈现，并且还常以一种革命主义的偏执态度自许，他没有料到的是，“革命的乐观主义最终导致的是顺从的保守态度和政治上的现实主义态度出现”。[②]

从崇高的自然意象转向卑微的社会底层的意象，昌耀的语气与语调没有明显的变化。最初，在高原象征中，诗人意识中占主导地位的乌托邦是作为个体的愿望被提出来的，当高原象征逐渐失效时，个体的乌托邦才与更广泛的群体结合起来，这说明他想要与这些被社会边缘化的人建立一种相互依赖的关系，因为“把个人的乌托邦观念和社会中某一个阶层结合起来，才可能获得发挥真实效用的机会，去改变那些与他相冲突的现存的社会生活秩序”。[③] 但从象征幼化中可以看出，诗人并没有根据他意图结合的

---

①［美］詹明信：《晚期资本主义的文化逻辑》，陈清侨等译，读书·生活·新知三联书店1997年版，第435、440页。

②［德］卡尔·曼海姆：《意识形态与乌托邦》，黎鸣等译，商务印书馆2002年版，第217页。

③ 同上书，第210页。

群体的愿望、渴求、目的去理解他们情感和思想的内在结构，而是试图去创造或虚构一个特定的美德意象，而遮蔽（或假装漠视）实际的人性尺度，这类似于戴着理性主义或慈善面具去支配、干涉他人的意图，拔高的是自己的“情怀”，而非真正介入到他人的精神世界，以一种尊重和平等的姿态去关心他们真实的情感或需求。

这种行为的深层动机来自于诗人内心自我的恐惧与不安，昌耀试图抓住一些新的东西，去弥补或代替旧有之物的破碎，他迫使这些新的东西去适应自己的构想，完成一种新的乌托邦补偿。他笔下的形象都在努力显现着个体拥有追求自身发展和自身尊严的自由，悖论的地方在于，他感受到了社会的组织原则与艺术的必要原则之间必将是格格不入难以调适的新状况，但却没有以坦诚的态度去面对这一状况。反而以底层人的生活态度（他臆想的）去抵抗新的时代中以经济为至上主义的新状况，于是，他主动地远离了他所选择的形象之真实本性，远离了草根阶层真实的破碎状态，自然无法进入到他们的精神内部把他们精神破碎化的异质状态呈现出来，当然诗中便缺少了对生命、命运、人性等的深层思考。只不过是回复到一种对底层的歌颂，这种情感的偏执就像当初他热情满怀地把荒漠作为寄予乌托邦梦想的所在地时，既无视荒漠艰苦的求生条件与乌托邦的富裕生活有着天然的不相容性，也无视牧民天性中的自由精神与乌托邦的集体意识要求更是有着不可调和的矛盾，只一厢情愿地自说自话，或无可奈何时，便把“罪恶”的怨恨归之于“资产阶级”或祈愿于乌托邦的大同胜境。但他是否认真探究过资产阶级和乌托邦的本质呢？

◇ 昌耀试图抓住一些新的东西，去弥补或代替旧有之物的破碎，他迫使这些新的东西去适应自己的构想，完成一种新的乌托邦的补偿。

在昌耀的诗中，比如“伤情”系列、《请勿和诗人接触》《一天》等诗中，他所“痛斥”的资产阶级不过是一些在社会主义市场经济的浪潮下拥有了较为高级甚至奢侈的用具或享受到一些较高的生活标准的人，根本算不上什么“资产阶级”。至于“把社会看作一个个性领域，在这个领域中，每位个体都拥有追求自身发展和自身利益的自由，而且没有人有权利阻止他人的此类追求”[①]——这一资产阶级的本质体现，是昌耀从未认识到的。对乌托邦的理解似乎也是局限在一个笼统的认识之上，过去的乌托邦是形而上的一种追求，物质追求是很难达到的，但是后现代社会中，通过工业技术的发展可以达到早期资本主义所达不到的物质上的追求，在现在的市场机制下，一切所想象到的和想象不到的东西都可以批量复制并量化计算，也就是说，乌托邦世界所需要的物质的充裕与生活的舒适不再成为不可实现的障碍。但乌托邦在以集体秩序的名义包揽全体居民的思想、行动，甚至情绪时，它与个人追求自由独立精神之间的沟壑却是越来越深广了。

就像看不到资产阶级人道的一面，昌耀也没有看到乌托邦集权的一面，这使他的诗有时显出不可理喻的荒唐，就像他虽然念兹在兹地倾心着游牧世界，却并没有真地领悟透游牧式的生活是一种创造与变化的实验，具有反传统和反顺从的品格，当然更不能理解，当下后现代游牧者那种试图使自身摆脱一切根茎、束缚以及认同，以此来抵抗国家和一切规范化权力的精神实质。他只是把曾经的游牧经历当作一个心灵的家园，一个恓惶中的精神故乡，一个具有治疗作用的避难所，象征作为诗歌形象与精神对应物之间的纽带也在情绪的烘烤中碎裂为一地粉尘。

①［英］雷蒙德·威廉斯:《文化与社会》，高晓玲译，吉林出版集团 2011 年版，第 337 页。

语言的制作来自厨房

多多从创作伊始就非常注重语言，20 世纪 80 年代，在《醒来》《语言的制作来自厨房》和《技》等诗中,“语言”指向自身的表达，语言的神性本质，语言的制作技巧，语言的自主性均已有所表述；1989 年，多多出国，开始了长达二十几年的侨居生活和写作，在此期间，多多对语言的诗性体验和言说得到了诗意的表达，在《我始终欣喜有一道光在黑夜里》《什么时候我知道铃声是绿色的》等作品中，语言是一种来自心灵的“光”（aura），他诗意地道说出存在于语言之中的“光”与诗人的关系，“光”与人与环境的关系。2004 年多多回国后，他对语言有了新的思考，在《不对语言悲悼，炮声是理解的开始》《我信》等诗中，诗人不时地被一种焦虑的情绪所包围，而近作《诗的创造力》和《读一本书》则涵盖了多多对语言与历史、生命、死亡、诗歌及诗人等多方面的思考。从多多三十多年来的写作和对语言的思考可以看出，在不同时期不同的语境下，诗人对语言的态度与表述越来越复杂。本文将结合文本，以时空为参照，以诗人对语言的思考为线索，考察多多在不同时期对语言的不同态度对其创作的影响。本文将分三部分进行阐述：一，考察多多在创作早期（主要指 1989 年出国之前）对语言进行了哪些方面的思考，进而分析这一时期的诗歌特点；二，分析诗人在

1989年移居荷兰之后在新的语言环境中，对语言新的认识以及这一时期取得的成就；三，探析多多在2004年归国之后写作风格的变化，以及风格转变的原因与他对语言的态度之间的关系。

一　语言飞翔途中的自身表达

语言的本体问题在20世纪80年代成为中国诗人和作家关注的一个焦点，一些诗人和作家，比如海子、欧阳江河、任洪渊、韩东、格非等，开始在写作中针对语言本体展开了试验性的探索。这个时期，多多在创作中也对语言本体进行了多方面的思考，在《醒来》《语言的制作来自厨房》《技》《字》等诗作中既有对语言的神性本质与语言的物质性的思考，也对语言的自主性进行了言说，把语言和生命形式联系起来。这些作品可以看作是多多对诗歌本体论思索所做的艰难探险，并有所收获。

（一）语言的神性本质

对诗人而言，语言是一种“神赐礼物”，把诗看作神赐的礼物而不是把它看作是苦思冥想的产物这种观点是从柏拉图就开始的。这个礼物是诗人最渴望的，在《醒来》（1983年）一诗中，多多说：

> 枯叶落地伤痕变紫
> 原来都是一种记忆
> 我们啊接受唯一的赐予
> 洁净的睡眠洁净的语言

◇ 对诗人而言，语言是一种“神赐礼物”。

语言之词语有其神性的本源，《约翰福音》开篇就说，词语最初与上帝同在。是上帝把它作为最初的恩宠与救赎一并赐予我们的，在这一赐予的过程中，确立了神、人和物的关系，确认了人在宇宙中的位置。在语言中人与自然建立关系，“自然只有通过命名之网才被设定，并且——尽管没有这样的名词，自然就会保持沉默和不可见——自然在远离名词的那一头闪烁着，不停地在这张网的远侧呈现，不过，这张网又把自然呈现给我们的知识，并且只有当自然完整地被跨越时，才使自然成为可见的。”① 也就是说，人只有通过语言可以返回自然的怀抱，拥有一种与宇宙一同呼吸的精神，在与大地结合中获得生命力量，大地就是我们母亲的身体，是万物的母体，万物皆作为一种语言来到了人的言语中，万物以语言的方式作为一种启示走向我们。但在被赐予的过程中，只能怀着虔诚的心去等待：

别召唤就会到来
欲望原是金黄的谷粒
听我说唯一的唯一的
洁净的语言洁净的语言

从本体论的意义上讲，世界、事物、语言与人具有同一性，人作为万物之灵长，独自在承领语言的过程中承担起传达神的旨意的职责。“每一位诗人都设法和创造以及与神的世界相沟通，也就是说，他寻觅语言中最真实的形式。”② 这种努力得到的却常常是某一具体的体验，多多在《醒来》中对语言本体的追寻表现了一个诗人是怎样地获得语言的，他接受了、掌握了传承下来的语言以及语言相伴的传统的词语、文化、形象、神话、象征和表达，在语言中，

① [法] 米歇尔·福柯：《词与物》，莫伟民译，上海三联书店2001年版，第214页。
② [美] 罗伯·邓肯：《朝向开放的宇宙》，霍华德·奈莫洛夫编《诗人谈诗》，陈祖文译，生活·读书·新知三联书店1989年版，第210页。

◇ 在语言中，诗人获得了传统的共同经验并形成了个体的经验，然后他似乎可以理解整个宇宙的生命和自我并能表达他的理解，但是人是怎样传达自身的？

诗人获得了传统的共同经验并形成了个体的经验，然后他似乎可以理解整个宇宙的生命和自我并能表达他的理解，但是人是怎样传达自身的？“人究竟是通过（by）他给事物的名称来传达自身的？还是在他给予事物的名称之中（in）传达自身的？”① 他解答不了本雅明的疑问，在诗中，只能对自己的体验进行浅层的表述，而无法对语言的神性本质做出指认。

（二）语言具有自主性

多多说“我们啊接受唯一的赐予 / 洁净的睡眠洁净的语言”时，我们可以理解为语言是神赐的礼物，是生命的存在形式，可是他又说：

语言开始，而生命离去

（《北方的声音》）

那么语言和生命，对诗人而言，又意味着什么？生命，我们知道不同文化对它的理解与重视不同，但是生命与语言的存在形式却有着同一性。首先，生命是环境、地理、人文共同作用的结果。其次，生命是生长的，生命个体总在不断地超越自身，以继承的方式把自身传递，构成新的生命形态，以此形成生命的链条，在这个链条上，生命是被延续的。而语言也是有生命的，有节奏、呼吸、情感、思想，具有气韵、血脉和体温，它是身体性的，因为生活于不同地区的人们会根据自己地区的特点来创造他们的语言，所以，语言必然带有地方性情感状态和气韵，它积淀着地方的文化心态、习惯及其信仰。另外语言也是生产的，威廉斯说：“语言是人类关于世界和走向世界的特

◇ 语言也是有生命的，有节奏、呼吸、情感、思想，具有气韵、血脉和体温，它是身体性的，因为生活于不同地区的人们会根据自己地区的特点来创造他们的语言。

①［德］瓦尔特·本雅明：《本雅明文选》，李茂增、苏仲乐译，东方出版社 2009 年版，第 6 页。

有门户，它既不是一种可供辨识的禀赋，也不是一种提供帮助的工具，而是一种建构能力。”[①] 因而，语言可以看作是个人与社会共同构建的产物，它如一条血脉随着生命更迭的河流一代一代地流传，随着新生命的开始语言就会有新的东西不断地被注入，但是这被注入的东西却不会随着生命的离去而消失，其间某些元素或被掩藏或被积淀，却很难被最终抛弃，因为语言本身具有自主性：

它们是自主的
互相爬到一起
对抗自身的意义
读它们它们就厮杀
每天早晨我生这些东西的气
我恨这些写就的
简直就是他写的
（《字》）

语言是其自身的主人，具有主体性，当我们使用语言进行表述时，语言与我们表述的意向性互为表里，而不是像镜子一样被动地去反映，并且人只有通过语言实现人的自立主体性。这一点本维尼斯特在“论语言中的主体性”中有精辟的见解：“人在语言中并且通过语言自立着主体。因为，实际上唯有语言在其作为存在的现实中，奠定了自我的概念。”[②] 存在的自我就是语言表达的自我，或者

◇ 语言是其自身的主人，具有主体性，当我们使用语言进行表述时，语言与我们表述的意向性互为表里，而不是像镜子一样被动地去反映，并且人只有通过语言实现人的自立主体性。

①［英］雷蒙德·威廉斯：《马克思主义与文学》，王尔勃、周莉译，河南大学出版社 2008 年版，第 23 页。

②［法］本维尼斯特：《普通语言学问题》，王东亮等译，生活·读书·新知三联书店 2008 年版，第 293 页。

可以说，语言表达的自我就是存在的自我。诗人比普通人更清楚地知道任何生命的后果都是宿命的，人的生命本体就如茫茫黑夜中的黑暗大陆，唯有智慧之光的普照才能赋予生命以意义，而语言就是黑夜中的一道智慧之光，惟有语言之光的照亮，人的生命才有意义，才能避免坠入永久的黑暗中，只有在语言中，生命才不会和活着的、死去的无关，对于诗人而言，生命就存在于语言之中，语言就是生命的存在形式。因此，多多在说“语言开始，而生命离去”时，不是把语言和生命分开，而是强调二者之间的关系，把语言看作与生命形式之间充满悖论与张力的关系，也许出于一种焦虑。

（三）语言是一种技巧

多多早期诗歌中对语言的思考是多方面的，既认为语言是诗人所应该接受的唯一的礼物，把语言看作与生命形式之间充满悖论与张力的关系，又认为用语言进行创作是一种可以加以操作的过程，在《语言的制作来自厨房》（1984）中，他说：

要是语言的制作来自厨房
内心就是卧室。他们说
要是内心是卧室
妄想，就是卧室的主人

诗人在创作中对语言的制作在某种方式上与厨师在厨房制作食物有其相似性。诗之为物，是制作出来，是被结构组织在一起的。在希腊语中，poiesis 原意为“制作”或“诗的制作”，亚里士多德就是如此理解这个字的，他把知识和科学分为三类，即理论或思辨科学（theoria）、实践科学（praxia）和制作科学（poiesis）。制作科学的任务是制造，其目的体现在制作活动以外的产品上。诗属于制作科学或技艺的范畴，诗人是 poietes（制作者），一首诗是 poiema（制成品）。[①] 诗人写诗，就如厨师做菜时用各种调料在一道道繁琐而讲究的工序中对材料进行加工的过程，词语是诗人的制作材料，感知事物和表达事物的方式是他的工具，他的技艺来自对韵律、节奏、意象、语调、语感、形式、情感等的调配能力，个体经验的独特性是诗歌的核心所在，最后的制成品，一首诗的功能，在一定意义上也和食物的功能相似。

◇ 诗人写诗，就如厨师做菜时用各种调料在一道道繁琐而讲究的工序中对材料进行加工的过程。

多多说出“制作”这一词语并以一种非常适合这个词的语调、语象和语境传达出这一词语的显在意义和隐在意义的方式无疑是巧妙的。他准确地到道出了西方现代诗歌的关键点：诗歌的语言是一种技术性操作。有点油滑的语调证明他在道说这一事实时对此事实是清楚的，他清醒地意识到当时有关诗歌的诸多问题和争论应该落脚到诗歌本体或者更进一步落脚到语言上来。不过，多多此时的诗句却显示出：语言还是一种尚待诗化出的东西，一种诗人还有待通过某种更进一步的倾听、运思、构想才能诗化出的东西。不过他已经敏感地意识到语言那神秘莫测的本质，并被诗性语言带来的审美体验所激动，一种渴望表达诗性体验的愿望驱使着他。在次年的诗作《技》（1985 年）中，多多对诗人获得语言的诗性体验进行了描写，诗人等待着语言的莅临，就像等待着一位没有约定的客人一般，诗人能够对之进行把握的程度却小之又小，不过语言最终从“阅读”中现身，这让诗人感到无限惊喜，因为当诗性语言将自己赋予给了诗人之时，诗人便能够进行作诗活动。

◇ 诗人等待着语言的莅临，就像等待着一位没有约定的客人一般。

正是对语言自身的关注与多重态度，使多多早期的诗歌中，既有对现实与情感常规秩序的破坏，如《玛格丽和我的旅行》《一个

① ［古希腊］亚里士多德：《诗学》，陈中梅译注，商务印书馆 2008 年版，第 29 页。

故事中有他全部的过去》《哑孩子》《我姨夫》等，又有《北方的夜》《北方的海》《北方的声音》《里程》等不乏充满激情与灵感之作。

二　来自心灵中的“光”：语言的无意识结构

多多在 1989 年移居国外之后，写作发生了很大的变化，异域生活带来的新体验，不同的语言在诗歌表达的差异性，使诗人对语言有了完全不同于出国之前的思考。《我始终欣喜有一道光在黑夜里》（1991）、《什么时候我知道铃声是绿色的》（1991 年）等诗描写了诗人与语言所建立的新的亲密关系，诗人在语言中体验到了一种诗意或诗性之“光”，“光”是一个蕴含着深意的词语：

（一）“光”的本体意义与象征意义

人类渴望光是一种生命本能的需要。有了光，大地得以普照，有光有热量，万物得以孕育，雨露播散在四方，生命得以成长，花草树木飞鸟虫鱼都将焕发出绚丽多姿的生命机能。因此，“光”从本体论的意义上讲就是万物之始基、本原，有了光世界才开始从混乱状态进入秩序，它出现于太阳之前而于太阳消逝后仍然存在，驱赶了黑暗，扫清了迷障。因此它是一切生命之源、真理之源、喜乐之源：

我们感到悲哀，当你离开我们
转身走向别的更有福的事物
当我们的精神赤忱地怀着爱慕
沐浴于你的余辉，在那些黄昏
（格奥尔格《光》）

光作为穿透迷障照亮黑暗的力量，就是善对恶的遏制。只有“当我们的精神赤忱地怀着爱慕”，才有福沐浴在光的余辉之中，而且必须像孩子的心灵一般纯净才能把光捕捉，享受甜蜜的光的恩泽。在“光”的照亮下，坚硬化为柔软，冰冷化为热烈，灵魂冲破肉体的黑暗，内心一片芬芳。光的来临意味着神的格外恩宠，光的离去则是对堕落者的抛弃。人如果堕落了，神就会收回他的礼物，把人丢弃在黑暗之中，“转身走向别的更有福的事物”，因此，只有渴望纯净渴望澄明渴望拯救的心灵才会对光充满爱慕和期待，多多说：

我始终欣喜有一道光在黑夜里
在风声与钟声中我等待那道光

多多对“光”的信任也许源于诗人的无意识心理，他确信，黑夜中总有一道光，在遥远的某处存在，他为“光”的存在而欣喜，诗人怀着喜悦的心等待光的到来，“风声”为迷乱而吹起，“钟声”为记忆而敲响，在“风声”和“钟声”中，在迷乱和记忆中，诗人内心却是一片澄明，似乎在梦中得到了神的“启示”。宛若一道光在遥远的某处等待着发现，在诗人无言凝视和沉默深思进入涅槃时潜入诗人的身体，在他不经意间快速地划过身体，瞬间照亮身外黑暗，在这一瞬间中，光把唯一的属于诗人的礼物 / 记忆赐予他：

逆着春天的光我走进天亮之前的光里
我认出了那恨我并记住我的唯一的一棵树

就在一刹那间，启示之光闪现，“记忆，瞬间就找到源头。”

(《归来》)记忆复活,春光与曙光,绿叶与飞虫,飞虫与青草,青草与天空在甜蜜地对话,春天的光铺展出一条神圣的道路,青春从天空,从远处,从树叶,从太阳照亮的方向走来,一瞬间“记忆中的桌子绿了”,一瞬间不可言说的进入了言说,一瞬间被甜蜜充满。光带来如此的喜悦,在沉思中,在阅读中,迅速的穿透而来,如“五月的光华”,哗啦一声,从天空倾泻而下,耀眼的一闪,又迅速地离去:

◇光带来如此的喜悦,在沉思中,在阅读中,迅速的穿透而来,如“五月的光华”,哗啦一声,从天空倾泻而下,耀眼的一闪,又迅速地离去。

我回头,背上长满青草
我醒着,而天空已经移动

诗人认出了“光”,意识到了语言之“光”的神秘本质,他如鸽子一般聪明、如蛇一般灵动,在“风声”中把它辨认出来,“风声”也许就是神有意布置的迷障,神要借它从中挑选有天份的人来承领他的启示。诗人在一瞬间领会了、抓住了这一旨意,发现的狂喜让内心如翅膀的惊颤,并体验到这一恩赐带来的喜悦与感动,然而还来不及与“光”合并,它已经飘闪而过。多多诗意地呈现了这一过程,诗句灵动、跳跃,如光在其中飘闪而过,读者的眼睛和思绪被这道光牵着一起飘闪。

(二)“光”的古典神性和现代性

“光”在拉丁文中对应的词语是“aura”,aura除了指本体意义上的自然现象之外,也和宗教、神话、美联系在一起,它来自于上帝的创造,是上帝赐予尘世的第一个礼物,这说明光的重要。aura和曙光女神Aurora是同一词根,因此又和美联系在一起。到了近代,aura的古典神性含义逐渐减少。20世纪,本雅明赋予aura一词新的含义。本雅明把“光”(aura)看作是世界的诗意之所在,自然中任何物质形态都散发着灵光，如呼吸存在于生命中。在《机械复制时代的艺术作品》中本雅明写道：“刚才我们是将‘灵光’的观念运用在分析历史文物，可是为了更清楚地解释‘灵光’，必须想象自然事物的‘灵光’。我们可以把它定义为遥远之物的独一显现，虽远，犹如近在眼前。静歇在夏日正午，沿着地平线那方山的弧线，或顺着投影在观者身上的一截树枝——这就是在呼吸那远山、那树枝的灵光。”① 这种自然本身所隐含的神秘力量，在多多的《什么时候我知道铃声是绿色的》中也得到了诗意的言说：

从树的任何方向我都接受天空
树间隐藏着橄榄绿的字
像光隐藏在词典里

在天空、光、字、树、词典这些诗性的图像之中，字犹如隐藏在树间的光，光犹如隐藏在词典中的字，在交互隐喻之中，诗人已经靠近了诗性语言那种神秘莫测的本质。站立于天地之间的树，承领着来自天空的晨光夕照，或云丝雨点，或流云清风，或星辉雨露，以其繁枝绿叶的生机作为回报的礼物，每一片叶子的颤动都是一声对天空召唤的应答，每一抹色彩的变幻都是一声对诗人的吁请，一声声应答和吁请汇集成绿色的铃声，从远处飘来又向远处飘去。词典中每一个字都是一个生命，它所隐含的思想宛若树叶散发出的灵光，阅读时从书页间升起，展开翅膀飞向云端，绿色的歌声在天际飘荡，它“被逝去的星辰记录着 / 被瞎眼的鸟群平衡着”，虽远却清晰可闻，虽近却捉摸不定。这种词语中的

① [德] 瓦尔特·本雅明：《迎向灵光消逝的年代》，许绮玲、林志明译，广西师范大学出版社 2004 年版，第 65 页。

光芒来自于词语本身暗含的诗性，诗性是一种可以产生美感的东西以及来自审美满足的印象，它是“朦胧的”，“谜语般的”，“暗示性的”，“神秘的”，既激发想象，又以某种隐秘的方式做出预言或启示。[①]就“像树间隐藏的铃声”，诗人知道铃声什么时候会唱起绿色的歌。诗人捕捉到的歌声正是构成一首诗的朦胧神秘的诗性所在，也正是使作品的个性程度、独特色彩、本真性、唯一性凸显出来的灵光。而“本真性”是“非意愿记忆的庇护所”[②]，是人类免遭现代性重复、复制、异化的保护层。

◇光就是语言中的灵韵，对光的等待和追寻，就是对灵韵的渴望，“灵韵”是一切生命与人与世界的具有神性底座，构成我们关于全部环境的诗意，诗意寻找光，光是大地，是气韵，是人之生命为之呼吸的一切养料。

多多此时在诗中所进行的努力也许可以看作是对诗歌灵韵的追寻和挖掘，在《我始终欣喜有一道光在黑夜里》，“光”这一诗性词语中的诗性被言说出来，它像本雅明的 aura 一样，有了神的加入，具有了“灵”的气息。光就是语言中的灵韵，对光的等待和追寻，就是对灵韵的渴望，“灵韵”是一切生命与人与世界的具有神性的底座，构成我们关于全部环境的诗意，诗意寻找光，光是大地，是气韵，是人之生命为之呼吸的一切养料。因此，诗人一方面用灵韵去修补心灵，诗歌的意义在某种程度上来说就在于它不断地造就着时代的精神，提供时代所最缺乏的精神。另一方面用灵韵去抵制现代性，现代性是一个机械的、工具性的技术，机械的一定是复制，复制造成了对灵韵的伤害，灵韵的丧失消解了我们生存所依据的本真性，使我们的心灵被损伤为碎片状态。诗歌是个体经验的独特表达，它有唯一性，是个体瞬间灵光的闪现，是不可复制的，诗歌以其不可复制的本真性构成现代性中的一种文化抵抗，在灵韵

① [法] 让·贝西埃等编:《诗学史》(下卷)，史忠义译，河南大学出版社 2010 年版，第 392—393 页。

② [德] 瓦尔特·本雅明:《发达资本主义时代的抒情诗人》，张旭东、魏文生译，生活·读书·新知三联书店 1989 年版，第 56 页。

消失的时候，抢救灵韵，恢复人性的光辉。

正是在这个时期，多多写出了他最为迷人的诗作。他的诗很多都涉及世界本体论与形而上的问题，诗集中的基本原型是一些最普遍的事物：风、雪、海、河、太阳、星星、大树、夕阳、马、牛、土地、田野、孩子、女人、诗人、书、词语、犁、天空、花朵、蝴蝶、白桦林……其中出现频率较多的是北方、土地、田野、河流、海、雪，还有各种色彩和声音，这些最普遍的事物构成了多多诗歌中最常见的具体形象，诗中的许多观念（如虚无、死亡、生命、寂静、孤独、忧郁、想象、记忆、欲望、真实、时间、存在、现实、秩序、灵魂、思想、无意识等）透过这些最基本的事物变得复杂起来。这大概和多多疯狂地迷恋语言和声音的挑战不无关系，他对语言和声音的挑战又是在追求诗性的前提下进行的，不少诗歌仅从标题就可以看出他对一首诗的造境、诗意追求的重视程度，比如《什么时候我知道铃声是绿色的》《阿姆斯特丹的河流》《北方闲置的田野有一张犁让我疼痛》等，这些句子会让我们去倾听，在听的时候，感觉着它们，在声音里寻找一种回响，一种震颤，一种力量，这些句子是一种情绪一种感觉一种思想，是诗人的也是我们的，词与字的暗含意义及联想，使我们感受到以前感受过却不曾感受得那么深的体验，而这只有最敏锐的诗人才有力量给予。这在某种程度上证明了中国诗学对他的熏染至深，中国诗学中传统的概念“境界”被扩大了——“诗歌不仅只描写境界而且也是对外在和内在的各种境界的探索，而且也是对诗歌语言的探索。”在多多，写诗应是一个双重的探索过程——“寻求适当的词、语来表现其所体验的新境界；发掘新的字、句以状述已经熟悉的境界”。①

①［美］J. 刘若愚：《中国诗学》，赵帆声等译，河南人民出版社 1990 年版，第 114 页。

三　焦虑：语言创新的契机

2004年多多归国后，他在对语言的言说中弥漫着焦虑和惶恐的气息，在《对语言不再悲悼，炮声是理解的开始》《我信》等诗中，可以看出诗人力图突破语言的急切心理。在近作《诗的创造力》和《读一本书》中多多对语言做了进一步的思考，《诗的创造力》是一篇箴言式的对诗歌与语言之关系的言说，文中的“光”既可以看作是词语的诗性所在，也可以看作是诗人的灵感之源。《读一本书》则涉足了两个领域，一个是语言领域，一个是生命领域。诗中对语言的悖论性与同一性的思索交织着对生命与死亡的态度，可以看作是诗人创新的渴望在影响的焦虑的笼罩下反讽式的表达，诗人彻底陷入语言的焦虑之中。

语言对诗人意味着一项事业，“真正的诗歌永远是语言内部而不是其外部运动的产物。”[①] 那些在语言内部从事创作的诗人最终必然要去探讨语言的本源，揭开语言表层的“覆盖物”，发现语言被遮蔽被埋没的本真意义，语言的过度重复或混乱将会导致语言的丧失或喑哑，诗歌能够而且应该做的就是保存、恢复、发展语言美。发展语言的方式之一就是挖掘出词语中所本有的但未曾被言说的东西，对其言说或者赋予语言一种新的言说能力，但是很多的诗人都会面临着这样一种遭遇：

◇ 发展语言的方式之一就是挖掘出词语中所本有的但未曾被言说的东西对其言说或者赋予语言一种新的言说能力。

深处埋着山谷，没有
另外的深处，没有安息者
但手推车推走的血块

① [希腊] 奥德修斯·埃利蒂斯：《理所当然》，刘瑞洪译，译林出版社2008年版。

所载的铸词之境
是他们的
(《深处没有回答》)

词语是经验的，是已先在的东西，它所载的“铸词之境”是已经成型的文化文本，当它断续传来，你得到“全部都是回声，且不断回响。”（多多《诗的创造力》）此种体验也许是每个诗人都无法逃脱的，不得不时时面对的困境。因为，“逝去的人们，依然存在于我们的生命里，作为我们的禀赋，作为我们命运的负担，作为循环的血液，作为从时间的深处生发出来的姿态”（里尔克《给一个青年诗人的十封信》，冯至译）。既使是作为“强者“的诗人，在面对传统与前驱，也都会陷入焦虑中：

仿佛絮语在嘴巴之前便已诞生，
没有树林。叶子早已在旋转，
被我们提供经验的那些事物，
在经验之前就已获得自己的禀性。
（曼杰什塔姆：《八行诗·7》）

◇ 作为一个迟来者，所能做的就只有是重复。

作为一个迟来者，所能做的就只能是重复。按照布鲁姆的说法，“被辩证地提高到再创造地位的‘重复’乃是新人的入门之道，它使他不再感到恐惧，不再害怕自己仅仅是前驱的一个抄本或副本。”[①] 这话乍听是一种安慰或自我解脱的借口，瓦莱里不是也说过，每个真正的诗人身上都有一个很古老的人，他仍然从语言之源

①［美］哈罗德·布鲁姆：《影响的焦虑》，徐文博译，江苏教育出版社2006年版，第80页。

饮水。但是，翻陈出新基本上只是一个童话，现实是，“重复”乃是诗人一直英勇地与之厮杀的主要敌人之一。因为，所有写作均是带有经验，除却内容和形式不说，词语是文明社会的结果，布满前文化经验的痕迹，你读到的每一个词语都是历史的展示，既使是同一个词语，在历史中辗转时也早已被深深地打上不同的、特定的文化的烙印，且其年代相互搅拌缠绕，你无法确定它们来自哪一个父亲，“从那个点，你的点，从你也折射的那道光，已是多么细密的刻度上留下传达者、搬运者、传递者的投影。”（《诗的创造力》）它们：

就在我们身边
死者，仍用生者的语言
和每一天说话
（《就在我们身边》）

因此，布鲁姆又谨慎地对他之前的劝慰做了补充，“死了的强者诗人还会回归——在诗歌里，也在我们的生活里——而他们的回归必然会给健在者投下阴影。”[①] 这强大的力量让诗人愤怒：

这世界所有的诗行都是同一只手写出来的。
（《诗的创造力》）

在一首诗的创作中，诗人总会回顾一首更早的诗，无论是出自他本人还是别人之手，“文学的思想依赖于文学的记忆，在每一位

---

①［美］哈罗德·布鲁姆：《影响的焦虑》，徐文博译，江苏教育出版社 2006 年版，第 15 页。

作者那里，相认的戏剧都包含了与另一位作者或与自我的一个更早的版本相互和解的时刻。”[①]任何写作都是互文性的，这已不需赘言。词语是有生命的，它会随着生命的传递而传递，在传递的途中，词语的“纹理”不断地被改变，某些东西注入某些东西消失，某些东西转移某些东西隐匿，反反复复在做着循环运动，这些迂回曲折的“纹理”在不同的历史时刻和环境中显示出不同的表象，真相就隐含在这些词的“纹理”之中诱惑你的灵魂，但是你在它的指引下却陷入迷失之中：

◇任何写作都是互文性的，这已不需赘言。词语是有生命的，它会随着生命的传递而传递，在传递的途中，词语的“纹理”不断地被改变，某些东西注入某些东西消失，某些东西转移某些东西隐匿，反反复复在做着循环运动。

无人能把词所承担的
纹理，赠与他人
（《填埋生命谷》）

这让诗人感到既压抑又困惑，词语有时强大到足以淹没一切，有时又什么也不负载？真是“缺憾的终身制”。多多的叹息让我们看到现代诗人对经验贫乏的恐惧，词语的不断重复、迂回、缺失、破碎，诗歌中灵韵的衰弱、感性的丧失、经验的贫乏把诗人置于焦虑之中。这种焦虑是自波德莱尔开始就存在于现代诗歌中的，波德莱尔把震惊首先置于其艺术创作的核心，就意味着对经验贫乏的焦虑和反抗，在他的作品里，“经验某事物意味着剥夺其新奇感、缓和其震惊的潜能”。于是，“疏远剥夺了最普通事物的经验力，因而成为诗歌经验的典范，这种诗歌经验的目的在于把无法经验的东西变成新的‘公共环境’，变成人类的新经验”[②]。在这之后，把人

◇把人类的新经验托付于无法经验的东西，或者挣扎于对经验的可怕的剥夺的意识中与史无前例的“经验的缺乏”的焦灼里，这成为现代诗人游走钢丝般的紧张心理。

---

①［美］哈罗德·布鲁姆：《读诗的艺术》，王敖译，南京大学出版社 2010 年版。

②［意］吉奥乔·阿甘本：《幼年与历史，经验的毁灭》，尹星译，河南大学出版社 2011 年版，第 35 页。

类的新经验托付于无法经验的东西，或者挣扎于对经验的可怕的剥夺的意识中与史无前例的“经验的缺乏”的焦灼里，这成为现代诗人游走钢丝般的紧张心理。在这种心理状态下诗人变得愤怒，恨不得对词语实行轰炸：“把炸药拿给我 / 去爆破 / 所有的词 // 然后让我们从废墟上挖掘 / 简单的词语 / 关于面包和鱼类的词语 / 田野的百合词语 / 天空的鸟儿词语 // 把炸药拿给我 / 去净化空气 / 清除那词语用来 // 充满我们鼻毛的死亡气味”（西格得尔 · A · 马格努松《词语》）。这种愤怒也被多多体验到，他也说“不对语言悲悼，炮声是理解的开始”。诗人对于词语 / 语言的体验逐渐走入了焦虑的状态。

综观多多的创作，可以看出，20 世纪 80 年代诗歌中语言的热情和力量，90 年代诗意的灵动和飞扬，逐渐被越来越多的焦虑和惶恐所代替，近作中的表达如一团团被淤积、阻滞的冰块，被暗流卷裹着前进，互相撞击，左突右奔，却冲不出一条可以顺势而下的道路。这也许是因为诗人一直以来就把语言看作诗歌的核心，过于看重诗歌内在的重要性，他对词语本身而非词的意义的关注，对词语神秘而不确定的存在的思考，使诗人在表达他的诗性体验时无意识中陷入对语言的焦虑，这也许值得我们再思考。

观察者的幻象：萧开愚的都市议题与文学伦理

一 “漂一族”：闯入者在都市，观察者不可停泊

这似乎是一种默认：暂且不管萧开愚诗歌中存在的种种问题，他是当今诗坛中意识警醒的观察者。这几乎又是在重复某种说辞，在诗歌之外，观察者也无法抛却它内在最根本的品质：观察——是一个动词，同时是一种状态及现象。当它与诗联系在一起，它就有了之后的意味，这当然是诗歌中无法避免的一个核心问题：是谁在写诗？毕竟，诗歌对于我们的意义之生产先从这里发生。反讽的是，我们总是无法避免地采取某种毫无意义的方式来谈论，且无法解决任何实际的问题。

作为诗人，萧开愚诗中呈现的创作风貌及美学特征并没有明显的概念化、模块化的症候，但有两点可以明确：首先，他是一位现实主义诗人；其次，他有明确的观察者的意识并且这一意识在文本中十分显眼，从中可以看出这一现象贯穿了下来——大概有人说，这两点放到任何一位诗人身上都合适，但显然不是——在创作初期，萧开愚就开始有意无意地塑造了一个观察者的形象，这位观察者有着明确的问题意识，创作也由此始终指向了现实维度中的某些现象。都市人，或者说漂泊者，或者说直接通向某群体的存在状态的探究，占据了其创作很大的一部分。

本雅明在论述波德莱尔时，曾以飘忽不定的手段勾勒出了19世纪巴黎“文人”的轮廓。他从烟雾弥漫的小酒馆中那些策划起义的“密谋者”中发现了“文人”的面孔，然后把他们归为“波西米亚人”一类：生活动荡不定，由偶然事件支配、毫无规律可言，“或多或少地处在一种反抗社会的隐秘地位上，并或多或少地过着一种朝不保夕的生活”。[①]100多年后的20世纪80年代，中国内地的大都市继承了巴黎的某些气质，城建规模飞速扩张，经济更是飞速发展，与此同时，城市人口结构也悄然发生变化，北上广及沿海地区开始涌现出一种“类波西米亚人”的群体。

用“类”作为限定，是因为国内涌现的这一群体表现出的日常行为方式和实际生活处境，虽与19世纪初法国作家所言的“波西米亚人”（希望过一种非传统生活的诗人和艺术家[②]）在生活条件上有相似之处，但显然其精神和性情却差异甚大。此外，此群体的构成也发生了几次变化：一、20世纪80—90年代，主要指离开家乡到大都市追梦的诗人、作家和艺术家——是他们最先借用了“波西米亚人”这个词来修饰自身，可能受帕瓦罗蒂1986年来华演唱歌剧《波西米亚人》的影响；二、2000年前后，指那些离开家乡到大都市寻求机会的年轻人（留校考研者、白领打工者、IT族、普通打工者等）；三、此后，还指背井离乡到城市（不一定是大城市）务工的农民工。再到后来，出现了一个专有名词“漂一族”，涵盖所有离开家乡到城市寻求机会、生活不稳、工作不定的外来人群。[③]这种现象并非中国独有，据西方学者研究，从20世纪末到21世纪

①［德］瓦尔特·本雅明：《发达资本主义时代的抒情诗人》，张旭东等译，生活·读书·新知三联书店1989年版，第4、39页。

② 参考了维基百科英文版中的词条“Bohemian-style”，https://en.wikipedia.org/wiki/Bohemian_style。

③ 周云芳编著：《漂一族与飘一代》，中国档案出版社2003年版。

"全球三分之一的人口正在进行最后的大迁移"，这场有史以来的"大迁移"改变的不仅是个人与家庭的命运，也在改变着社会的结构，"这个时代的历史有一大部分是失根之人造就而成"。[①] 中国内地是一个相对固定的空间，30多年来这空间正在经历着这变化，"类波西米亚人"执着于迁徙，城市作为概念存在于他们想象中，我们每一个拥有类似经验的个体都能够体味，辛苦生活、小心翼翼，受歧视、受压制同时又充满了希望与活力。

中国当代文艺中普遍存在"生存—实践论"为基础的创作倾向，涌现于都市中的这一群体自然会引发他们的兴趣，艺术家们从20世纪80年代便以自身为模特进行画像，比如吴文光的纪录片《流浪北京——最后的梦想者》。但对广义的"漂一族"的真正关注，文艺作品与社会学研究是滞后的——几乎都是2000年之后才开始，且取材比较统一，像《明星制造》(2000)、《世界》(2004)、《胡同里的波西米亚人》(2005)等影视主要以追求"演艺事业"的年轻群体为题材，在普通观众中引起的反响不大。倒是在2007年的《奋斗》中，人设有所拓宽，曾引发了小热潮，说明大众更关注与自身有相似境遇者的命运，2009年由六六的小说《蜗居》改编成的电视剧引发了大热潮，百度百科显示收视率高达6.35，豆瓣评分7.9，中国知网中收录有几百篇讨论此剧的文章。

◇"漂一族"虽然传达了一个新的社会群体的逐渐形成，也成为这个时代的面相，很多人都仔细观察过这些面孔，看见了为生存人们付出的代价：挣扎、忍耐，他们坐绿皮火车、在小卖部里买烟、挤地铁、挤公交、他们永远在路上同时无处落脚，因而"闯入者"应是他们的另一幅面孔。

不止如此，"漂一族"虽然传达了一个新的社会群体的逐渐形成，也成为这个时代的面相，很多人都仔细观察过这些面孔，看见了为生存人们付出的代价：挣扎、忍耐，他们坐绿皮火车、在小卖部里买烟、挤地铁、挤公交，他们永远在路上同时无处落脚，因而

① [加拿大] 道格·桑德斯：《落脚城市》，陈信宏译，上海译文出版社2012年版，第2页。

“闯入者”应是他们的另一副面孔。萧开愚就是这样展开观察的：早期诗歌《动物园》与《国庆节》中，公共场所与私人空间是混淆在一起的，营建出了“漂一族”的狂喜、浪荡与孤独；稍后的《北站》可视为公共生活里个体的知觉拓扑学（行、食、交流、住），展现的是“漂泊者”最终回归原初体验的碎裂；《向杜甫致敬》可看作个体生活在公共领域的存在拓扑学（居住、工作、交流、娱乐、治疗），从中可以看到都市杂乱、惨烈也昂扬的风景线；最近的《内地研究》是“异托帮”的恣意而单调的膨胀。不用多说了，当视角在“动物园”“公园”“车站”“火车上”“酒吧”“街道”“内地”等看似具体又真实的都市空间中展开，当视线范围内一代复一代的“漂泊者”作为被观察的客体时，“类波西米亚人”是内容，而最终引人注目的不仅有内容还有那个观察者的形象。

“去看”与“去思考”是紧密联系的，归于观察时在诗中就是一个加以选择和创作的过程。选择萧开愚分析当代诗歌的都市议题显然能说明问题，可以这样说：不管其诗歌创作体验如何，任何一个读者的阅读体验并不会好到哪里去，诗人频繁地借助都市空间（他的视线与位置显然不是随机的）实现一种诗性正义或某种潜藏的文学伦理，正如之前所说，虽让人紧张、惶惑，诗歌本身有重复、修改及过于急迫的进程，但这些问题正是当代诗歌的共有问题。

◇“去看”与“去思考”是紧密联系的，归于观察时在诗中就是一个加以选择和创作的过程。

二　观察者的幻象：谁观察了谁？

（一）观察者Ⅰ：我会比车票上指定的去得更远

“类波西米亚人”在萧开愚诗歌中首先表现为诗人及艺术家。来看：“我正飞向哈尔滨，那里一位诗人 / 告诉我北方雪景十分美。/ 或者我坐在去西宁的列车上 / 去柴达木。/ 家人从四川拍来一张电报 /

两个字：即回。”[①] 这首短诗，《一张电报》，创作于1987年，从中可以看出观察者在观察时更多的是对自我的关注，可看作是那时立志做诗人的一道剪影。这是萧开愚最初两年的作品。此阶段有明显的“边地情结”，在已发表的二三十首诗中，有两三个是描述孩子（《自己》）、妻子（《妻子》）、朋友（《评魏志远》）的，之外就是“异族、异地、异人”——《有关异族或异地的五首诗》《携黑犬的伊犁人》《与想象无关的三首诗》等。

那时，“到远方去”是诗人证明诗人身份的流行方式，那时，“远方”主要指向具有多元文化、神秘宗教、原生态景观与习俗的边疆地区，西藏、青海、新疆、云南等地。因为：在新疆，周涛推出了《牧人集》（1983，这是本薄薄的集子，据称发行量达六万册）、《神山》（1984）；在青海，昌耀推出了长诗《雪。土伯特女人和她的男人及三个孩子之歌》（1983）、《慈航》（1985）；在西藏，马原推出了小说《冈底斯的诱惑》（1985）、扎西达娃推出《西藏，系在皮绳扣上的魂》（1986）……这些作品如同密集的炸弹投向了当时的文坛，轰炸出的不仅是“一个遥远世界的重新发现”，更是“发现一个遥远世界”的巨大野心——“给每一条河流每一座山取一个温暖的名字”，还有比这更具有说明性的吗？1988年，海子终于给同时代诗人的“远方情结”一个“温暖”的理由，现在，人们谈论他的死亡，同时津津乐道他的西藏之行，现在我们也知道在当时途中的插曲——《姐姐，今夜我在德令哈》——促生了“海子青年诗歌节”。

◇ 那时，“到远方去”是诗人证明诗人身份的流行方式，那时，“远方”主要指向具有多元文化、神秘宗教、原生态景观与习俗的边疆地区，西藏、青海、新疆、云南等地。

应该看到，如果说萧开愚在那首短诗中对于自我观察动机并不

① 该诗末尾标注的是1987年，我没有找到期刊上的发表，早期诗集《动物园的狂喜》（1997）中也没有收录。可参看萧开愚《学习之甜》，中国工人出版社2000年版，第1页。

明显，那么之后的一些题材就以折中的观察方式给我们传达了如下信息：在那时，诗人们为自身引以为豪，他们的“精神漫游”就是买上一张车票（多是硬座）寻觅、拜访诗友，安之若素地把诗友的家当作免费的包食宿的旅馆，居留时间随心所愿，临走还可获赠新旅车票。

还要看到另一面，“远方”这枚硬币的另一面，则是“中心”。20世纪80年代的诗歌重镇主要有北京、上海、成都、南京四座城市。北京，作为政治文化中心与经济中心，也是真正的诗歌中心，尽管那个时代的诗人赞誉成都，多半也会去其他地方交游，偶尔也有海子因长诗《太阳》在北京得不到认可而去成都寻找机会的例子，但北京分明拥有更多的让文学青年发迹的机会，地方诗人也更愿意到北京去冒险——“他离开家乡来到北京，/ 在一个小旅馆住下，决心 / 在九十年代成为二十世纪的琉善。”(《宠儿》)

就“观察”这一行为，尽管20世纪80年代的诗人与艺术家们曾自认是中国的“波西米亚人”（民间的叫法有时是“盲流”），但与波德莱尔笔下的巴黎文人还是有很大的差别。巴黎文人随着“波西米亚流浪汉”进入“游荡”的行列，在“张望”中“展开了他同城市同他人的全部的关系”。[①] 中国诗人更倾向于在精神中“游荡”而不是在人群中，他们满足于身份的傲岸与崇高，就连“到远方去”也有远方的诗友倾情相待，情感体验是愉悦的高昂的，更鲜明的是，他们有明确的野心——要成为新时代的代言人。

◇中国诗人更倾向于在精神中“游荡”而不是在人群中，他们满足于身份的傲岸与崇高，就连“到远方去”也有远方的诗友倾情相待，情感体验是愉悦的高昂的，更鲜明的是，他们有明确的野心——要成为新时代的代言人。

此外，他们与里尔克笔下的马尔特[②] 也是不同的：马尔特失去

① 瓦尔特·本雅明：《发达资本主义时代的抒情诗人》，张旭东等译，生活·读书·新知三联书店1989年版，第5页。

②［奥］里尔克：《马尔特手记》，曹元勇译，上海文艺出版社2007年版。译者在后记中称萧开愚曾给过他很多建议。

了社会身份，由一个丹麦贵族沦落为漂泊在巴黎的“异乡人”，虽未穷困到流离失所，但生存的危机感已成为一个必然的“恐惧”，中国的那一代年轻诗人是主动放弃了自己原本的社会身份，因为那多半都是比城市漂泊者更低的身份；马尔特要给自己找到一条出路，他将自己定位一个“诗人”或一个作家，但缺少自信，中国的年轻诗人虽然也要到都市中为自己找条出路，却要自信得多，即便他们还没有办法写好诗、小说或剧本中的任一种，但善于声东击西——“他嘲笑的口吻敏捷地 / 讥讪主人和主人的客人。/ 在团结湖，他用李渔对付海德格尔，/ 在百万庄，他用海德格尔对付李渔，/ 在两个地方他都受到不同程度的崇拜和嫉妒。/ 处处的门都向他敞开，欢迎他，/ 他带着他的小品文，步子轻快。”（《宠儿》）更大的差别是，马尔特到巴黎是为了学习解决艺术问题的能力，中国诗人更多的是去都市“证明”自己“有能力”。

那么，这种观察是谁在观察，谁又透过什么观察了谁？现在看来，20 世纪 80 年代显然是中国诗人充分自信的时代，即便是描绘漂泊中的居无定所、寄人篱下、朝不保夕，也有意涂上了一层糖衣，以至于后来产生了充满想象的“诗歌的黄金时代”这一说法。以上所引的《一张电报》《宠儿》以及《家庭生活》和《最好的一天》等诗皆是如此。

◇ 这种观察是谁在观察，谁又透过什么观察了谁？

需要注意的是，萧开愚诗歌中的观察者很快发生了转变，他是少有的有意识地以“马尔特”的方式进行观看的一个：《国庆节》中观察者身处车厢里，坐在绿皮火车的硬座上，饶有兴趣地观察并记录周围的人事，旅客们在整理行李，在泡茶叶，在抽烟，在调整坐姿，在攀谈，在张着嘴巴打呼噜……还有，他看见交互相映的是窗外飘忽而过的城市、山峦、麻木的天空、铁条般的树干与无法扎根的梦……《动物园》冷眼观看了“女导游”与“参观者”一路的交锋，展现了两种人（其实同是到都市谋生存的“漂一族”）的人生遭遇、生活状态、生命欲望与情感虚空等问题；《来自海南岛的诅咒》则以“游览”（非巴黎文人的“游荡”）方式捕捉新兴城市中涌动的欲望与晕眩。

（二）观察者 II：我感到我是一群人

如果说前期诗人将某类个体作为主要观察对象来进行创作，那之后出现在诗中的人物形象及其现实来源就发生了变化，先来看一首诗：

> 我感到我是一群人。
> 在老北站的天桥上，我身体里
> 有人开始争吵和议论，七嘴八舌。
> 我抽着烟，打量着火车站的废墟，
> 我想叫喊，嗓子里火辣辣的。

这是《北站》，1997 年，以此为标志，萧开愚诗中的“漂一族”形象发生了转变，这种转变首先从主体的彻底分裂开始：此刻“观察”的立足点是老北站，“我”站在天桥上观看南来北往的人流。很明显，重复了六次的首句“我感觉我是一群人”具有一个表层结构和一个深层结构：“我感到……”是一个起领，紧随的四句是对此起句的具象化描述，反过来说，后四句的具象化描述恰恰也是可以“集合”为一种身体体验“我感到我是一群人”……这首诗会在下文详细谈起。这里先指明以下几点，这种往返运动展现的是诗人的内心语法：一、诗人要描述的是主体的破碎与分裂，这一形象可以视为是当时社会本质的、极端的表现；二、诗人要表征的是人的重复本质，人物的类型表现了相互重复机制，相同的体貌、精神、

◇ 人是不愿被重复的，宿命又是难以逃脱的，但当个体的生命、命运、性格在其时空内不断地与他者重复时，这时个体存在便变得虚妄同时也更接近于真实，触及到了存在的核心与悖论性的问题。

状态、命运等是内化的、模式化的。人是不愿被重复的，宿命又是难以逃脱的，但当个体的生命、命运、性格在其时空内不断地与他者重复时，这时个体存在便变得虚妄同时也更接近于真实，触及到了存在的核心与悖论性的问题。

观察者在观察，同时以知觉叠加思考，全诗的核心词“感到”就是一个“针尖”，刺到哪里，哪里就会扩散出一片甚至一个系统的反应，即它要变化出许许多多的句子，去生成各种语义场。在这个过程中，“我”没有代表任何一个具体的人，“我”与“一群人”之间并不是等号关系也不是可以相互取代的关系，“我”是表达的主体也是被表达的主体，作为“表达的主体”（我）能清晰地感受着身体里的各种变化，作为“被表达的主体”（人群）又一个接一个地被体验到：

（1）一群“七嘴八舌”的人（争吵议论、自说自话）；

（2）一群“拥挤不堪”的人（尽管相遇，各走各路）；

（3）一群密聚一处又模糊不清的人（就在眼前、影子一般）；

（4）一群不断涌现又同质化的人（无处不在、汗珠一般）；

（5）一群脸谱化、假正经的人（散落在视线所及的地方）；

（6）一群无声无形却紧随的人（已经变成了一种情绪状态“恐惧”）。

形形色色的“一群人”在“我”的身体里争吵、议论、游戏、走动、模糊、拥挤，“一群人”是这么汇成了一条河流，从“我”的身体上、从心理上、从情绪上，从“我”的视觉、触觉、听觉、味觉中“流过”，但哪一个是“我”？“我”随时地变化又随时地

◇“我”和“我身体里的一群人”共同组成了一个“我们”。但“我们”是谁？漫游者？流浪汉？拾荒者？旅行家？游戏者？

消失，哪一个才是真实的“我”？或者说，哪一个可以多停留片刻？旅客、游人、赶路者、打工仔、逃荒者或是追梦者？“我”和“我身体里的一群人”共同组成了一个“我们”。但“我们”是谁？漫游者？流浪汉？拾荒者？旅行家？游戏者？

这是一个极大的反讽，甚至这种反讽指向了观察者自身。正是在这个时刻，萧开愚的观察者身份呈现出来一个诗人该有的意义，不再是对梦想追寻的自我表述，而将无数的追梦者还原到讨生活的本相中来，《北站》及此前的长诗《向杜甫致敬》充分描述了形形色色的“一群人”，因而，这两个文本从题材到主题到情感都可进行互文阐释。

（三）观察 III：我没有资格写这首颂诗

如果说《北站》是标志性的观察者自我分裂的指涉，它开始有意地将主客体融合为一体，那么十年后，观察者开始内省。

先来看一组资料：直至 2000 年左右，学界研究“漂”对象依然指向了具有一定文化程度的群体（诗人、画家、艺术家、演员、学生），农民工则不具备“漂”的必然条件（实际上，从时间上以及数量上都具备）；1989 年已有 3000 万的“流动大军”涌入城市，形成了第一次大规模的“民工潮”，[①] 之后的 20 年里，大约有上亿的农村人口进城务工，随便一个城市里都是他们的身影：搞建筑、卖小吃、卖菜、送液化气、送牛奶、当保姆、当保安、修伞补鞋、拾荒收废品、打零工……这一群体是真实地“漂荡”在城市空间里，他们与诗人、艺术家不同，都市的社会空间将其隔离在外。从物理空间来讲，农民工已“进入都市”了多年，但“进入都市”之后的状况如何？直到 2000 年前后，就连

① 罗俊鹏：《中国劳动力供求动态研究》，硕士论文，西北工业大学，2003 年。

国内的社会学家也仅是展开了零星研究，深入调查研究大都市农民工家庭生活状况的学者是周拥平，他历时将近两年对 100 个到北京务工的外来家庭进行了实地考察之后，整理出了 100 个口述实录。[①] 由此展现出来的穷困、歧视与压制几乎无法想象，但那些曾自称为波西米亚人、悬挂在诗坛上的知名诗人们，似乎从未看见过。

2007 年，中原地区发生了“黑砖窑案件”，萧开愚据此创作了《破烂的田野》。该诗避开了新闻话语的言说方式，没有复述“他们”（被拐卖到黑砖窑的农民工）的遭遇，而是回到了最基本的身份确定上来，并在辨析身份的过程中调查了这一代人（尤其是他们的孩子）的成长史：

他们的父亲反抗命运在不同的工地卖命也许保住了手脚。
他们的母亲反抗命运在不同的洗浴中心卖淫存了不少钱。……
不管愿意不愿意，他们要跟扛着编织袋的父母回到乡下。
不管他们的父母积累了什么，乡下已经归属老弱病残。
不管他们的父母怎么想，他们在乡下无事可做。
他们的父母和他们同样，已经瞧不起乡下。对于地道的土气
他们实在是太洋气。……
他们的亲戚锈在农村。他们自己的椎骨死死地钉在不属于他们的农村。
他们不过十来岁，历尽沧桑。……
他们知道生活可能改善，命运反抗不起。
他们染了头发，刺了纹身，熟练了流氓的脾气，仅此

① 周拥平编著：《看看他们：北京 100 个外来贫困农民家庭》，中国青年出版社 2004 年版。

而已。

他们也想出出神只是没有地方。

他们待过的农村和城市是别人的他们要把这两种地方搬进他们没有待过的城关镇所以流里流气横竖不是人。

◇这些没有名字的、来自于乡村的“孩子们”，他们不会去争取自己的身份，更不会去抗争，比起那些曾经的诗人们、白领打工者、漂荡的大学生，这一最大的都市漂泊者群体，他们处在农村社会和城市生活的双重边缘化主题，但有着平和的心态。

此阶段，观察者将自身与事物拉开一定距离。与前两个阶段相比，萧开愚坚持的仍然是致力于揭示人的身份属性所决定的生活命运：这些没有名字的、来自于乡村的“孩子们”，他们不会去争取自己的身份，更不会去抗争，比起那些曾经的诗人们、白领打工者、漂荡的大学生，这一最大的都市漂泊者群体，他们处在农村社会和城市生活的双重边缘化主题，但有着平和的心态——“并不因为自身贫困而对社会有偏激的态度，对自己经验以外的事物没有太多的了解。”[①]

萧开愚在诗后的“补充说明”中说，“我没有资格写这首颂诗”，因为这是“我们的语言负担不起的一群人”，这群人至今没有获得进入都市的权利，没有办法在城里过上人的日子，而诗歌的描述又可能“加入到对农民剩余价值的再掠夺势力之中”。[②]此后，他用了七年时间完成长诗《内地研究》，尽管该诗语言上的晦涩堆砌与信息内爆曾受诟病，[③]但从对当下时代的一些敏感问题，比如留守儿童的教育问题、土质水质被污染破坏的问题、经济虚假问题、农民工权益问题的讨论上来看，理应得到重视。

① 周拥平：《城市外来贫困人口的生活形态——来自北京100个外来贫困家庭的调查》，载《中国青年政治学院学报》2003年第4期。

② 萧开愚：《此时此地》，河南大学出版社2008年版，第318页。

③ 笔者曾在《白昼燃明灯，大河尽枯流——谈当下作为“症候”的知名诗人的长诗写作》分析了该诗的阅读困难问题。参看《江汉学术》2015年第2期。

三 大都市：我走向你何止鸟投林

20世纪的城市空间无疑是现代空间的典型。援引福柯，他在法兰西学院的演讲中说，“我们所居住的空间，把我们从自身中抽出，我们生命、时代与历史的融蚀均在其中发生，这个抓着我们的空间，本身也是异质的。换句话说，我们并非生活在一个无人得以安置个体与事物的虚空（void）中，我们并非生活在一个光线变换之阴影渲染的虚空中，而确实生活在一组关系中，这些关系描绘了不同的基地，而它们不能彼此化约，更绝对不能相互叠合”。[①] 简言之，福柯预感到了当代人的焦虑根源并不是时间，而是人们对空间的诸要素进行重新分配与支配空间的能力。此外，空间的区分具有伦理学的意义，比如，为什么乡村的年轻人会离开故乡去往大都市？因为乡村不能提供充足的就业机会，它在经济意义上是拥挤的；乡村（与小城镇）因为有太多的伦理要求与行为约束，它在心理意义上就是自由匮乏的。因而，迁徙到都市去，不仅是一种生物需要，也“是一种心理需要，是一种社会特权，甚至是一种精神属性”。[②]

这可能是“漂一代”成为自身的根本原因，要理解这一群体的精神气质，有必要从其焦虑的根源处查看，即福柯所言的对空间的分配与支配能力。对都市空间的分配与支配能力，包括公共空间与私人空间。公共空间意味着人的方向感与归属感，我们每天经过的车站、街道、广场、公园以及咖啡馆、酒吧、百货商场、游乐园等公共场所会形成我们知觉的“环境意象”，在某种程度上可提供

① [法] 福柯：《不同空间的正文与上下文》，见包亚明主编《后现代性与地理学的政治》，上海教育出版社2001年版，第21页。

② [美] 段义孚：《空间与地方：经验的视角》，王志标译，中国人民大学出版社2017年版，第47—49页。

一个暂时“栖息”的场所，如果这种系统很不明显，会使人感到失落甚至恐惧，尤其对于那些无根的人来说。[①]私人空间莫过于我们的“家”，巴什拉最动人的地方在于他指出，家是人在世界的角落，我们在家屋之中，家屋也在我们之内，我们诗意地建构家屋，家屋也灵性地建构我们，因而家的意象是反映亲密、孤独、热情的意象。[②]在这里，为了方便言说，将选取萧开愚诗中三类空间：火车站、街道、家（与上文看起来有着某些重合）来讨论，以理解都市漂泊者的空间权利，也即社会权利。

◇巴什拉最动人的地方在于他指出，家是人在世界的角落，我们在家屋之中，家屋也在我们之内，我们诗意地建构家屋，家屋也灵性地建构我们，因而家的意象是反映亲密、孤独、热情的意象。

（一）火车站：你们是我的扮相

首先是火车站。或许是热衷于远方，或许是必须到远方，萧开愚的诗中有大量乘坐火车的经验：“月台开始漂移，/ 像一部钢琴 /——灯光和黑暗交替投向它——随着乐曲漂逝。/ 一刹间列车驶出站台 / 像一条从城市的捕网中窜出的鱼。/ 一切，大地上的，概念中的，纷纷后退，/ 我乘坐的硬座车厢把这些 / 激活的欲望完整地保留下来，摇晃，摇晃，在它的脏脏的屏幕上放映。”（《国庆节》）这是萧开愚作为观察者早期的态度：火车带有一种梦幻的气质，从一个地方把我们运载到另一个地方时还运载着我们的某些意愿。

但，谨记“火车站这种美妙的地点也是悲惨的地点”。[③]长期频繁地与火车打交道、滞留在火车站，火车的梦幻气质会被撕碎。1997年的某一天黄昏，诗人再一次地穿过那红砖砌墙、拱形门窗、大理石廊柱子的气魄雄伟的上海老火车站的大楼，这个承载了他诗歌之旅中的灯塔忽然碎裂：观察者改变了视角，月台不再是漂浮的

---

①［美］凯文·林奇：《城市意象》，方益萍等译，华夏出版社2001年版，第3页。
②［法］巴什拉：《空间的诗学》，张逸婧译，上海译文出版社2009年版。
③［法］普鲁斯特：《追忆似水年华II》，徐和瑾译，译林出版社2012年版，第216页。

钢琴，火车也再不是自由逃离的鱼群。他看到：火车站吞吐着无数闯入者，他们拖着行李箱、背着编织袋、衣角上扯着孩子从四面八方涌来，他们钻地下通道、走过街天桥、出地铁、挤公交，瞬间从四面八方中消失到城市的每个角落。

◇ 他看到：火车站吞吐着无数闯入者，他们拖着行李箱、背着编织袋、衣角上扯着孩子从四面八方涌来，他们钻地下通道、走过街天桥、出地铁、挤公交，瞬间从四面八方中消失到城市的每个角落。

于是，火车站是个“分裂之地”。分裂为一个城市（上海）的拓扑学：一是“出行”的场所，《北站》中，第二、三节中的“铁轨”“检票口”“候车厅”，是出行之间场面的速写，以意识知觉化的方式，播放场面；二是“街边”的场所，第四节中的“弄堂”“烟摊”“公共电话旁”，以“路过”的方式，体验与“街边”的关系；三是“饮食”的场所，第五节中的“面店”，以不兼容的方式对抗；四是“社交”的场所，“公交车”“酒吧”“虹口”“外滩”“广场”，以游荡的方式进入社交场所，然后被推出。五是“缺席”的场所，“家”是文字上的在场，实际上的缺席。

在由火车站伸展开的每一个点集（pointsets）上，都汇聚着某一类人的“生活情境”。这里的生活情境意味着：客观的物质空间、行为空间、心理生活空间。行为的空间在于这些都是公共领域，“公共”意味着，任何在公共场合下出现的东西能被所有人看到和听到，有最大程度的公开性，不仅被他人而且被我们自己看到和听到。换言之，只有那些被认为与公共领域相关的，值得被看和值得被听的东西，才是公共领域能够容许的东西。可是，我们看到这些“公共场所”中，“他们”展现的却多是“私人化”的东西，直至最后才是“家”，而“家”是在经历了其他场所（出行、游荡、饮食、交流）失败之后，“绕道”回归的一个地方。

再到后来，“火车站”成了罪恶的交易所，那些终于熟悉城市规则的人以其对外地人的深切理解，在“住宿、酒店、旅游、包吃住”的呼唤中名正言顺地洗劫了许多囊中羞涩的闯入者，再而是

“招工、接送”的美好许诺中将扛着编织袋的“老少人等”送到了不知何方的厂矿：“在郑州火车站失踪的老少人等，……他们成千上万只是一个，/ 同一身心是同一个白痴，上同一伙临时就业的骗子的当。/ 骗子也是同一个可怜虫，一朝下岗黑心就变得雪白，/ 就去到山西的砖场，白痴得想不起反抗和今日何日。”(《破烂的田野》)

（二）街道：一到街上，他就消失不见

◇ 熟悉的街头意象构成心灵的稳定经验，街角中隐藏着生于斯长于斯的秘密。

街道，在城市中担负着重要的任务，因为人的活动总是沿着线路进行的，它是上班下班、接送孩子、结伴出行、独自徘徊的必要场所，街道不属于某一个人而属于每一个路过的人，通常还扮演着回忆长廊的角色，熟悉的街头意象构成心灵的稳定经验，街角中隐藏着生于斯长于斯的秘密。但是对于“闯入者”，会怎样？

她一个人走在去办公室的路上
长长的楼梯上谁能帮助她？
……
黄昏、百货公司和玻璃窗，
比店里的货柜还缤纷，
她感到恐慌。商店里
播放着流氓组合组的尖叫，
大街、地面和空气震颤。
她忍耐，徘徊，消耗，
深夜才回家，睡觉。[①]

① 萧开愚：《动物园的狂喜》，改革出版社 1997 年版。

该诗在1997年出版的《动物园的狂喜》中题目为“林小红的情欲”，后来的几本诗集中都改为“李小红的情欲”，从“林”到“李”姓氏上的普通化的再次升级，说明诗人在将叙述客体普泛化，“李小红”是公司大楼里、百货商店里、街头马路上、租居公寓里的任何一个来到这个大都市谋求发展和机遇的女子。

“李小红”每天上班下班之后，不是回家而是将自己融入“人群”之中，她对人群有一种矛盾情感——渴望而又害怕。渴望是因为害怕孤独，害怕被抛弃，害怕与人有隔阂的感觉，害怕审视自己空虚的内心，只想把自己淹没在人群中，只有与人群在一起时才会找到归属感和安全感，因为在进入人群后，就像一滴水进入大海，无论是自己还是别人都很难再将其区分出来，可以在水波的流动中暂时忘却自我。

◇只有与人群在一起时才会找到归属感和安全感，因为在进入人群后，就像一滴水进入大海，无论是自己还是别人都很难再将其区分出来，可以在水波的流动中暂时忘却自我。

“李小红”震颤的欲望中闪现着100年前嘉莉妹妹的身影，长期在城市生活却没有心之所系的家，下班后只能顺着“街道”去游荡商场、电影院、公园、餐馆、广场、大街、酒吧、咖啡馆，这些都是暂时性的交流场所，人们在这些场所中可以用游戏的、摇摆不定的、什么都不介入的形式打扮自己，可以将最黑暗最悲伤的真实隐藏在最令人陶醉的轻逸或最疯狂的兴奋背后，这种暂时性的交流场所是最自在的“卖弄风情”的场所，也是孤独最纯粹的地方。

其实《向杜甫致敬》是最好的例子，这首长诗中诗人就像一个社会学家与新闻工作者，他搭火车、乘地铁、挤公交，深入到各种忙碌拥挤、凌乱丑恶但又充满活力的隐秘角落，仔细观察面前延伸的空间与人流，然后用一种近乎戏谑的声调不停地戏说着这些场所中的形形色色，每个人都是自己的舞台，旋转着自己的狐步舞。并让我们看到上海这座城市悄然演变，一栋栋楼群拔地而起，形色各

◇每个人都是自己的舞台，旋转着自己的狐步舞。

异的街道相继消失，即便是土著也失去了他们赖以确定的地标和方向感，只剩下记忆的“小片伤疤”。

（三）家：祖孙三代同居一室

萧开愚在很多个场合，主动或被动地解释过为何走上文学创作的道路，大致的理由是：“我适应不了医院里的尖叫、啼哭、呻吟、倾诉、暴露、汗臭、福尔马林味、解剖……等生命的极端状况，一种人人熟悉的麻木不仁；我一直没有接受医生的哲学，我还要逃到离医生的哲学距离更远的地方。这是一个小而实际的理想。”[①] 话说得轻巧，如果联系到20世纪80年代的文学热潮，做一个诗人似乎是理所当然的。但：

为什么我住在朋友的房子里
秘密地读书，帕斯卡和米沃什？
我愿意住在家里，和妻子在一起。
（《家庭生活》）

为何“小而实际”的理想，第一步便是从“家里”逃离出来？除了母亲用她那亲昵而可怕的沉默敦促我放弃业已开始的写作，父亲用语言提醒诗人犹如祭品的历史之外，必须离开“家”的原因还有什么？为何在一个诗歌狂热的时代，一个立志成为诗人的人不能住在自己的“家”里，而选择一次一次地出走？

一样，祖孙三代同居一室
减少的私生活

① 肖开愚、余弦：《个人写作：但是在个人与世界之间——肖开愚访谈录》，载《北京文学》1998年第8期。

等于表演；下一代
由尺度的残忍塑造出来
假寐是向母亲
和父亲感恩的同时
学习取乐的本领
（《向杜甫致敬》）

家，是幸福的场所，即便不是海德格尔意义上的“栖居”之地，至少应是巴什拉意义上的“庇护所”。今天有很多人愿意被一套房子捆住手脚，从最基本的需求上来说，人需要这么一个藏身地，以躲避“自然的风暴和人生的风暴”，这是最朴素的价值，需要一个家的愿望深深地扎根于每个人的无意识之中，因为每个人的家都是自身的“最初的宇宙”。[①] 海德格尔与巴什拉如此多情地借助诗人的言辞向我们阐释“家”/“家宅”于心灵的中心意义，如果他们看到了“祖孙三代同居一室”的羞耻，会如何？在这里，家并不是一个令人喜爱的地方，也不是抵御风暴的场所。

祖孙三代同居一室的羞耻，并不是最残酷的。别忘记了大都市中还另有一群人——他们连拥有八戒的欢乐的可能都没有——“他们趴在母亲和姐姐的背上在过街天桥的上面和下面，/他们不仅仅是卖毛片的道具而是毛片的一部分。/他们与苍蝇和死苍蝇老鼠和死老鼠一起长大。”（《破烂的田野》）过街天桥是他们的“最初的宇宙”，成年以后他们的回忆与想象都将在车水马龙中交迭。

---

①［法］巴什拉：《空间的诗学》，张逸婧译，上海译文出版社 2009 年版。

最后：或许是一种文学伦理

问题是：既然诗人、落户精英、白领打工者、普通打工者与农民工，都市都会带给他们难以预料的种种困难，那为何还要蜂拥而至？《流浪北京》中有个细节值得注意，就是在谈论梦想和追求之前，叙述人总是要给出一个“原因”，“在那种边远小城感觉没有通风的可能……时间长了，一种热情，一种向上的愿望刚燃烧起来没有多久又熄灭掉了”。[①] 社会学家周拥平也发现，尽管他所走访的那些外来贫困家庭在都市遭遇到了城里人难以想象的艰辛和屈辱，但“与在老家种地相比，在北京挣钱确实是容易多了。即使一无资金、二无专长，捡捡‘破烂’也能挣钱……挣钱之外，子女教育也是在北京生活的重要理由。北京的打工子弟学校的条件比他们家乡的农村学校还是要好不少（个别的除外）。就是生病，也是在北京好，北京毕竟有那么多大医院，同样花钱看病，在北京与在老家大不一样”。[②] 这是最明了的道理，如果都市——代表着文明、机遇、自由，都无法提供一种有尊严的生活，难道更落后、保守、闭塞的地区可以吗？

◇ 如果都市——代表着文明、机遇、自由，都无法提供一种有尊严的生活，难道更落后、保守、闭塞的地区可以吗？

萧开愚的诗歌当然解决不了任何社会问题，但他借助观察者，或借助观察城市的习惯，从无数的“方脸与尖脸”中看到那些“心思和志向都执着于他们想象中的城市中心的个体，身陷于一种巨大的奋斗中”，目的是在城市里为自己、为子女“争取一片基本但长久的立足之地”[③] 的梦想以及由梦想带来的苦难。当然，这仅是诗人

① 引自电影《流浪北京》中的台词。笔者注。

② 周拥平：《城市外来贫困人口的生活形态——来自北京 100 个外来贫困家庭的调查》，载《中国青年政治学院学报》2003 年第 4 期。

③［加拿大］道格·桑德斯：《落脚城市》，陈信宏译，上海译文出版社 2012 年版，第 2 页。

作为独立个体为身边的人谋求也成为独立个体、谋求更好的生活的意志，他在履行着布尔迪厄的努力——为身边活生生的男人与女人的生活状况与所遇困难做出见证，[1] 这是他所遵循的善意价值观，也是唯一能坚持的文学伦理。

---

①［法］布尔迪厄:《世界的苦难》，张祖建译，中国人民大学出版社 2017 年版，第 1 页。

经验重现:现代性体验下的矛盾纠结

今天，我全部的意象朝向你
灰白的山坡，桤树，沟谷中
毫无减弱之势的风，我看见
一位死去多年的人坐在院子的天井里
他苍白的目光把我打量。我将怎样
面对这样的意象，思索生存与死亡
(《祖宅》)

孙文波在《祖宅》一诗中如此写道。这是他挥之不去的忧伤。为什么诗人回望自己熟悉的村庄熟悉的庭院时，在经验重构中会被阴郁的情绪所控制？难道说遥远想象中的浪漫情怀，在长久的隔离中被抽丝剥茧般地扯空？还是现在的生活已经消解了对记忆中祖宅那神秘幽暗虚影的渴望？诗人的回答是“在我的背后高耸的建筑栉次鳞比 / 歌声、旋转的舞步，还有鳄鱼利齿般 / 张扬的手”。为什么他会认为城市的高楼大厦和灯红酒绿是“先人 / 祖宅”所不愿意接受的？为什么当他把老家的安宁平静与城市的繁华热闹做对比时，会陷入不知何从的苦恼？并且还要在别人的“淡忘”中耿耿于怀地为“他”编织使人羡慕的履历，想象着的“他”总是徜徉在树的绿荫下，追逐着光和花之影，生活过得犹如“巴赫的音乐”那样美妙、悠扬、舒缓、平和，但虚构的美妙又连有效地安定自己都不能。

尽管孙文波在20世纪90年代初或者从开始写作时，就在追求现代诗歌的先锋性，但其骨子里有可能是一个保守主义者，他内心更渴念的或许是田园牧歌的世界。在诗歌中，孙文波总是无法克制自己向后回望的念头：60年代的自行车、鸭舌帽在孩提时代带给他的快乐、骄傲和沮丧，“文化大革命”中对死亡、逃跑、杀戮、仪式、狂欢的好奇、兴奋和震惊，青春期中遭遇的性骚扰和懵懂中对女人混杂着渴望的恐惧，以及童年居住的铁路新村的房屋、街道和乡邻等琐碎往事，都是在不断地重现历史经验。他被忧郁的回望美学所诱惑，把记忆作为美的天使，把生命成长中的诸多快乐甜蜜的细节与最真实美妙的东西储存在情感的篮筐中，随时的翻检都会带来温暖的抚摸。但有时记忆分明也是一条野狼，尤其是那些对其造成伤害的恐怖景象，在不要想起的时候偏偏从一个意想不到的角落里猛然扑来，将疼痛尖锐地刺向灵魂深处。

◇但有时记忆分明也是一条野狼，尤其是那些对其造成伤害的恐怖景象，在不要想起的时候偏偏从一个意想不到的角落里猛然扑来，将疼痛尖锐地刺向灵魂深处。

在对往事的追怀中寻找生命最初的家园，这是人的本能行为，每一个漂流在外的人，每一个固守家园的人，到了一定的时候都会情不自禁地向后回望，向后望，是对家的想象，不管是失去的家还是回归的家，每一次“回家”都是为了回到个体生命的源头，那是内心最甜蜜的旅行。因而关于童年、家园、青春往事的追忆总会有着田园牧歌的清扬，然而，阅读孙文波的诗歌，在田园牧歌的往事追述中，很快就会发现有一种受压抑的情绪显现其中，我们可以深切地体会到他在半个世纪的时代风云变幻中所经历的忧伤、苦恼、快乐、恐惧和梦想，并能从诗人所描绘的日常生活的细节和情感心理的微妙变化中反观出某些历史行动和历史事件具象的真实。然而，诗人在把一个时代的精神状态、社会经验和文化心理的变化呈现出来的过程中，也使我们感受到他在一个“不断崩溃与更新、斗争与冲突、模棱两可与痛苦的大漩涡”里不知何为的忧虑和不安。[①] 忧虑和不安来自于诗人不断呈现出了他在现代性语境下所领受到的多重矛盾的纠缠：现代生活的快捷和本性的慢悠之间的冲突，先锋写作的追求与保守主义者的立场之间的摩擦，理想主义在日渐平庸化的日常生活与单向度的社会中遭遇到的龌龊，以及对传统历史文化的古典情结与对现代技术和物化时代的恐惧等等之类的困扰，常常把他陷进渴望苏醒又害怕苏醒的无所适从之中。

◇ 当前的现状是：忙，是普遍的生活状态；快，是必须的生活节奏；舒适，是追求的首要条件；新奇，是快感的繁多花样。

如今全球化的风行，使我们生活于不断改变的自然景观与文化景观中，主动和被动地受到各种文化的侵扰。首先是整个社会的物质基础结构处于持续改变状态，并且使传统中的东西从文化心理、情感结构到生活方式、感觉方式都不停改变——世界变化得比川剧的脸谱还要快。当前的现状是：忙，是普遍的生活状态；快，是必须的生活节奏；舒适，是追求的首要条件；新奇，是快感的繁多花样。这本身就是矛盾的，匆忙和舒适是不搭杠的，从容和热闹也是不相容的。飞速的变化和繁多的花样对于热衷于刺激和冒险者来说或许是不错的，但对于喜欢悠然安定的人来说，则将是一场持久的搏斗。搏斗既是针对他者的更是针对自身的，因为既要应对难以把握的外在世界又要自我劝服受到侵扰的身心去接受那些非你所愿的东西，双重的压抑和束缚必然导致调适的过程中被多种矛盾所纠缠。孙文波在一首诗中描绘了这种懊恼：

——我，一个慢人，喜欢悠闲的生活；

---

①［美］马歇尔·伯曼：《一切坚固的东西都烟消云散了——现代性体验》，徐大建等译，商务印书馆2003年版，第15页。

就像上百年的老树，生长的变化不易觉察。
这样可能吗——我的城市
苟日新、日日新、又日新，
到处矗立蹩脚戏剧一样的摩天楼。
我怎样才会不被川剧脸谱般的变化吸引，
看破旧小巷如同读孤本典籍。
(《在成都宽巷子喝茶》)

确实，现代生活具有一种奇异的美，它的苟日新、日日新、又日新，可以带给你变化多端的震惊体验，为我们提供历险，获得快乐、刺激、成长和权力的各种可能。但这种美又是与内在的焦虑和不安纠缠在一起的，因为它同时也威胁着要摧毁我们曾经拥有的一切。在经济利益的驱动下，欲望把所有的人都抛向了极端，所有的事物都被夸大、强化、扭曲，事实上整个世界都陷入了虚幻的构造之中，“我们生活的任何地方都已经处在一种对于现实的‘审美’幻觉之中”。[①] 到处充斥的都是服从趣味判断而大量生产的建筑、风景、音乐、艺术、文学以及影视娱乐节目等媚俗之物：出门去看风景，看到的只是在不停地拍照的拥挤的人群，人自以为是地代替了风景成为新的“风景”，旅游城市“新”到了夸张的程度，雷同的建筑看得双眼疲劳，更可怕的是为了制造具有极度刺激性的景观而对大自然的河道、山脉实施了大刀阔斧的改造。(《大连行》) 而比较难堪的是当我们怀着久违的心情去故地重游时，熟悉的街名和地名中再也找不到熟悉的景物，你感到惋惜却不知道该怎样惋惜，你想去赞美又不知道如何赞美。(《故地重游》) 是啊，“前进是钻

◇ 确实，现代生活具有一种奇异的美，它的苟日新、日日新、又日新，可以带给你变幻多端的震惊体验，为我们提供历险，获得快乐、刺激、成长和权力的各种可能。

---

①［法］让·波德里亚:《象征交换与死亡》，车槿山译，译林出版社2009年版，第95页。

一样的硬道理”，即使再喜欢怀旧，尽管一直被“不变的理想一直支配着”，也不可能阻挡清风明月般的“铁路新村”（童年的家园）走向城镇化的进程中说消失就消失了。(《监视器》)

在这样一种现实中，诗人该怎样去恢复那些逐渐土崩瓦解的“过去”？“过去”，正是一切坚固的东西都烟消云散了，诗人能够抓住的，最多只是一缕乡愁的鬼魂。现代性就是如此棘手——“在创造物质繁荣的同时，却使人们在地方情感方面陷入了危机。”[①] 那么如何还能保留住“慢”的心态，无视戏剧般游戏般的新奇和刺激？更重要的是，社会、时代和我们个人又可能留给“悠闲”多长的搬迁时段？现实是不留情面的，比如，每一次走过老城开封的老街时都会觉得时光仿佛倒流了几十年，那绿树浓荫中老人依着门框静坐，孩子成群结队地嬉闹追逐，喇叭花、串串红、雏菊与韭菜、菠菜、扁豆和野草在墙根墙角自在地茂盛……那些街景犹如老电影画片般让人迷醉，正是其古老、悠缓的安静让我从内心坚决抵制政府对老城的开发。但这对生活于其间的居民是否公平呢？赏游景观和在景观中过日子是两回事儿，小巷如此破旧窄狭，房屋那样低矮潮湿阴暗，还没有良好的排水系统和卫生设施，真的生活在此处是否像我们想象的那样乐在其中或者方便舒服呢？毕竟绕过几道弯之外，就是看起来气派、敞亮、优雅的现代居住小区，无疑那是极具诱惑力的。

◇ 那些街景犹如老电影画片般让人迷醉，正是其古老、悠缓的安静让我从内心坚决抵制政府对老城的开发。但这对生活于其间的居民是否公平呢？

这说明诗人所忧虑的现代社会中日常生活在每一个层面的不断改变或更新，是我们每个人都正在面临的问题。只不过孙文波用诗歌清晰地向我们描述了现代性带给我们的困境：一方面，我们随心所欲地修建庞大的城市、蛛网似的道路，改造河流伐尽森林，相互

---

① [英] 迈克·克朗：《文化地理学》，杨淑华等译，南京大学出版社 2005 年版，第 96 页。

杀戮也屠杀飞禽走兽，尽情地索要大地的赐予。（《我们称之为母亲的大地》）而所谓的进步与发展，是把破坏当作建设，是在做革故鼎新的自毁，“当打夯机用它的巨锤使大地颤动，它扎的不是别的地方，只能是我们的心脏”。（《城市，城市》）正如波德莱尔所言，无限的进步在不断地按其提供的新乐趣时对人性做出相应的改进与它借助自我否定而取得进展，其实就是被不断更新的自杀形式。[①]现在的事实不正是这样吗？仓廪实了并不知晓礼节，衣食足了反而丢了荣辱，最低的道德底线滑坡又滑坡。（《商业时代的三画像》）另一方面，物质的丰富却使日常生活变得越来越平庸、琐碎、单调。现代技术的发展使人的私人空间被堂皇地侵占，电视、电话、手机、网络等传播媒体，每日持之以恒地向我们狂轰滥炸，以数量巨大的信息，造成了兴奋点的持续升级与疲乏度的不断叠加。物化带来的舒适生活把人类从沉重的劳动和艰苦的生活中解放了出来，却并没有把人带入到心灵自由的进程中，相反越来越明显的一种情况是，我们常常会被灰暗的情绪所笼罩，这种情绪还常常弥散着屈辱的感觉，似乎居于一个敞开的笼子之中，笼子里和笼子外都没有什么值得用激情去争取的东西，逃跑或是迁就也并不具有意义上的区别。幸福的印象成为铺天盖地的广告中那些模特用甜蜜笑脸去表演享受产品的轻微陶醉，而痛苦和绝望却未有丝毫的减少。更重要的是，现代性带来的不仅是物化，还在物化的过程中改变着时空结构，在时空体验的变化中，我们原本所固有的那些支配个人生活的意义感，那些抵达感觉层次的飘忽不定的瞬间性体验，在貌似越来越充分的幻象中变得越来越匮乏，比如通信技术与交通工具的发展，完全摧毁了我们对空间对距离的深刻感知，空间具有

◇ 我们常常会被灰暗的情绪所笼罩，这种情绪还常常弥散着屈辱的感觉，似乎居于一个敞开的笼子之中，笼子里和笼子外都没有什么值得用激情去争取的东西，逃跑或是迁就也并不具有意义上的区别。

---

①［美］马歇尔·伯曼：《一切坚固的东西都烟消云散了——现代性体验》，徐大建等译，商务印书馆 2003 年版，第 181 页。

了流动性，我们却丧失了对自身位置的准确感知。(《我看见·3》)

这是任何人都无法逃脱的困境。那么诗人该何为？孙文波在《监视器》一诗中如此写道：

如果蝴蝶要灭种，
我记录；政治要地震我也记录；我
还会记录反常的气候，如南方
已变得比北方更冷。我希望
让更多的人知道记忆是一种美学。
变化，也是一种美学。在这样的
美学中，我们可能已不是自己，
如同沙湾已不是沙湾。但有什么关系？

面对“变化”与“记忆”，“固有”与“更新”，“反常”与“毁灭”，诗人不得不在矛盾的情感中左右为难。但人不正是“在矛盾中才会获得自己所追求的，这是一切人性中的不完善性”。[1]对此，孙文波其实是很清楚的，因而他有着基督徒的激情，拒绝采取犬儒主义者的立场——既不关心丧失的东西，也并不提供未来的想象。

从这一点来说，孙文波又是一个理想主义者。理想主义者面对的是一个日渐“单向度”化的社会，是不是会陷入更深更多的矛盾纠结中？他不是曾多次感慨，由于内心热爱的事终不能如愿完成，促使他悲观地看待世界。

①［丹］克尔凯郭尔：《基督徒的激情》，鲁路译，中央编译出版社 2007 年版，第 71 页。

写什么？生活像我居住的村庄一样，
怎么看怎么平庸：无非是经济的发展犹如云朵上升，
无非是娱乐被说成具有精神内涵，再就是
通奸成为大众饭后的谈资。……
(《临时的诗歌观之一》)

就如前文所言，日常生活的平庸首先来自于现代技术下物化现象对人的感觉的疲劳轰炸，这种轰炸既造成了审美的冷漠还带来了经验的同质化，就如无聊时在互联网上乱逛，有人虐猫有人横死，有人把纸老虎说成活老虎，有人把父亲做成木乃伊，好像整个世界都活在荒诞里，只有自己是局外人，局外人对纷至沓来的奇闻怪事竟然不以为然，看似荒唐至极却也再真实不过(《与无聊有关》《反对睡觉之诗》)，因为同质化既是过程又是效果，它取消了人们对独特经验的新颖感知。这自然会把诗人拖入不可自拔的泥淖中，确实，在“临时的诗歌观”系列作品中，他好像一不小心就会陷入对自己的付出和行为的不确信的疑虑中，希望和不安的情绪在来回撕扯，更让他不是叹息就是愤怒。但透过他的忧虑、叹息或诅咒，我们也能真切地感受到诗人内心深处那淤积的热情和焦灼的渴望。

◇ 他好像一不小心就会陷入对自己的付出和行为的不确信的疑虑中，希望和不安的情绪在来回撕扯，更让他不是叹息就是愤怒。

不错，生活是沉闷、单调、琐碎的，生活中无以计数的人都默默地背着历史或时代的十字架，并且还不能对历史行为与历史承受之意义做出解释，而只能在主动与被动，忍受与赞美之间，孤独地体验着历史行动和社会潮流对自身的创伤。这个时候其实是非常需要诗人勇敢地做出解释的。或许正是对此事实的理解，孙文波在自我挣扎中又总是在尝试着对最为普通、最不起眼的生活形态以及这种生活过程中的细微体验做出解释，他总是试图通过在呈现事物时用细节性的感知力完成对现实的事物或时刻进行不确定的、未完成的模态中，或老在把一个时间、一个经验、一个时刻转化为隐喻的过程中，完成对更为普遍的社会和文化秩序的表达，抑或顺便为时代提供更可信的见证。[①] 因而他不断地书写着人性中那些所不应缺失的东西，那些萦绕着梦境的东西，那些无法说清的感觉与无意识的愿望和冲动（比如“在南方”系列，“辛卯年”系列，“有关无关”系列等作品）……这都是一个人内心状况的征兆，也包含着一个时代的精神状态，凝聚着个体的命运、情感与体验的诗歌经验可以更好地在不同的层面折射出时代或历史行为对生活于其中的每一个体的真实作用，并完成对一个时代的社会经验与文化心理“唯一充分有效的表达”。[②]

事实上牢骚或顿足的同时，诗人也一直都在努力从个人独特经验与独特感受的表达中找寻到可以用来理解社会和自我的密语，用他自己的话说，就是让那些被我们遗弃的“旧时代的马厩”“泛滥的衣饰和礼节”“我们身边簇拥着的景物”“那些树木”，甚至那些“污浊的建筑”，都恢复其精粹的灵光。他甚至坚信，通过文字可以让那些“遥远的人类情感的潮流 / 在我们身体内汇集、融合 / 形成另一种新的物质 / 闪动着动人的光芒。在这个夜晚 / 以及更为久远的岁月的夜晚 / 使我们对高尚和纯洁毕恭毕敬”。还可以抵挡住时间匆匆的消磨，“成为我们用以向世界阐述的象征”，在我们的心里建筑起那座精致的花园，更重要的是“这些还会扩展到我们的孩子”。(《从熟悉的文字中……》)

◇ 从熟悉的文字中恢复其原本生动的力量，其实就是从词语原义中溯源出其所隐藏的历史文明的踪迹。

从熟悉的文字中恢复其原本生动的力量，其实就是从词语原义中溯源出其所隐藏的历史文明的踪迹。孙文波内心深处的情结一定

① 耿占春：《叙事与抒情》，中国社会科学出版社 2005 年版，第 298 页。

②［英］雷蒙德·威廉斯：《马克思主义与文学》，王尔勃等译，河南大学出版社 2008 年版，第 136 页。

是古典的、怀旧的，就像他在《祖宅》中所言：越是久远越是增添令人心醉的魅力。他渴望了解生命的源头，了解我们的祖先是怎样地生活劳作，怎样地面对风雨、战乱和灾祸的侵扰，了解他们有着怎样的欢乐和忧愁、智慧。(《拜谒华山祠》) 所以他提出从“文字”进入历史，通过对词语展开的语义学的考古（比如从“历史”“月亮”“不要”“秋夜”“河南”“革命”“沉闷”等词语开始的诗中），探寻人类本真的情感与需求，诗人相信词语是有历史的，词语的含义也是有历史的，某个含义的使用通常来自于语境的促使，是有关某个历史的总结，所以他要像放大镜一样把历史在词语身上刻画的痕迹与纹理相对清晰地照射出来。在这一行动中，他又把词语当作一个行为的使者，通过对它辨认、触摸和试探，把个人的生命状态、情感意识、智性思考、审美心理、灵感才情、意识形态等都铺散到整个文本中去，因而对历史的怀旧，其实就是在对各种现代性矛盾的忧虑中（包括认知方面的、情感方面的，对生活态度、对价值伦理的标准以及感觉的方式等等），表达重建社会伦理的要求，对“不变”传统的呼唤或许就是诗人最诚实的作为。

在灰色的土路上与暗影同行

从《写给自己的一封信》这首诗开始谈论靳晓静的诗歌，是一个让人感到忧伤与疼痛的开始。忧伤来自于一种原本拥有的东西的丢失，在那些细雨绵绵的清凉或午后时光慵懒的安静里，在那些星光的清辉或夕照的温暖中，一个身影的自足与一叠信笺的信任曾经是我们窗边日常的生活情景，但不知从何时开始，却成为“老”一代人记忆的明信片或“新”一代人传说中的风景或仅仅是一个符号的所指。我们改变了传统的交流方式，从外在实效性看是找到了更方便快捷的途径，但速度改变了情感，信息的交流在及时的传递中顺便帮我们养成了一种新的表达方式，它剥夺了我们在发出吁请的过程中因时空的延宕而可能产生的体验，原本在等待对方回应的途中所产生的由诸般情绪交织的体验被消解，神秘感丧失，期待感化解，满足感产生的机会也被取缔，至于情思细腻曲折的翅膀也只能悄悄收拢，变形为匿名而缺失优雅的矛箭射向隐藏在虚拟丛林中的人群和自我。疼痛则是我们从中接受的失落，我们不再给他人写信，渐渐地也就模糊了自己与他人，不确定自己想说什么，也拿不准谁是可以倾听与分享的对象。无话可说，无处可说，成为生活中一种特殊的症候。但诉说的愿望却不能消散，于是只有给自己写信。给自己写信，那是把内心的声音说给内心中的自己去听，我们需要一个确认，需要以文字的形式来做一个见证，见证是现在对过去所走过的众多瞬间所持有态度的表达。只是这种见证让我们再一次地体会到来自于过去和现在的惶惑以及对尊严和命运的敬畏带来的双重压抑，让我们对自身与他人都心怀怜惜。诗中说：

我看见，她二十一岁
宇宙的黑洞俯瞰着星云
仰瞰着她坐在铁轨上
像一片树叶一棵草一样颤栗
在黑洞的呼啸声中她后退
一直退进卫生间闭门不出
再出来时阳光像刀片散落
在通往三军医大的路上
石子在车轮下迸裂大地滚烫
她走走停停遥想着
像一只非洲大象一样消失在丛林中
(《写给自己的一封信》)

要遭遇到什么样的“宇宙的黑洞”，才会使21岁的青春变得如此的“颤栗”，以至于去选择一种极端的形式让自己“像一只非洲大象一样消失在丛林中”？又是什么样的一种力量迫使21岁的青春要把在他人看来只不过是恐惧、无助、迷失等成长中的惶惑演练为生命的绝望，让刀片像阳光一样亲近自己鲜活的身体？诗人说是那些古老的忧伤，家族的伤痛，又苦又咸的生活。但这明显是一个托辞，这些公共生活中泛化的屈辱确实会使鲜亮的青春

◇ 又是什么样的一种力量迫使21岁的青春要把在他人看来只不过是恐惧、无助、迷失等成长中的惶惑演练为生命的绝望，让刀片像阳光一样亲近自己鲜活的身体？

黯淡甚至污浊，但它们似乎并不具有致命的力量，致命的因素应该是个体内心深处埋藏的某种东西。那么诗人内心隐藏着什么样的秘密？

阅读靳晓静的诗歌，我们会发现里面充满了原型意象，季节、月、火、水、路、衣服、镜子都是她诗歌中反复出现的意象。当然，我们考察每一个诗人的作品，总能从中发现他情有独钟的原型意象。荣格把这种深入到人的无意识层里而被人广为理解的由观念和情感交织而成的模型指认为原型，这是一个高度限定性的概念，很难用一个词语准确清晰地表达出它全部含义的丰富与复杂，荣格也只是把神话、童话、上帝、母亲、智慧老人、人格面具、曼荼罗等列举为原型。后来的研究者，如米恰尔·伊利亚德则把时间、空间、历史本身、大自然中一切与人类相关的事物（包括山川、日月、大地、草木、星辰），以及人类生命与整个宇宙都看作是一种“神显”的原型存在，[①]因为日月、大地、河流、山川、石头、植物、动物、道路、农业等等都凝固着人类先天的模式与后天的认知经验，它们和人类的生活、信仰与行为休戚相关，是人类经验长期的积淀与人类情感相关的语词结构，所以它们既是神圣的也是普适的。这反映在文学创作中，则是每个作家都有扎根于自己心灵的特殊东西与特殊偏好，荣格把它称之为“自主情结”—— 一种具有无上权威的能够“驯服自我（the ego）去完成自己的目的”的心理意识。[②]

或许扎根于靳晓静心灵中的东西，是那些具有终极意义的、

①［美］米尔恰·伊利亚德：《神圣的存在》，晏可佳、姚蓓琴译，广西师范大学出版社 2008 年版。

②［瑞士］荣格：《心理学与文学》，冯川译，生活·读书·新知三联书店 1987 年版，第 117、114 页。

生命相关的情结，所以“路”“水”“夜”“秋”“镜子”等原型在她的诗歌中被不断地乔装打扮成各种面目出现，它们常常就隐藏在诗人对个体经验的言说与公共事件的表述过程中，成为诗歌隐在的言说对象，并且常常由于隐约的在场，沉淀为靳晓静独特的诗歌质地。

在这一组诗中，比较突出的则是对原型“路”的诸般言说。其实在她的写作中，“路”一直都是与生命形式紧密相连的原型意象之一，生命中的每一个故事和细节都被诗人演化为生命行进途中的一片风景一段插曲。如若按照诗人对童年、少年、青年、中年等生命阶段的书写来对她的诗歌做一个简单的编排，就可以相对清晰地看到一个生命的成长轨迹。

◇“路”一直都是与生命形式紧密相连的原型意象之一，生命中的每一个故事和细节都被诗人演化为生命行进途中的一片风景一段插曲。

三岁半时绕过看护自己的幼儿园的老师，悄悄地“穿着袜子从门廊中走出”，逃离幼儿园，留在记忆中的是“头顶是浩大的月亮/背后是干旱的平原”;(《逃离幼儿园》)

六岁时对乘着火车赶路的夜行人去向何方很迷惑，“什么人在夜夜远去”，成为孩子梦中不断的猜测与想象;(《铁道》)

十九岁时对青春遭遇过的特殊时刻的记忆，女孩子在正合适的年龄正好赶上恢复高考的机遇，于是“那一年”最普通的事情也对她具有了刀刻一般的力量;(《记忆：1978》)

对“我从哪里来”的惊奇，“巫师的手指轻轻一拨/如骰子一掷诞生我的星座叫双鱼”，于是“我”便有水与梦的混合气质;(《双鱼座》)

对确定“我是谁”的渴望，当“写下”那些从未谋面的爷爷奶奶和外公外婆的名字时仿佛感到“背上一阵阵暖和”(《我写下你们的名字》)，当看到那些生活在“千里万里外的松嫩平原”上的叔叔姑姑兄弟姐妹们与自己有着“一样的眉眼和嘴角”时，觉得自己

终于“深深地走进了故乡走进了血脉”;(《我吃惊那些脸庞》)

对女性身体的迷离,“一堆篝火 / 当我用舌头摹仿它旷世的火苗 / 泪水便从上面来浇灭它 / 那是滴下的水,是盐 / 那是我身体的一部分”;(《夜的颜色》)

对“我到哪里去”生命终极意义的寻找,走在去天堂的路上是那样的喜乐,“像被赦的乌云一样美丽”;(《去天堂的路》)

……

通过上面的编排,我们可以比较方便地给她诗歌中的原型意象“路”画出一个简明的意义范畴:一是与生命意义相关的人生之路,变形为生命各个阶段成长记忆的印迹;二是个体经验对“路”的最初含义之诠释,“路”,从足从各,从汉字的构形和意指上看就含有个体自主选择、决断之义,延伸为从生命经验展开对生命过程的思考与认识,即怀疑之路、认知之路、思想之路;三是与目标相连的实施过程,路,道也、途也。只要一脚踏上去,就得有一个行动的方向,不论你抱着一种什么样的行走的方式、速度、心情、态度,总要向一个目标进发,至于会有什么样的奇遇或遭遇那是上帝的安排;四是在终极意义上的归宿找寻,路在延伸的过程中把不同的地区和不同的人们联系到一起,把世界链接为一个整体,于是“在路上”成为人类由蒙昧走向了悟、个体走向社群、由尘世走向神明而展开的对生命终极意义的寻找行动。

◇只要一脚踏上去,就得有一个行动的方向,不论你抱着一种什么样的行走的方式、速度、心情、态度,总要向一个目标进发,至于会有什么样的奇遇或遭遇那是上帝的安排。

当然靳晓静采取的并非是一种自传式的写作,只是她的文本中有一种明确的“自主情结”以或显或隐的方式贯穿在生命过程之中。诗人的目标看起来是明确的,但如何用这样一个古老的意象去激活一个古老的命题,是一件并不讨好的事情,毕竟现在已经很难以纯粹肯定或否定的方式对原型意象进行本体的具象的写作。重启，需要借助多种道具来辅助演出。而诗人也更乐意从另一个事物去谈起，在谈论其他事物的过程中从侧面去再现或展现“路”的诸多本体性或隐喻的或象征的意义。

靳晓静首先采用的途径是给出一个具体的历史场域。一个特定的历史时刻对于一个国家、一个民族、一个时代总会具有某种重要的意义，但在文学中重大意义只有在落实到生活于其间的个体命运身上发生作用时其意义才开始生效。那么如何把一个“历史”的重大时刻和“个人”的重大时刻勾连起来，通常的做法是通过个体命运戏剧性的变化去投射时代“转折点”对历史和个人的影响。诗歌当然无法像小说那样为读者提供逼真的细节和详尽的过程，但诗歌可以通过一个特定的时间点去做提醒和暗示，把想象的优先权主动交给读者。靳晓静采取的策略也正是如此，她总是首先确立一个特定的时刻，然后推出一个具体的人物，一般是“我”，并对“我”从时间（年龄）上做出限定，比如给出一个具体的数字：3 岁半的幼儿，6 岁的儿童，12 岁的少年，19 岁、21 岁的青春等等。如此不厌其烦地把生命中成长的每一个阶段都标注清晰，其实是在给一个生命之点确立一个准确的位置。这就像在生命的坐标系下，向前是时间的绵延，向上是空间的伸展，时空的交错就是个体位置的定格，定格可以使历史的场域落脚在个人的命运身上。于是，一个被选定的人物在一个选定的时空与语境中将会遭遇什么，将会有着很大的暗示性与可预见性。如《记忆：1978》这首诗，有准确的时间，历史时间是：农历戊午年的 1978 年，个体生命时间是：那一年我 19 岁；有具体的人物：我，让我羡慕的刚考上大学的学生，疼爱我的上海舅妈，聪明可爱的表妹等；还有具体的事件：我准备高考，高考落榜，落榜后的旅行（探亲），火车上的经历等；还有具体的地点：芙蓉古城、火车

◇ 如此不厌其烦地把生命中成长的每一个阶段都标注清晰，其实是在给一个生命之点确立一个准确的位置。这就像在生命的坐标系下，向前是时间的绵延，向上是空间的伸展，时空的交错就是个体位置的定格，定格可以使历史的场域落脚在个人的命运身上。

上、上海、乡村；当然还有一些发生于其间的细节与30年后我对选定的特殊的时间点的诸般感慨。在这样一个清晰的提醒中，读者可以对诗人所陈述和抒发的一切做出相应的预测，并在期待视野的实现中达到一定程度的情感契合。

这种从一个具体的时间点追踪生命的历程，在追踪中讲述成长经验和创伤的做法，实际上来源于一种精神需要，就如哈特曼教授所说，这样做是为了“把令人惊讶的转折整合到一个一般的，程式化的形式里”。[①] 另外，它还有一个出人意料的作用，用划时代的方式对某一事件、运动或个体做出“之前”和“之后”的区分是一种决断的态度。一个被选定的时间点或重大事件往往被赋予双重的意义，既是一个休止符也是一个起始符，就如一个界碑立在生命的途中一般，既可以以此点去考察历史，把历史作为一个路向，又可以用此点来确立空间，把地方作为一个路标。

这是靳晓静诗歌的独特技巧，除此之外，她还有一个值得嘉许的本事，就是对古老的原型意象不断重写的能力，她用一种变化多端的生命经验去改装、变异、重组原型，从而使那些古老的原型与个人精神构成和谐的状态。靳晓静就像一个自耕农，生命过程是她的自耕田，生命经验就是她耕植的用来对原型进行不断转喻的农作物。我们试看她如何在童年经验中糅进“路”的原型：

◇ 靳晓静就像一个自耕农，生命过程是她的自耕田，生命经验就是她耕植的用来对原型进行不断转喻的农作物。

一个有梦的小女孩
住在铁道边
什么人在夜夜远去
雷声过后

① 谢琼：《从解构主义到创伤研究——杰弗里·哈特曼教授访谈》，载《文艺争鸣》2011年第1期。

天梯倒下

它的尽头耗尽我的想象

（《铁道》）

这首诗中有着强烈的变形，那轰轰隆隆的火车顺着铁轨的延伸而远去，仿佛一头扎进空茫的夜色中，将黑未黑的夜色中在近处看是清晰的，而极目所去的远处却是一片灰暗不明，一个运动中的事物，不管是一列奔跑的火车或一只奔跑的兔子，从清晰到灰暗到朦胧再到消失，而且消失的地方也越来越不清楚，这种变化常常会让孩子陷入莫名的迷惑之中，那些消失的东西消失到了哪里？那些看不见的地方又藏到了哪里？这些没人回答的问题带给她伤痛的刺激——“傍晚/铁轨的尽头/将空茫扎出血。”于是，夜色黯淡的时刻在孩子的眼里就是一个天空流血的时刻，让孩子感到恐惧不安的是，她弄不清楚是远方被扎出了血？还是夜色被扎出了血？却清楚地看到了伤口，“天边于是有一些红/有一些紫/有一些黑/如我最怕去的医院/那从伤口褪下的长长的绷带”。诗人用一个暧昧的细节把一种朦胧的场景和迷茫的心情给明朗化了，模糊的被明朗化让我们感到如此的惊骇，对生命归宿的体验无法不惊骇，哪怕是在一个孩子那里，那些从“伤口”中消失的人去往了哪里，耗尽了她童年的想象。

◇ 夜色黯淡的时刻在孩子的眼里就是一个天空流血的时刻，让孩子感到恐惧不安的是，她弄不清楚是远方被扎出了血？还是夜色被扎出了血？却清楚地看到了伤口。

伤口在成长的过程之中看起来会逐渐愈合，孩子时期的诸多的对莫明事物的恐惧和忧虑也会逐渐弱化，但这通常只是表象，内心深处的恐惧会在成年的梦中不断造访，你我不是常常在梦中一次一次地遭遇到童年创伤事件的情境吗？创伤只是受到了意识的压制而潜伏在潜意识层面罢了。那种曾经使我们心灵受到最高程度刺激的经验，会使我们的心灵的有效能力的分配受到永久的扰乱，要摆脱或适应都不是一件容易的事。[①]

我们也从众多的诗篇中看到这个“伤口”的不时隐现，如，诗人把穿着风衣出门的女人看作是“裹着绸缎的矛”，并忍不住向神灵发问，“神啊，你为霜露定时辰 / 为雷电定道路 / 我该怎样让落叶回到枝头 / 让河水倒流 / 让火星的光再近”(《在秋天，我怀抱着空》) 这个质问多么像那个六岁的女孩对着流血的天空的追问，为什么总是你把那些坐火车的人藏得越来越远，我却不能把他们拉得越来越近？后来，不再为消失的事物而恐惧，是因为把恐惧转换为一种挽留的愿望——把愈去愈远事物拉到近处的此时此地。其实这个愿望也不过是对于生命必然结果所采取的一次无可奈何的抵制而已，对于诗人来讲，她内心清楚，远和近都有着一种无名的力量让她慌乱，“太远和太近都是一种距离 / 它使人不舍，像水离开了河床 / 便没有河流这个名字”(《写给爱过姐姐的男人们》)。随着生命的生长，终于有一天，或许创伤早已结痂愈合，不再为之紧张。但是它却可能长成一种定式思维在心灵中扎根，不时地浮出心灵的水面从最普通的日常情境中吐出泡泡。

那一日，大地用落日的光点燃
日出的光千年之交的那一天
地上人群拥挤我带了一个盲人
过马路，他的手杖敲在地上
在二十世纪最后一天的黄昏
这盲人，我不知道他要去哪里
(《记忆：2000》)

---

①［奥］弗洛伊德：《精神分析引论》，高觉敷译，商务印书馆1984年版，第216页。

这几乎是一种习惯性的追问，你要到哪里去？他要到哪里去？人们都要到哪里去？在一个世纪和一个千年就要转身藏在背后的时刻，有人迷醉有人清醒，“美国的时代广场万人狂欢如醉”，巴西“数百万人在雨中的海滩上舞蹈”，“我和先生靠在自家小小的窗口”，记者们正守在产院“等着本城的第一个世纪婴儿的出生”，不管是迷醉还是清醒，大家似乎都居于某一个位置显示自己对于新千年这一重大时刻的态度，但过马路的盲人不紧不慢地走着，他的手杖敲在大地上，嘣、嘣、嘣地响着，他要到哪里去？这里，诗人直接把最基本的原型意象大地、落日、光安插进诗句，却不对它们做出过多的讨论，而是以时间为路向来追问那个古老的命题，只是这一次，“路”是在一个盲人的脚下展开，而具有了更复杂的意涵。

从上面简单的分析中，我们就可发现，诗人是把个体的自主情结化作绕指柔水一点点地揉进具象的个体经验与公共事件之中让其发酵，然后对其搓捏、雕琢，最后才能放到心灵的火笼中蒸烤成为她所设想之物。于是我们也就看到，那些最简单的事物最简单的事情中仿佛有扯不尽的游丝织成一把可以随处飘移的琴瑟，文字仿佛就是那被不断弹拨出的音符飘荡在四周，不时地与我们的目光、身体、内心碰撞，让我们为之欣喜也被其震动。奇妙的感觉或许正是这些被启动的原型又一次地以其永恒的力量对我们发散出神圣的召唤，而诗人则在弹拨原型意象的曲式中表达着她对历史情感、时代生活、个性精神的诸般感慨，让飞扬或旋转的乐声，漂浮其“还乡”的梦想：

◇ 那些最简单的事物最简单的事情中仿佛有扯不尽的游丝织成一把可以随处漂移的琴瑟，文字仿佛就是那被不断弹拨出的音符飘荡在四周。

雪花要返回雪乡
这念想梦一样轻盈

我在天空中步行
在松花江和嫩江
我要找到双鱼座的来由
当我在松软的平原上
凝视祖母望过的星星
我自言自语：我看见了……
《我想以一首诗返乡》

探险：让风景成为地方

诗的梦行为：试论徐玉诺无意识写作的现代性

河南诗人徐玉诺（1894—1958），河南鲁山县人，先以小说创作走向文学道路，后以诗人之名立足于文坛。他在开始创作后的短短两年时间，写下了大约三百余首诗作，并出版了两本重要的诗集《雪朝》和《将来之花园》，前者为文学研究会同人首次出版的新诗合集中的第4册，于1922年6月由上海商务印书馆出版，后者是1922年8月商务印书馆为其出版的个人诗集，是中国新诗史上继胡适、郭沫若、俞平伯等人之后的第8本个人诗集。两本诗集的出版，使徐玉诺成为文学研究会早期最重要的诗人之一，叶绍钧、郑振铎、王叔任、闻一多等人先后给予了他很高的评价。[①] 徐玉诺也因此赢得了浪漫的现实主义诗人之声名，这主要是由他的作品决定的。按照传统分类法，徐玉诺的诗歌大致可分为三类：一是以爱与美为主题的小诗，可以看作是徐玉诺对家园与理想的构想与书写；二是以农村生活为题材的作品，是以20世纪20年代“为人生”的代表，可以看作是对被摧毁的现实之记录；三是以梦幻与情绪等无意识再现为主的作品，是徐玉诺在现实的摧毁与理想的空洞之纠结中所展现的对诗歌现代性的追求。在这些作品中，以第二类

① 徐玉诺：《徐玉诺诗文辑存》，秦方奇编校，河南大学出版社2008年版。

作品，即以河南鲁山地区遭受的匪患、战乱、自然灾害、饥荒、贫穷等各种天灾人祸给家乡人民带来的不幸生活以及给诗人本人身心留下的折磨之描绘，尤为撼动人心，徐玉诺也因此被诸多新文学的史论家定位为20世纪20年代“血和泪”的代表。

目前，学界对徐玉诺的关注也多侧重于研究他的第二类作品，小诗类作品和梦幻类作品方面的阐释则比较少。但在小诗中他大量采用河南地方性经验与方言入诗，为自由体诗和韵诗初步结合做出了尝试性的探索，而那些梦幻类作品中因采用了类似超现实主义或现代主义的艺术手法，更为现代新诗本体的发展提供了重要的实践意义，且更好地记录了在那一时期一个青年诗人，甚或一类青年所表现出的心理历程，为今天我们理解那一时代情感结构的发展变化提供了较为生动的文本。基于此，本文将主要以徐玉诺的“梦幻诗”为例，分析诗人在现实主义深切关注与现代主义诗性追求的纠结下为新诗在文体、语言、结构等方面所做的探索与努力，并期望在探讨中能对一些问题做出思考。

◇ 在小诗中他大量采用河南地方性经验与方言入诗，为自由体诗和韵诗初步结合做出了尝试性的探索。

一

“梦幻体”是古之既有的文学样式。在中国，梦幻文学源远流长，从《诗经》《楚辞》肇始，在水一方、庄周梦蝶、丽娘还魂、神游太虚、羽衣梦、黄粱梦、南柯梦、金屋梦、梦中梦等诸多经典梦幻使中国的梦文化异彩纷呈。在西方，“梦幻体”（Dream Vision）是中世纪诗人广泛采用的一种叙事形式，法国的寓言诗《玫瑰传奇》是梦幻体诗歌的范例，作为中世纪诗歌之最的《神曲》也是梦幻体作品。中世纪之后，梦幻体虽不再流行，但还是出现了班扬的《天路历程》、济慈的《海披里昂：梦》、卡罗尔的《爱丽丝漫游仙境记》、乔伊斯的《芬尼根的觉醒》等杰作。不过徐玉诺最早时期关于梦的写作并不突出，但随着写作的继续逐渐有所突破，并逐渐成为他文体的一种特质。我们以作品来观察此种变化，先看最早时期的一首小诗：

刚才是梦，
现在是梦呢？
在那里我是一只小鸟；
温柔的山石，
浓香的树林，
围绕着我；
我正要飞且鸣了，
现在是梦，
刚才是梦呢？
我是一个孤独的堕废者；
北风如刺，
冰雪盖地，
没有黑夜和白昼，
我不止地蜷缩着我的四肢和躯体，
我将蜷缩至于没有！
我将变作这寂寞而寂寞中的一点了。
(《谜》)[①]

这个“梦”有着极大的不真实，因为在梦里情感组织是无意识的，处于个体无法控制的状态，而诗中的情感组织是有意识的并

① 秦方奇编校:《徐玉诺诗文辑存》，河南大学出版社 2008 年版。本文所选徐玉诺诗文皆引于此书，不再另注。

◇ 在梦里情感组织是无意识的，处于个体无法控制的状态，而诗中的情感组织是有意识的并具有某种社会性，飞鸣的小鸟、温柔的山石、浓香的树林，更像是一种“向往”，是针对北风如刺冰雪盖地的现实环境而构设出的一个“幻象”。

具有某种社会性，飞鸣的小鸟、温柔的山石、浓香的树林，更像是一种“向往”，是针对北风如刺冰雪盖地的现实环境而构设出的一个“幻象”。说明诗人试图把这个梦阐释为某种具有象征或隐喻的过程，或者说诗人借“梦”入题来展现他的真实心情“寂寞”“孤独”“倦怠”，还有“不知周之梦为蝴蝶与？蝴蝶之梦为周与？”的疑惑与怅然。显然，徐玉诺是了解“庄周梦蝶”所蕴含的深意，除却哲学与美学的意义之外，庄子在追问自我存在过程中，那种神圣的乡愁与精神家园失落的哀呼，在这首小诗中也略有表述。

从早期的文本看，徐玉诺对“梦”最初的言说，多是以个体经验为基点而展开的，所写的梦的内容也比较符合自身的情感气质，梦到了欢乐的童年甜暖的回乡与亲密的友朋，他就不愿分清哪一个是梦哪一个是真，而恐惧和无助的梦，就会在梦里都暗自祈祷，“不一定是真实！”由此推测，徐玉诺此时关于梦的写作中，虽对“梦”有所思考，但并没有深入到内在人格心理结构方面或者从精神分析学上进行深思，最初也许更像是一种无意识中的无意识选择，然后无意识中达到了对无意识结构初步的认识。比如他后来的作品，非常简单明晰地道出了梦的机制，“什么是梦；什么是实事？/ 不过是人类记忆界的间隔；/ 在这里，必须离开那里。”（《一六・小诗・一》）还说：“人类生活着，同小羊跑进草场一样，可以不经意地把各色各样的草吃在肚里，等到晚上卧在牢圈里，再一一反嚼出来，觉出那些甜，苦，酸辛……”（《记忆・一》）徐玉诺在那一段时间也许遭受着某种焦虑，他曾在一首小诗中写道：“人生如同悬崖上边的一枝枯草；/ 被风吹折，/ 颠颠连连的堕落下来了。”（《鬼火・枯草五》）在另一首小诗中甚至说：“人生最好不过做梦。/ 一个连一个的，/ 折盖了生命的斑点。”（《小诗》）

这些话像是一个有着火一般热情的年轻人在意识到人生无意义

或渴望人生有意义时发出的愤懑之言。事实上，此阶段徐玉诺在诗歌事业上是一帆风顺的，他在1921年春夏之间由郑振铎介绍加入文学研究会，这年暑假他正好完成在开封一师的学业，需要为生计谋取出路，于是就由文学研究会同人介绍到北京谋生，并致力于文学创作。1921年下半年到1922年，徐玉诺的写作进入了爆发期，诗歌、小说、短剧等频繁见诸报端，文学研究会在1922年出版同人诗集《雪朝》时，共选了徐玉诺的48首诗，远多于周作人、朱自清、郑振铎等人，另外他同年出版的诗集《将来之花园》也得到了众多好评，《小说月报》上连续登载对他作品的评论。也许这些无法保证衣食温饱，加上年轻人总会有些难以施展的抱负与远离家乡的孤单，郁闷落寂的情绪自然会有。可以说，徐玉诺的这类诗更像借“梦”为媒介来发泄一些情绪的波澜。因为一个人在做梦的过程中，他的本能愿望、希冀、忧虑和爱，都可能被任意性的记忆形象取代，这些形象实际上是由简单的无意识愿望的情感纽带联系在一起的。我们做梦的时候，梦境是真实的，在梦里，我们仿佛真的遇到了那些情境并经历着那里的事情，事情是那样的生动，生动是和某种情感因素相连的，所以我们梦中对所发生的过程会有深切的知觉体验。只是在醒来之后，我们无法记起梦中的全部，才会感觉到梦境的不确定性。因此我们应该把梦的显象表达看成是经历重现、暗示、恰似、反相之后的“非原物表达”。[①] 即梦的内容则常常是与个人愿望相反的意涵表达，按照弗洛伊德的说法，梦就是人脱开现实，在无意识状态中沉淀了的关于自我、个人、生命本能的反映，它常常泄露出个人的内心状态。[②] 因而我们常说梦是日常事物的隐秘编码，不过在梦的编码排序中，人事与物事、经验与幻想、现实

◇ 我们做梦的时候，梦境是真实的，在梦里，我们仿佛真的遇到了那些情境并经历着那里的事情，事情是那样的生动，生动是和某种情感因素相连，所以我们梦中对所发生的过程会有深切的知觉体验。

① 刘恪：《词语诗学·复眼》，河南大学出版社2008年版，第197页。

② [奥地利] 弗洛伊德：《释梦》，孙名之译，商务印书馆1996年版，第37页。

与虚构都处于一种离散又混乱的纠缠中，各种事件在变形、错位、分裂、组合的场景中保持一种运动状态，拼装成奇形怪状的图画，使我们感觉到身处在一个混沌的世界里不能自主，那些看似陌生的梦中之物又往往有着真实的熟悉与仿佛的相识：

> 不晓得我正在忙些什么，大概是在讲台上；总有些小耗子在我身上，头发里，窜来窜去的不住的跳跃着。当我听见母亲叫我的乳名的声浪时，我就走出了这层梦景；我已经在一条繁市的街上了。但是这一条街没有一点可以引起我的记忆的东西。
>
> 我挤挤抗抗的走着，只觉得我的舌只有些小小涩滞而冰冰的东西，我吐了；呵，那是我大而方的一只门牙！……
>
> 这事情再恶不过了；不知怎么，那牙就一个一个的都从我口中跳出；我满口没有一个了。……
>
> (《梦》)

◇ 我们总是记不住梦是如何开始的，记得的往往是梦在惊恐万丈中展开。

诗人在这个梦中遭遇的，是我们都有过的体验。我们总是记不住梦是如何开始的，记得的往往是梦在惊恐万状中展开：牙齿一颗颗折断，头发一把把脱落，血从没有伤口的地方汩汩流……在恐惧惶然中你希望得到帮助，你也很清楚该向哪里去寻求帮助（比如到医院去），但是你一直很熟悉的地方很熟悉的人在你抵达的那一刻忽然变得非正常，你的呼喊总是有形无声的，同一梦境中的你我他之间似乎竖着一层隔音的真空，任凭你如何呼喊号叫，越是希望有人听见别人越是给你一个“置若罔闻”的背影，梦中的声音似乎是被消音的，有声无响的梦使原本的恐惧又增加上一份不知所措的焦急。

值得重视的是，徐玉诺诗中的这些梦幻经验并不是完全按照某种社会性观念去写，而是多采用对无意识状态的直接记录。此种手法在当时就引起好友叶圣陶的注意，叶先生曾在《玉诺的诗》中说："他并不以作诗当一回事，向猎人搜寻野兽一样；当感觉强烈、情绪奋兴的时候，他不期然地写了。"① 徐氏的诗句确实像是在一种感觉与情绪裹挟下自动流淌的结果。这个时候，是西方超现实主义兴起之际，超现实主义的诗人们提出的"自动写作法"（Automaticwriting）② 是一种完全靠在无意识思维冲动下不由自主地写作的方法，他们也探究梦的材料，喜欢在睡和醒来的心理状态中或自然地人为地造成的幻觉中，以陈述离奇古怪的梦幻和梦魇或并列看似毫不相干的意象等令人震惊的手法来实现艺术的创新。

不过，把徐玉诺的无意识写作看作与西方超现实主义的"自动写作"为同一内涵，则并不符合历史事实，因为二者的宗旨是极不同的。西方超现实主义的目的是"想通过惊心眩目的自我反省，有步骤地照亮那些隐秘的地方，逐渐使其它领域模糊不清，从而完全恢复我们内心的力量。"因此他们是"砸烂一切链条的破坏者"——"反抗所有对艺术的自由创造的限制"。③ 易言之，超现实主义在抛弃既得文明成果中追求的是显示出自在的、具有原始本性的人并真正成为自由的人。徐玉诺的目标也许只是有意识地去探索新诗的文体形式。在 1922 年 4 月 2 日的《时事新报·学灯》中，刊载着一首同题诗，从发表的时间与内容来看，可以看作是上面我们刚讨论

◇ 超现实主义在抛弃既得文明成果中追求的是显示出自在的、具有原始本性的人并真正成为自由的人。徐玉诺的目标也许只是有意识地去探索新诗的文体形式。

① 叶圣陶：《玉诺的诗》，《文学旬刊》1922 年 6 月。

②［美］艾布拉姆斯：《文学术语词典》，吴松江等译，北京大学出版社 2009 年版，第 621 页。

③［法］乔治·塞巴格：《超现实主义》，杨玉平译，天津人民出版社 2008 年版，第 63 页。

过的那首《梦》的原初本。它的开头就有很大的不同：

> 我不晓得什么是不祥！我是时代上的游客，那一层一层影戏一般的梦景与我有什么关系呢？
>
> 不祥么？……或者……
>
> 记得母亲曾告诉我说过，梦见了亲人叫他的名字，或者掉牙是不祥的。呵，我不晓得我正做什么；大概是一个粉末乱飞的讲台上，我手脚不停的忙着，不知道怎么，总有些小耗子在我身上，腋下，甚至在我的乱发中窜来窜去跳跃着。

对比两首诗，可以看出徐玉诺在修改时是有所追求的。在原初中诗人展现的是梦幻人恢复到清醒状态时对原生态梦幻情景的回忆和追述，是一种对于残梦的修复，而从“我是时代上的游客，那一层一层影戏一般的梦景与我有什么关系呢？”来看，徐玉诺是有意借梦来转喻现实处境或情绪的。修改时诗人有意抹掉了自己在回想梦境时的主观感受，把梦的非理性直观地呈现出来，梦的内容虽然几乎没变，但句式的处理、情绪的跳动、画面的转接变得紧张而急切，如一场精神无意识的自动演出。我把这种手法暂且称为是徐玉诺式的“无意识写作”，此后，徐玉诺的诗中出现了大量的此种写作现象，而这些以梦的思维与表达方式尝试写出的文本，为诗歌本体的发展提供了一些很值得探讨的东西，其中还不乏优秀之作。

二

“无意识”这一概念在 20 世纪被指认了前所未有的意义。弗洛伊德认为无意识是个人早期生活，特别是童年时代的压抑构成的种种经验。荣格认为无意识并非是一种被遗忘的回忆所形成的、被抑制的意识，而是一种最原始的天性，是普遍存在于我们身上的一种人类共有的经验，它与“个性心理是相反的，具备所有地方所有个人大体相似的内容与行为方式”。[①]弗洛姆则认为潜意识既不是弗洛伊德所主张的非理性能力，也不是荣格所说的种族先天遗传的经验的神秘领域，而是我们在和外界断绝交流的情况下的心理经验，一种和生活的特殊方式（“无为”Nonactivity）有关的经验。[②]马利坦则在此基础上把无意识分为精神的无意识与自动的无意识两种，处在生命线上的精神无意识被看作是隐藏着灵魂全部力量的根源，而自动的无意识则可以看作是由本能、倾向、情结、被压抑的想象和愿望、创伤性回忆所构成的一个紧密的或独立存在的物力论整体的前意识，在具体的存在中，这两类无意识同时在各自的心理活动领域发挥作用，对意识活动的影响或多或少相互干扰和混杂。[③]

◇ 对于现代诗人来讲，无意识结构所具有的这些非线性、随机性与瞬息万变的不可预知性，恰好可以成为诗创造性与直觉灵性生成的光点。

对于现代诗人来讲，无意识结构所具有的这些非线性、随机性与瞬息万变的不可预知性，恰好可以成为诗创造性与直觉灵性生成的光点。但无意识结构首先只是一种客观实在与精神实在，而不是一种艺术形式，如何给无意识结构赋予现代诗的形式却并非易事。徐玉诺对无意识的寻找主要通过这样的途径，即从梦境或幻象所特有的无意识特质中寻找其与现代诗的同一性。徐玉诺经常用词语制造一些梦幻般的情绪，先看这样一首小诗：

徐玉诺先生之地板才算奇怪的，……没法说；
不知道是他的脚小呀；也不知道是地板的木纤维的空间；

---

①［瑞士］荣格:《心理学与文学》，冯川等译，生活·读书·新知三联书店 1987 年版，第 2 页。

②［德］弗洛姆:《梦的精神分析》，叶颂寿译，光明日报出版社 1988 年版，第 20 页。

③［法］马利坦:《艺术与诗中的创造性直觉》，刘有元等译，生活·读书·新知三联书店 1991 年版，第 97 页。

他走动起来。总是跳黑井一般，一下一下都埋没在地板里。

（《徐玉诺先生之地板》）

这些语言是现象、声音、动作、感觉在画面中的跳跃运动，有一种古怪的非理性、非象征的弹跳，这正是梦的特征。我们看到，“徐玉诺先生”“地板”“脚”“地板的木纤维的空间”“黑井”，这些相互之间没有合理关系的（即在外部现实世界看来不相干的）词语被搭配在一起，形成一种极为对立反差的内部结构。词语与外部现实世界间存在的联想似乎被拆开，在混乱的逻辑次序中，表象、幻象、意识交错重叠，形成不确定的状态，让我们猜不准诗人是在传达什么样的体验，情绪的？思想的？心理的？欲望的？还是感觉的？

这是一种恰似直觉写作的写作，遵守现象拼贴的原则，对零散客观世界与精神世界做结构性的组织，把幻想与梦境、个体意识、历史、现实等等的体验直观地再现出来，让现象还原到本初的状态。这类似于马利坦所言的创造性直觉的结果，在精神的无意识中通过对事物的情感契合或通过事物的同一性，获得对个体自我和事物的隐约把握。这一特点反过来也十分典型地体现了梦的无意识运作，它很好地证明了自身的现代性，考德威尔早就指出：现代诗在本质上和梦相像，现代诗由词语组成，是非象征的、非理性的、具体的、有节律的，并以浓缩的情感为特征。梦也是非象征的、非理性的；现代诗在技巧上也和梦相像，梦的特征是做梦者在梦里总是扮演主角，总是在场或者以种种伪装的形式出现。同样的自我中心态度是现代诗特有的，现代诗永恒地为一个共同的“我”代言，一切感情经验都以本能和“我”为中心。因而，现代诗中的梦幻之作

◇考德威尔早就指出：现代诗在本质上和梦相象，现代诗由词语组成，是非象征的、非理性的、具体的、有节律的，并以浓缩的情感为特征。

在某种意义上则可以说是梦的艺术形态化结果。[①] 但我们也清楚，通常的语言很难表达梦幻的世界，由于梦幻的无条理性和离奇古怪，类似于精神错乱者的胡言乱语，诗人需要把意想不到的含义赋予通常的语言，需要写作自动进入一种感觉、一种语言状态，并在展现事物中把诗人的主观性、事物的表面实在和奥秘的含义一道展现出来。随着写作的逐渐成熟，徐玉诺以梦的思维与表达方式写出的作品，很好地实现了这一点。比如《火灾》一诗：

火车来了；轰轰，轰轰，铁轮在铁轨上清风一般的过去。……有一只腿或是一个小孩在铁轨上，那一定成两段！红血留在铁轨上。

一块火红的铁落在我的脑盖上，我再也挣扎不掉！——我所有的头发快已烧尽，渐渐烧着我的头骨了！我听见燃烧的火声了！

炸弹落在地上，快要炸裂了。

魔驼跑来，把一个小姑娘撞到，踏在底下了。

一个枪弹窜入我腹中，凉凉地，我软软地躺在地上。

一只枪又发火了！

已死的小孩是不能再看一眼，不能再抱起来的……引起一群小孩子向前走着，忽然我们的左右前后都是阱了。

(《打不断的念头》)

这些诗句由于使用了混沌、幻想、错综的手段，意境变得朦胧迷离，一切物体都处在非稳定状态，火车的轰轰声、铁轨、小孩

---

①［英］考德威尔：《考德威尔文学论文集》，陆建德等译，百花洲文艺出版社 1995 年版，第 119—209 页。

子、血、枪弹、我、脑盖、头发、魔驼等语象和语象之间也不是逻辑关系，而是直觉的相似性联系。主体在梦幻状态下飘忽、流动，其变化趋于蒙太奇的拼贴，熟悉的事物变得非常陌生，陌生的东西变得非常真切。因而阅读此诗，我们似乎能听到各种毁灭的声音在崩炸、狂叫、碎裂、轰塌的交响中混杂，混杂不是为了相互掩盖，而是为了相互衬托，各种声音的共时在场带来的是一种混合着刺、扎、撕、裂等多样的身体痛觉，多样的身体痛觉同时发生，产生的效果是身体的关关隘隘都被刺激着，各种念头伴着身体的感觉也纷乱撞入脑海。声音、意象、触觉、思绪的交织网结出一个具体而真切的“现场”之中，我们会不由自主地被拉过去，与诗人一同感受着这份纷杂带来的刺激。这说明徐玉诺通过各种物象在变形、异化、非线性化结构中呈现出非理性画面的目的，不但是为了传达他个人的情绪体验，也是在尝试对诗体的艺术探索。

◇ 各种声音的共时在场带来的是一种混合着刺、扎、撕、裂等多样的身体痛觉，多样的身体痛觉同时发生产生的效果是身体的关关隘隘都被刺激着，各种念头伴着身体的感觉也纷乱撞入脑海。

事实上，现代诗和梦也确实有着自由联想和有导向的感受之间的差别，在梦里，情感组织是无意识的，它是属于个人的，而在艺术里，情感组织是有意识的，因此包含着更多的社会性。[①] 所以，从那些现代梦幻体的作品中能够同时看到，一个时代中的各种力量对个体有形无形中可能施加的种种压抑，个人无意识中的欲望所在以及它与社会现实之间的关系。再看此诗：

◇ 从那些现代梦幻体的作品中能够同时看到，一个时代中的各种力量对个体有形无形中所可能施加的种种压抑，个人无意识中的欲望所在以及它与社会现实之间的关系。

没有恐怖——没有哭声——

因为处女们和母亲早已被践踏得像一束乱稻草一般死在火焰中了。

只有热血的喷泼，喝血者之狂叫，建筑的毁灭，岩石的崩

①［英］考德威尔:《考德威尔文学论文集》，陆建德等译，百花洲文艺出版社 1995 年版，第 119—209 页。

坏，枪声，马声……轰轰烈烈的杂乱的声音碎裂着。

没有黑夜和白昼——

只有弥满天空的黑烟红火，翻反的尘土焦灰流荡着。

我们晖醉，东倒西歪的挣扎着……我们的脚下是死的放着热烈蒸气的朋友，兄弟姊妹的身首；呼吸的是含着焚烧亲人的香气；我们喝的是母亲的血……

——没有诗，只有快要酸化的心底跳动

(《火灾》)

此诗通常被认为是徐玉诺的代表作，通过揭露兵、匪、战争给老百姓带来的苦难和不幸，去积极响应文学研究会提出的“血和泪的文学”之倡导。这种说法是符合实情的，诗中的事物（热血、黑烟红火、尘土焦灰、枪声、马声），人物（女孩子、母亲、死了的朋友和兄弟姊妹），场景（被践踏、万物毁灭、焚烧尸体、挣扎、喝血），事件（死亡，火灾，战乱）等等——它们都携带着“特殊”情感的固有形式——世界末日之惨烈，而这些不幸的出现完全是由于人为的作恶，而非自然力量的促使，诗人如此描绘苦难本身、苦难的程度、苦难的缘由，无疑是有着厚重的情感评判的。徐玉诺确实是一个深切关注现实的诗人，他的《有仗恃的小孩》《夜声》《疯人的浓笑》《假若我不是一个弱者》《十一个囚犯》《最后咱俩换了换裤子》等众多诗歌作品和大部分小说，或许都可以看作是他实践“为人生”的文学主张所做的努力。即使在他巅峰时期写下的《失败的赌徒们》《恶花》《路上》《疯人的浓笑》等极具现代性诗绪的作品中，也总是不乏诗人对现实的深切关注与同情。

这正是徐玉诺特殊的地方之一，他原本是一个性情浪漫的人，热爱家乡却无法实现返乡的梦想，他最想写的是那些歌颂自然、家园、爱与美的诗，可亲身经历、目睹的人间惨况又迫使他不得不以笔作为武器去承担中国传统文人士子那一份为生民立命的情怀，因而他这些类似现代主义或超现实主义的艺术手法既不是为了追随艺术的非功利思想，也不是为了创造一个比所处生活和社会更“真实”的新的美学世界，很大程度上，诗人是希望通过此手段更好地呈现现世民生正在承受的不公平、非人道之实情来对社会实施影响。所以通常把他简单地归入现实主义作家的阵营，可当我们过多地把目光聚焦在诗歌的内容与主题上，无形中就会“忽略”了他对诗歌文体建设所做的工作。徐玉诺作为早期文学研究会最重要的诗人之一，虽然奉行的也是“为人生”的文学主张，但他还是在以社会革命语言为公共修辞的语境下曲折出了一种只属于他自己的私人修辞。缘于此，徐玉诺“梦幻诗”写作在今天看来也许更有意义。

政治无意识下乡土抒情的迂回:以苏金伞为例

河南诗人苏金伞热衷于用乡土语言去描述乡土精神，从20世纪30年代后期到40年代，他以《斑鸠》《眼睛都睡红了》《货郎挑》《无弦琴》《摘棉花》《大树》《我们不能逃走》《腊月是结婚的日子》《破草帽》《三黑和土地》等一系列作品，逐渐形成了乡土抒情的诗风：不仅他诗歌的内容是地方的，诗中无处不在的也是地方经验、地方风物、地方人物与地方精神的呈现，并且他的语言也是地方的，苏金伞基本上是采用豫东方言来写作的，他用方言来描写细节，用方言作为讲述性话语，用方言直接对话，甚至作为一种思考方式。但这只是事情的一个方面，另一面却是：苏金伞的写作从一开始就笼罩在艺术与政治的相互纠缠中，在对乡土精神展开抒情与描绘时总是不自觉地掺入一些革命话语；当主流话语要求诗人在统一模式化中实现文艺为政治服务时，又试图采取一种迂回的方式，要在革命话语中保留住个体的差异性与独特性，要在歌颂中呈现生活与情感的真实，这自然让他遭受了多次的政治批判；80年代，他重又开始对乡村诗意展开浪漫的追怀，并有意对乡村社会艰难的生存处境采取遮蔽的措施。因而在他的作品中，不时地隐现着个体愿望与主流话语的微妙博弈，这种博弈反过来也形成了创作中一个引人深思的现象，当诗人拥有写作自由时，潜在的政治无意识总是干扰他在一个更加深广的视野中展开对诗艺的开拓，而一旦失却了写作的自主权，诗人意识反而被加强，开始重视艺术独立的意义。那么诗人如何在文学与政治之间保持平衡?

一　乡土抒情里革命话语的涌动

在苏金伞的诗中，农民与土地有着非同寻常的关系：泥土具有生命守护神的象征意义，既为万物的生存与生长提供适宜的水、养料、温暖、憩息场所，也是身体与心灵的守护神和生命最真实的“依靠”：

我们不能逃走，
不能离开我们的乡村：
门前的老槐树有祖父的指纹，
——那是他亲手栽种的；

池边洗衣石上有母亲的棒槌印，
水里也或有母亲的眼泪，
——受了公婆或妯娌们的气，
无处摆理，泪偷滴在水里；

还有，地里红薯快熟了，
根下挣起一堆土
凸吞吞的像新媳妇的奶头；

场上堆着没有打的黄豆，

热腾腾的腥香向四面流。

这一切我们都不能舍弃，
怎肯忍心逃走？
（《我们不能逃走》）[①]

在这首诗里，根据诗人所描述的生活习惯，我们几乎可以勾勒出一个相当完整的生活场域。诗中所展现的这些地方性习俗和生活状态，像那留着祖父指纹的老槐树，滴着母亲眼泪的洗衣池边，被手掌磨出光滑汗窝的犁雁和锄杠，陪伴着姑嫂纺花的蛐蛐声，地里长势很好的庄稼，农家小院中的一声声驴踢槽、鸡下蛋、羊入圈的热闹……都是生命乐章中必不可少的协奏。这正是当时（并向后延续了几十年）河南农村最普遍的生活常态，在这里，天空、土地、树林、花草、鸟虫与人自在从容地的生活在一起，构成一个诗意的世界。诗意的世界并不是没有烦恼的世界，我们看到在这些细节的描写中，一个时代的地方特有的生活方式，以及在这种生活方式中所形成的人物性格：祖父作为一家之主，其角色就像门前的老槐树，巍然地象征着一个门户的尊严。作为一大家子的儿媳，要在勤劳能干的基础上学会承受、忍让、包容，受了委屈或有了烦恼，只能悄悄地把眼泪洒落在洗衣的河边，因为那里可以很方便地掬一把河水到脸上。孩子们则从小养成了一种顺应自然的性情和生活态度，月光下的捉迷藏、野地里的捉蛐蛐就是最快乐的游戏，寒冷冬夜祖母纺车的吱扭声就是最适意的催眠曲，至于生活的艰苦和劳累，只需要一只斑鸠在树上拍拍翅膀就可以飘散了。

◇ 诗意的世界并不是没有烦恼的世界，我们看到这些细节的描写中，一个时代里的地方特有的生活方式，以及在这种生活方式中所形成的人物性格。

① 苏金伞：《苏金伞诗文集》，李铁成、苏漫编，河南文艺出版社 1998 年版。本文所选苏金伞诗歌文本皆出于此，不再另注。

苏金伞的诗中有很多对这种乡村经验的诗意描写，也可以说乡村经验一直都是苏金伞最为热爱的题材，他往往通过一种具体的习俗展现乡土世界特有的生活状态：

腊月是结婚的日子，
你看花烛像红襟鸟，
从山丛林莽间飞回；
山中一声炮，
群山都哗笑着粉碎了；
铎声在野风里涨，
淹没了一个村庄又一个村庄
这一片小小的平原，
全沦为愉悦的汪洋。
（《腊月是结婚的日子》）

把腊月作为婚期是一种传统的习俗，它符合农业社会最基本的耕作与休养生息的安排。由于农业社会中人们的生活和工作不仅要受到空间（土地）的制约，也受到时间（季节）的制约，尤其在中原地区，分明的四季早已成为人们安排劳作与生活的根本性依据。春来播种耕植，夏来收麦种豆、采桑剥麻，秋来既抢收又抢种，到了冬季，寒冷封锁了大地，大地的休眠成为调节人们生活与身体的最佳安排，一方面人们在冬季的休息调养为来年的生产劳作积蓄力量。另一方面，空闲可以把分散的个体召唤到一起来举办各种活动。尤其是腊月，这个“合聚万物而索飨之也”[1]的月份是一个祭

①（清）朱彬：《礼记训纂》（上），中华书局 1996 年版，第 397 页。

祀众神的时节，在让“土返其宅，水归其壑，昆虫毋作，草木归其泽”的祝祷声中，祭祀活动实现了完善的生态循环之祈愿，也把幽居于寒冷中的人们黏合在一起。如果从农业仪式来看，婚宴的举行也是对大地、农业丰产的一种献礼，通过年轻人的结合，性的狂欢促使漫长闭锁的冬天复苏，它可以唤起促发万物苏醒的力量，为新一轮的耕种敲响锣鼓。

我们知道，在中国现代乡土文学的发展过程中，乡土小说从鲁迅始展示的就多是严峻残酷的中国乡村存在与充满矛盾和问题的乡村人际关系，文化传统、社会伦理、民情风俗都被拉入批判的行列，批判语言的性质决定了大多数乡土文学的悲剧苦难性。乡土诗歌中也有这种现象，从“为人生”的文学研究会始，乡土的批判与期盼就是在交织中展开的，到了1937年抗战后，艾青、七月诗派、臧克家等诗人虽倾力建造了一个“土地诗学”，但他们的内在动因多是为了表达对中国乡村社会生存状态的热切关怀，很少有人把精力投注到对乡土世界的节令、习俗、劳作和生态的“观看”上。

基于此，苏金伞的写作有着特别的意义。我们知道，一个群体的精神和历史总是投射在他们日常生活中的行为方式与风俗习惯上，如果要呈现人性与世态之真相，就须从最细小之物的细节中发掘那些对人们具有实质性影响的事物本原。苏金伞有把握这样一种细节的能力，如果他从更深广的视域中去“观看”地方性知识，或许能为一个地方写下一部诗化的“地方志”，那将具有耕织性的意义。可遗憾的是，此时苏金伞也是在用乡土经验传达意识形态。就如这首诗中，诗人先是描绘了自然、村人、孩子对“婚庆”时节到来的欢跃，然后一咏三叹地追问诗中的一个姑娘“三丑子”为什么会那样孤单寂寞。姑娘的回答出人意料：

◇ 如果他从更深广的视域中去“观看”地方性知识，或许能为一个地方写下一部诗化的“地方志”，那将具有耕织性的意义。

我的婚期正是今天，
但上月他忽然应征去赴敌。
临走时他备告乡亲，
说等到抗战胜利，
在举国欢狂的爆竹声中，
在全世界的喝彩声中，
才回来举行结婚典礼，
所以我安心地等待着。
而且我相信他的话：
“刃过仇雠的手最温柔，
炮火熏过的胸膛最热纯，
战斗养育的爱也最真。”
《腊月是结婚的日子》

显然这具有“革命 + 恋爱”的模式特征。它与前面的描写处于一种不协调的突兀之中，作为个体的个人情感最真实的表达被匿名化为民族共同体的集体情感，爱国、革命、抗日的行为被赋予崇高的意义，崇高到可以成为衡量或保证爱情的砝码。

苏金伞曾说过他内心是不认可普罗文学和左翼文学的，说自己原本是一个这样的诗人——“既不会鼓翼抖毛炫耀色彩，也不会狂啸长吟膨胀情感。我总是在默默地用泥浆雕塑自己的感受，雕塑出来的东西不加彩绘。”① 但抗战开始后，因为“几乎所有的诗人都一起唱起了民族解放的战歌”，② 他也加入到时代要求的写作中，表达

① 苏金伞：《苏金伞诗文集》，李铁城、苏湲编，河南文艺出版社 1998 年版，第 578 页。

② 钱理群等：《中国现代文学三十年》，北京大学出版社 2005 年版，第 437 页。

自己反对日本侵略的爱国心，表达对专制暴政的愤慨以及对人民所遭受的战乱之苦的同情，同时也像许多热血青年一样，对延安宣传的生活与理想充满了一种向往。大约正是这些情绪的影响，在1945年前后苏金伞诗中浪漫质朴的乡村诗意的抒情中被融入了越来越多的对乡村社会生存处境的同情。结果自然是乡土经验开始发生异化，那些以土为生的乡村本色、安土重迁的农民特性、以礼为法的相处之道虽没有被蓄意扭曲得面目全非，却因总是在乡土抒情中穿插一些明显的政治宣传口号，使他的乡土抒情显现出很明显的一种失真。

二　革命话语下乡土抒情的迂回

1948年，苏金伞满怀激情地到了延安解放区。在这之前，为了表达诚意，他已经写下了《歌的王国》《在豫皖苏军区》《初见刘伯承、陈毅、陈赓三将军》《在汝河岸》《送鞋》《修桥》《宿营》等诗，以赞美的态度去彰显一支革命队伍的士气，残酷而漫长的征战竟然弥漫着欢跃的气氛，甚至有一种人间乐园的感觉——“树荫满村；/鸟声满村。/村里/安着我们的司令部。”这些极具乐观主义情调的作品，表明诗人是自愿加入到红色歌唱中的。

然而在解放区生活了两个月后，他却陷入了纠结中。苏金伞在一篇文章中曾如是说，“一九四八年我到解放区。这对于我是一个大转折。从一个我所极端憎恨的地区，来到一个我衷心倾慕的地区，精神上是无比愉快的。但创作上的转变，却需要一个过程，一来是对解放区的情况不熟悉，不知应该怎样写；二来歌颂比讽刺难；三来，诗的情调（包括形式）也得转变。而诗的形式却苦恼了我。”[①] 这是苏金伞第一次遭遇到的写作难题。因为解放区要求文艺

① 苏金伞：《苏金伞诗选》，人民文学出版社1983年版，第5页。

为政治服务，提倡的是顺口溜、快板、民歌等形式，这就限定了诗人必须以特定的形式去装特定的内容。更麻烦的是，以前可以通过“自我”来抒发的情感也必须改换为“我们”的抒情，这种抽掉抒情个性与个人真情实感的做法，让苏金伞非常苦恼，虽然他愿意向延安文艺路线的要求靠拢，却也不愿意放弃自己所喜欢的写作方式。唯一能做的折中之法，便是把在解放区写的作品偷偷寄往解放区之外的报刊发表。

◇ 唯一能做的折中之法，便是把在解放区写的作品偷偷寄往解放区之外的报刊发表。

1949 年末，苏金伞应吴芝圃之邀筹建河南省文联，任省文联副主任，创办《翻身文艺》（后更名为《河南文艺》，复更名《奔流》）并任主编，随后成为专业作家，生活和写作都获得了暂时的安定状态，创作却转入了低谷，整个 20 世纪 50 年代，他的作品很少，基本上是以赞美新中国社会改革运动或新农村建设为主。比如《三门峡》一诗：“三门峡像三门巨炮，/ 万弹齐发向天空猛轰，/ 中条山就像射出去的炮弹，/ 在远方爆炸出回声。//……这炮声响彻全国，/ 宣告这里已经开始一场战争。/ 等到硝烟散后，/ 将会出现一座大坝横断秦岭。”

这些诗句应该是完全达到了“建设之歌”的要求，把它混入当时那成千上万的歌颂三门峡水利工程的颂歌中，恐怕很难指认出苏金伞的个人化东西所在。对三门峡水利工程盲目的歌颂，在今天看来，无疑成为许多诗人们戳印下的不可洗涮的污点，不管当时他们的写作是自愿或是被迫。如果说三门峡水利工程将会造成的生态环境问题，关涉到的工程技术的专业知识，超过了诗人所能认识的领域，那么大量移民被迫迁移到生存条件艰难的地区所不得不承受的失去家园和血缘关系网的破裂，则是诗人应该意识到的问题，即便不能意识到也应保持一种相对清醒的自觉疏离。但从可以车载斗量的“三门峡工程”颂歌中，我们看到几乎无人顾及移民的情感和意愿，也几乎没有人对以人为本的仁爱原则、人类尊严原则、关怀伦理、社会公平伦理做出哪怕一丁点的认真考量，只是紧跟政策宣传的需要而展开赞美的高调。

作为河南地区的主要诗人，苏金伞或许“有义务”去大力歌颂这一发生在河南土地上的宏伟事业。但他只写下了这么一首赞美“三门峡工程”的诗篇，这被河南文艺界认为是极不应该的，在反右运动中就有人专门以此作为证据来批判苏金伞对社会主义建设的漠不关心。[①] 这从另一个侧面说明，写这些应时应景的作品并非出自诗人内心真实的愿望，也说明苏金伞与当时的文艺要求并不合拍。1954 年，在河南省第一次文代会上的报告中，苏金伞公然说，“我们要给创作以广阔的领域，不必要求一定在每一篇作品里，包含一个政治目的。”并说文艺的特点，“是借助形象表达思想，通过形象表现生活。没有形象就没有艺术。而形象是从生活中吸取来的，不是政策条文制造出来的。”[②] 这些话里似乎隐藏着对“文艺为政治服务”的潜在抵制。作为河南省文化部门的一名官员，苏金伞当然清楚，1942 年延安文艺座谈会上形成的正式的“党文化”的文艺路线，早已从创作主体、文艺功能，到创作题材和创作形式等方面为文艺工作者制定了严格的、必须遵守的“章程”。清楚了还再三暗示“个体”在写作中的重要性，其内心是处于怎样的一种矛盾状态?

◇ 他只写下了这么一首赞美“三门峡工程”的诗篇，这被河南文艺界认为是极不应该的，在反右运动中就有人专门以此作为证据来批判苏金伞对社会主义的建设漠不关心。

阅读苏金伞在 20 世纪 50 年代和 60 年代初的作品，会发现苏金伞似乎也并非是有意要和主流抗衡，他唯一想坚持的或许就是用“朴素的语言表达出实在的感情”。在苏金伞的观念里，所谓朴素

① 贺力震:《右派分子苏金伞的真面目》，载《奔流》1957 年第 7 期。

② 杜希唐:《认真贯彻实行文艺与工农兵群众结合的方针——对苏金伞右派文艺思想的批判》，载《奔流》1958 年第 3 期。

◇强调“自己的”说明他拒绝写作一体化的模式。

的语言，就是他坚持用“从生活中提炼出来的带有农民声气的我自己的语言。”[①]强调“自己的”，说明他拒绝写作一体化的模式。所谓实在的感情，就是让作者“根据自己的特长和熟悉的生活，根据自己的爱好，选择自己所掌握的形式与独特的风格投入自己的艰苦实践与劳动创造中去”，“通过生动的、鲜明的形象，通过浓烈的、真挚的感情来诉说自己所想要诉说的东西。”[②]

当时的语境自然不大可能会允许他独行特立地坚持个人意愿。诗人只能又一次采取了曲线的方式，《燕子》《歇畔》《鹿群》《家》等这些写于右派期间和右派摘帽后的作品（大概时间为1957–1962年），虽是为了完成对新时代“建设者”/“劳动者”的赞美，却也有着乡村经验的清新体味：

夜怎么这么黑？
——这是蝙蝠的翅膀织成的。
厚重的弧形的翅膀，
像抹刀在墙壁上涂泥似的，
涂了一层又一层，
最后连自己也涂进去了。
夜怎么这么浓？
——这是松脂艾叶和草露凝成的：
还有刚割下堆在场上的
麦秆的气息；
还有从水里刚翻出来的
烂稻根的气息。

---

① 苏金伞：《鹁鸪鸟》，作家出版社1957年版，第136页。
② 苏金伞：《克服对创作问题认识上的主观主义》，载《河南文艺》1956年第13期。

（《夜怎么这么黑》）

这里有一个很有意味的现象，苏金伞几乎是用一种很浪漫的心意，以乡村中那些熟常的具有生命灵性的植物、动物、气息、声响来比拟夜色之深沉，并悄悄言说着对乡村之夜的沉醉，而对要被歌颂的“扯秧人”在黑夜中手法的熟练却仅是一笔带过而已。显然，这是他有意采取的“避重就轻”之手法。

当然在这一时期，苏金伞是不敢大量地把此类作品写下去的，此阶段他主要还是以明朗的态度去赞美社会主义新人新事新气象。不过，这为数不多的试探性写作，也已经让我们看到一个诗人在无法平衡文学与政治的境地中不得不承受的内心的挣扎。这时候的诗人、作家或艺术家已经被悬置于“文学”与“政治”拉扯的钢丝绳上，小心万分也可能跌下去，轻则摔得鼻青脸肿，重者粉身碎骨。事实上，当革命话语闯入乡土叙事之后，由于作家被要求必须用意识形态标准去观看乡村，乡村中的人际关系、家庭关系、伦理关系与政治权利关系自然也都被要求去用特定的文学模式去透露特定的意识形态。把传统乡土世界中的家庭亲情关系、婚丧嫁娶的礼仪、节庆期间的交往等乡土经验“革命”掉，并且特意去强化各种人际关系在移风易俗的大潮中所发生的鲜明“转化”，是那一时期乡土写作特有的倾向。苏金伞并非一个刚性至极的人，他也应景写了不少新型的同志关系（《女宣传员》）、家庭关系（《碾米》）、婆媳关系（《等待》）、夫妻关系（《插秧》），其中已不再有真实的乡土精神。

◇事实上，当革命话语闯入乡土叙事之后，由于作家被要求必须用意识形态标准去观看乡村，乡村中的人际关系、家庭关系、伦理关系与政治权利关系自然也都被要求着去用特定的文学模式去透露特定的意识形态。

三 牧歌追怀中虚化的温情

20世纪80年代，苏金伞作为“归来的诗人”，又写出了《小轿和村庄》《我们的爱情》等优秀的诗篇。在最后的十多年间，他所热爱的题材依然是对乡土的抒情，这一时期，《海的收获》《金色的世界》《诗四首》《儿时的田野》《白鹭篇》等组诗似乎又有了早期诗歌的神韵。因抛弃了对政治特意的迎合，诗中便多了一些回望故乡与童年的温甜和轻盈，并且通过对乡村生活简单的内化，创造出一种自足而无所欠缺的绝对平衡的情感：

麦收时节，
一家人都在地里割麦。
布谷鸟，斑鸠
都在头上叫着。

麦芒炸开了，
麦秆黄得发光；
刺芥花从麦梢上露出来，
紫色的花卉开得正旺。
麦子割到在地，
轻轻的风一吹，
就飞起来
缠住人的大腿。

一家人掂着镰刀走回家，
镰刀倒是磨得明亮明亮的，
在长长的人影下，
一闪一闪地甩着夕阳……

（《儿时的田野》（组诗），1984 年）

这样的乡土经验，不仅是城里人，即便是乡下的孩子现在也没有了。但这些形象为什么具有诱惑力？一是收获过程的诗意化，成熟的麦子，不只是一种养活我们生存的口粮，更是一种滋养我们心灵与眼睛的美。二是劳动过程的亲密化，一家人全体出动，在亲密的合作中共享收获的喜悦。我们为什么对此形象抱有一种喜悦的激情？因为它使那些曾经的、不可磨灭的记忆的残存物，以梦幻般的形象向我们沉睡的心灵袭来，这些原始的、基本的劳动模式，被祖先演练了无数年月，而今却再难寻觅。当其以文字的映像重新闪现在我们的脑海时，那些与我们分离的东西似乎又可以重新相会了，那些因分离而逐渐虚无的东西似乎也重新变得可以把握了。[①] 在用乡土语言写作的同时，苏金伞为我们保留了大量的乡土经验。今天看来，这一点可以说是他对现代诗歌的主要贡献。

应该说在河南现代诗人中，苏金伞的写作是最接近田园诗风格的。早些年的写作，他喜欢分享田园生活的惬意或赞美乡村人的淳朴勤劳，也不忘记反映乡村社会的艰辛或谴责战乱和腐败给农民造成的苦难，由于苏金伞比较喜欢在诗中温习农民与土地的情感关系，读他的诗，确实也能感觉到温情的目光。然而如若深究，就会发现他似乎从未考虑到现代乡土世界中真实的问题，也总会“忽略”掉乡土人有可能存在的人性弱点，乡村世界中那些真实的矛盾（不管是物质层面的还是精神层面的）都被清洗，甚或过滤掉了，呈现出的是一种浪漫的微陶醉。

总的来说，苏金伞晚期诗作中有一部分不乏乡土精神浓纯厚郁的神韵，也不乏充盈着灵性的自然乡土世界的精巧描绘，有时乡村地理风物与人物的内心灵魂还能达到一种天然的统一，乡村人的存

① [法] 布朗肖：《文学空间》，顾嘉琛译，商务印书馆2003年版，第262页。

在与乡土精神也会被提升到脱俗脱尘的浪漫化诗意层面。但是，晚年的苏金伞似乎更不愿意谈论乡村人真实的现实处境了，而是乐意在牧歌的追怀中建构一个充满欢乐的故园，就如我们上面刚刚提到的那首诗，连农忙都充满了幸福和诗意。但那时的乡村境况并非如此，在20世纪80年代之前的中原地区远没有开始农业机械化，每个在农村中经历过劳动生活的人都知道，农忙时节所感受到的疲劳并不比收获的喜悦少，尤其对于家庭劳力较少的人家，孩子也总是被顶上去抢种抢收，小小的人儿在那些看起来巨大而繁重的工作面前，无疑总会体验到农活的辛苦，所以在80年代，农家子弟总是在农忙的劳顿中被劝告，要好好读书，吃上商品粮，就不用风吹日头晒着在地里干活了。（诗人海子关于麦子的诗作可以作为一个例证。）因此从实际的生活体验来讲，苏金伞这里所描述的“丰收”和“乡土的诗意”，更多的时候只不过是诗人精心挑选的精致意象罢了。

◇ 乡村经验或事物被精致化为一种可供赏玩的风景。在风景中，既无当下现代性对之的冲击，也无历史重负的压抑，他的田园世界既不是与城市化相对应的田园，也不是与工业技术相对应的田园。

也就是说，乡村经验或事物被精致化为一种可供赏玩的风景。在风景中，既无当下现代性对之的冲击，也无历史重负的压抑，他的田园世界既不是与城市化相对应的田园，也不是与工业技术相对应的田园。或者也可以说，是一场涂了彩釉的梦中怀念，怀念中童年的生活发生了奇妙的倒转，愉快的记忆冲洗了曾经的艰辛。从现代意义上来讲，这诗意的牧歌世界，已经远离土壤的真实与气息，而更像是在虚拟着土地的厚重和深沉，虚拟着自己心头温情而浪漫的乌托邦梦想。

◇ 如果对文学还怀有热情，一个都进入老年阶段的人，还用得着委屈/遮掩自己的态度吗？

晚年在要继续进行写作的雄心中，苏金伞已经到了七八十岁的年纪，这样一个年龄，必然对所经历的任何一个时代或任何一个阶段的生活，都会有一个清晰且深刻的思考，而且这也是一个可以摆脱所有顾忌的年龄，如果对文学还怀有热情，一个进入老年阶段的人，还用得着委屈地遮掩自己的态度吗？除非是他自己在无意识中仍然牢固地遵守着某种戒律或者坚定地怀有某种信仰。苏金伞晚期的诗作，大部分都是对乡村牧歌世界的追怀，这原本无可厚非，一个老人，在写作中回忆往事应是一件十分美妙的事情，尤其是回忆童年时光，那些远逝的柳笛声也仿佛可以顺着屋顶上袅袅的炊烟越来越近。然而，我的疑虑是，一个老诗人，如果很少反思他所处时代中乡村世界存在的那些原本不应该回避的问题，反而抽掉真实的现存经验和社会条件之间的张力，那意味着什么？如果对亲历的正在越演越烈的乡土文明的冲突视而不见、避而不谈，又意味着什么？

“外省”的诗学：论森子的地域性写作

从20世纪80年代至今，森子的写作发生了很大的变化，他的诗歌创作经历了从抒情的主体向语言的言说或修辞性的转变，又从修辞性转向了叙述性，再从叙述性转向个人综合能力的写作。他在《自述》[①] 中说这些转变的原因一部分是为了表达外部世界与个人内心世界的冲突与和解，另一部分则是写作内部运动的必然趋势。随着写作的继续，他已经不再满足于写作与生活的简单的镜像关系，而越来越多地关注诗歌写作的消化能力、转化功能以及诗歌自身的生成问题，开始对自己的写作进行不断的反省，他认为诗人不能把诗歌看作是生活的注释，而应该去探索更多的未知的领域，找出个人写作与传统之间的脉络，以达到写作的创新。如果不能达到精微和深刻，他宁愿沉潜，在沉潜中，致力于诗艺的精进与诗歌精神的建构。因此，我们可以看到，森子这些年的写作主题大部分来自对生活和现实持续的关注与对自我深沉的内省和审视。在晚近的写作中，他很好地结合了三个要素：地方性的自然伦理、个体性的生命体验与在诗意想象中达成的普遍性和独特性。在一些作品中，森子从一个小块地方延展开来一个诗歌世界，以故乡“呼兰”和居住

◇ 如果不能达到精微和深刻，他宁愿沉潜，在沉潜中，致力于诗艺的精进与诗歌精神的建构。

---

① 森子：《自述》，载《诗探索》2006年第3期。

地“平顶山”为背景，以个体对夹缝身份的感触展现他对两重家乡（外省）的观望时的矛盾态度，以彻底的地方志的写作来展现他对现实的介入与思考，地方经验与方言的运用为诗歌写作提供了一种可能性。

本文以森子的诗集《平顶山》为主要个案，结合其他作品来讨论森子地域写作的意义。诗人并非是为了在地方性的写作中铭写个体性的传记，而是努力在保存地方文化精神中为自身和读者构建一个精神的故乡和心灵的栖息地，对此他在诗中有着清晰的述说：

为什么要写它？在郑州街头
你看见巨大的惊讶
热爱北方的候鸟
乌鸦在杨树上安家，而毗邻的
法桐一只不落。良禽择枝而栖
不肯栖异国的树梢，仅此
你就肃然起敬。
(《乌鸦》)

◇ 热爱北方的乌鸦拒绝异国的树梢（法国梧桐）作为安巢的栖息地，即便这种异国的树木已移植到自己生活的土地上成为家园的一个生灵，这种在对外来事物的排斥中坚守本土固有的行为也许可以看做是对身份的坚守。

一只乌鸦对自己的身份都有着清醒的认识？是诗人的赋予还是动物的本能？乌鸦择木而栖的忠贞提醒了诗人，让诗人既敬畏又羡慕，一只鸟都可以做出自主的选择，而自己却似乎不能，热爱北方的乌鸦拒绝异国的树梢（法国梧桐）作为安巢的栖息地，即便这种异国的树木已移植到自己生活的土地上成为家园的一个生灵，这种在对外来事物的排斥中坚守本土固有的行为也许可以看作是对身份的坚守。对住所的选择是对一个群体归属的选择，“一个人的住所通常决定了他在社会组织中的成员身份。”① 诗人一样热爱自己的北方，却留在了他乡，这个选择让诗人感到不满和自责，“良禽”尚且择枝而栖，自己呢？远离故土，身份不明，家园成为一个幽暗不明的想念，但即使幽暗不明，家园也是不可替代的，是唯一的，哪怕成为废墟，也要在废墟中重构一个出来：

狂风可以刮走我树上的昏鸦
却不能掏走我建构的鸟巢
（《变天记》）

◇ 在追求理想的名义对外界的漫游被人类赋予浪漫的象征。

人比起鸟来，有更多的需要与欲望，我们通常把自身的欲望冠以理想的名义，在追求所谓的梦想时比起其他的生灵具有更大的调适性，可以为目标的实现而放弃最心爱的东西。故土是可亲的，它的可亲在于熟悉，离开后，怀念是必然的心理反应，但是远方是诱人的，未知的世界总是让人充满想象。因此，以追求理想的名义对外界的漫游被人类赋予浪漫的象征。到了异地，在另一个新环境中对另一个地方另一种事物的关注使曾经熟悉的世界（家乡）忽然产生光彩，你会发现你曾经拥有的地方，在反观中有了深刻的理性认知，故土的一切变得清晰起来：

一盒火柴，就能让我想起呼兰
它的名字带有一股刺鼻的硫磺味
（《呼兰》）

① ［美］罗伯特·戴维·萨克：《社会思想中的空间观：一种地理学的视角》，黄春芳译，北京师范大学出版社 2010 年版，第 192 页。

“呼兰”，这个地方是我们曾经熟悉的。1940 年，当萧红孤独地待在香港玛丽医院忍受病痛和寂寞时，她记忆中的呼兰河小城是那样的寂寞，又是那样的热闹，那些有声有色的民俗活动：跳大神、唱秧歌、放河灯、野台子戏、四月十八娘娘庙大会……都成为回忆中神秘又绚丽的盛举，那个也许并不美好的童年记忆成为她病痛和孤独中唯一的甜蜜和慰藉。（萧红《呼兰河传》）

同样，那片土地的名字是那样长久而又固执地在森子的记忆中存在，只需“一盒火柴，就能让我想起呼兰。”（《呼兰》）故乡，是诗人心中一块永远的家园，森子说：“我的写作根须纵然隔着千山万水也要伸向那里。”（《自述》）故乡的名字，从“呼兰”，到“康金井”，再到“林家”村，都生了根似的长在诗人的脑海中。森子在他的写作中从不回避故土，那里的贫瘠与欢乐、荒诞与真实，都被诗人看作他生命的同在。那片没有污染过的碧空，那碧空下宽阔的平原，无边的青纱帐，小河边的柳丛，在麦地里歌唱的烟蛔，具有魔法的狐狸，雪地上的脚印，冰面上的身影，在堵严了窗口的油灯下跳萨满舞蹈的奶奶，坐守井口等女人的王五叔，摘了打碗花的姑姑，那些乡村的俚语和传说，那些世代沿袭的民俗和民间禁忌……都在诗人的生命中储存，他是如此珍爱这些记忆，想到故乡，就想到童年生活中小小心灵所经历过的尴尬 / 快乐，害怕 / 惊奇，迷惑 / 温暖……想到故乡就是重温童年时光，“我的喜悦就像泥巴解冻，开始湿润。”（《樱桃树》）童年记忆对一个人的影响是深远的，童年生活的那个地方就是我们日后远离它时常常让我们思念的地方，那里的河流山脉、田野树林、一花一草，曾经居住过的街道四邻，老房旧屋，都成为梦中反复的主题，成为内心最珍贵的东西。但是这些最珍贵的东西正在消逝或已经消逝：

老家如摇篮挂在夜空上
我没有梯子
(《回去，滚回老家去》)

◇“老家”在你想起它的时候似乎就在身边，但你一伸手，它又被高高挂起。

“老家”在你想起它的时候似乎就在身边，但你一伸手，它又被高高挂起，“如摇篮挂在夜空上”，你知道摇篮里的温暖和甜蜜，你想重温那份安宁和甜美，却没有登天的梯子。老家，在远方，遥不可及，亲近的努力是如此的疼痛：

远方是匹紫色的马驹
不确定的异地
曾升起烟霞
你找借口亲近它
为它梳毛，喂水和草料
脚蹬和响铃一样不少
经过太多的鼻青脸肿之后
你闪了腰。
(《马兰花》)

森子说他从三个月大时便开始随着父母辗转于黑龙江与河南，从童年到青少年时期经常处在分离之中。呼兰是他的出生地，他在那里度过了童年的大部分时光，但是平顶山也是他成长中的一部分，后来又成为他工作和居住的地方。在辗转迁徙的途中，诗人的身份变得复杂，“每一个地方、每一个角落、每一株树，在语汇、腔调、生活习惯和交往上不同程度地影响了我。故乡给的一切，一多半丢在了路上，另一半则经过不同程度的改良，除了身份证上的出生地原封不动，其他的藤蔓枝叶都经过了重新的嫁接。”（《自述》）对生活和居住的地方平顶山，他也不是没有感情，在《平顶山》《黑色泥地上的照片》《塌陷区》《圆月下的废墟》等诗作中他对生活着的城市有着深深的痛惜，平顶山因其所富含的煤炭资源而被用来发展经济所带来的对自然对本地居民的伤害，也许只是中国众多此类地区的一个缩影，是诗人无力改变的，但是他对“劳动、瓦斯、煤和仪式”喊出的“反对，反对，反对”的怒声让我们看到了他对这片土地的深情。从某种意义上来看，森子，拥有双重的故乡，既是地理意义上的故乡与心理意义上的故乡，也是二者交织在一起的故乡，是一个始终“被感情奉为神圣的地方”。但这个双重的故乡，有些时候显得尴尬与缠绕，想要与此亲近，还需要寻找一个借口。于是，森子在观照故乡时，他的体验是繁复的，观照是多重的：

从康金井乘火车去哈尔滨
我多次途径县城，却没有到县城转悠
因此，它的摸样就像受潮的火柴杆
擦不出记忆的火花。
（《呼兰》）

一次次的梦中渴望，一遍遍的笔端诉说，为什么到了朝思暮想的地方，连下车的勇气都没有了？因为重回故土时你发现你所构想的故乡被真实的它击碎，你被尴尬和矛盾缠绕。你看到了自己所在的位置，回到了所思念的故乡，却发现那并不是可以收容你的地方。许多年的辗转，连乡音都变了，即便是熟悉故乡人话语中所有的细节和曲折以及细节中所有的丰富，但自身的变化，让故乡人对你感到陌生。走到了故乡的土地，成为故乡中的异乡人，身在家乡，还在遥想家乡，家乡在那里？“它们在所有的地方之外（尽管有可能指出它们在现实中的位置）。”[①] 由此，森子的诗歌中出现了家乡与外省重叠交互的悖论形象。呼兰在心灵的观照中，是故乡，是童年的记忆，故乡是一种诗意的想象，它虽然曾真实存在过，然而已是往事，当身处其中时，它犹若外省，自己犹若外省人，亲近都需要借口，找到借口，也无法亲近，亲近，更多的是一厢情愿。而他的居住地，那里有了他自己的朋友和亲人，他在那里生根并有了自己的枝叶藤蔓，有了以他为靠的妻儿，有一天儿孙会把他以及他所在的地方像他现在一样作为回忆和梦想的所在。他会成为别人乡土情结中的一个怀念，就如萨满奶奶是他的一个怀念那样，这一个真实的外省，分明又是他实在的家园。在故乡，他成了家乡人眼中的外省人，在外省，他成了当地人身边的居民。身份的复杂使诗人处于夹缝之中，用他的话说，边缘对他来说都是不合适的，边缘总还有一个地方可以依附，而夹缝中的存在，却被悬空。这种悬空也有好处，它使诗人得以自由地在身外与内心进行自由的流动，成为一个永远的外省人：

◇呼兰在心灵的观照中，是故乡，是童年的记忆，故乡是一种诗意的想象，它虽然曾真实存在过，然而已是往事，当身处其中时，它犹若外省，自己犹若外省人，亲近都需要借口。

> 对我来说，康金井只是一个站台
> 南来北往的火车揭开我不同的衣襟
> （《康金井》）

---

①［英］丹尼·卡瓦拉罗：《文化理论关键词》，张卫东等译，江苏人民出版社 2006 年版，第 182 页。

康金井，成为生命旅途中的一个站台。诗人对此种状态的心理是非常矛盾的，他构建的鸟巢固执地存在自己的树梢上，却在异己的密林中盘旋，飞过自己的领地，却也只是暂时的停靠，稍顷又展翅而去。诗人对故乡的思念是真实的，但对外面的世界他也并非没有感情，事实上，故乡之外早已混入他的血脉，他在《外省》中对自己身份的悬空有着无奈，但是毫无疑问，他也清楚地明白正是所谓的“外省”构筑了他的内心。他说，“它是一个分散的中心，地名、人物、事件组成的一串网络站点，我像鼠标一样经常去访问它们。它们汇集在我的梦里、言谈中，它们已经成为我的呼吸，我唇边、鼻孔里的风。外省不是一个语义学的边疆，而是一颗颗活蹦乱跳的体外心脏，为我的肢体、大脑、肺叶、灵魂源源不断地输送氧料。”外省，或故乡，真实的，或想象的，在诗人的写作中，“是指某一状态，某种精神取向，某种情怀纠缠的枢纽，控制与反控制，怀疑与重新确认，是地名、站台、亲人或友人的聚合体。”① 诗人的纠结也许就在于他对每一片土地都是热爱的，这种深沉的爱在《两个奶奶》一诗中得到体现，诗中写了两个奶奶。一个是萨满奶奶，从小带着自己长大，在20世纪60年代全国大肆举行“破除迷信”的年月里，坚持“偷偷地在夜里跳大神”，年幼的孩子无法理解奶奶的虔诚和咒语，萨满奶奶的爱是温暖和亲切的，但她敬神的舞蹈和咒语都是神秘的，“二奶振振有词，我却一个字也听不清”。因为血缘的不同，亲情也无法让“我”继承她所代表的传统。但是在成长的过程中，萨满奶奶的神秘和爱却成为一盏黑夜中的油灯：

---

① 森子：《外省》，载《岁月》（燕赵诗刊）2007年第3期。

一个萨满将咒语放入我幼小的胸膛
啊。胸膛是她呼吸的坟墓吗?
它安静、迷信，伴我走过20年的迷惘
在每一个失去信任的暗夜，我多想
拨亮油灯，看她跳大神之舞

带自己长大的萨满奶奶是迷惘中的信任，另一位平原般坦荡的奶奶则把自己引向了对外面世界的梦想：

走了一个萨满奶奶
还有一位平原般坦荡的奶奶
童年蒙昧的油灯，还有人为我拨亮
黑土般厚实的火炕上，奶奶盘腿而坐
随手卷一支纸烟或是嗑瓜子
我和弟弟小狗一样围在她的身边

在寒冷的冬夜，昏暗的油灯下，围绕在祖母的膝旁，听她讲那遥远又遥远的故事和传说，故事中的人物仿佛就在窗外无尽黑夜中的某个地方，随着奶奶的闲话，梦开始飞翔：

那些杂芜的闲话，是奶奶道听途说的
偶得，她默记于心，并口授于我
于是，我就有了王二小砍柴的愿望
有了男扮女装跟穆桂英出征的荒唐
以及乡村流浪汉式的幽默和无常

两个奶奶，两种传统，两种力量，不是对立而是相互补充，一种力量以其传统和神秘的方式成为照亮黑暗的光亮，另一种力量以其温暖和坦荡植下梦想的种子，从此，信念与梦想成为两种交织的情感盘踞在诗人的内心。对两个奶奶的怀念与热爱其实源于对美好事物与生命的热爱，对所经历的每时每刻的生命的热爱，后来的迁移经历加深了这种体验，他的生活经验、生活态度，他在生活中的姿态，他的生活环境，在他的幻想中发展出一种乡愁似的识别标记，因为“迁移使我对此时此地有着深深的眷恋，我已深深地感到此时此地的易逝性，留不住的，曾经厌倦的，熟视无睹的甚至反感的一切都会在时间空间的双重透镜下发生变异，我所能做的或许是给这些易逝的瞬间催眠，让它们在我心中停留片刻。”(《抒情与时代》)[①] 由此来看他并不是绝然反对迁移，流浪本是诗人的生活，只是对曾经的一切的分离有着特别强烈的伤感，于是情感上总是试图为自己画一个领地，一个可以确定自己身份的地域，这是身份认同的自觉。这种感情也许是每一个诗人都会有所体验的。比如，爱尔兰，在西默斯·希尼的诗中是那样的美好，但拉金认为“在爱尔兰是孤独的”，孤独，是因为爱尔兰不是他的家，他在那里显得与众不同，但是回到属于自己的土地英格兰时，却是另外一种心情：

◇ 两个奶奶，两种传统，两种力量，不是对立而是相互补充，一种力量以其传统和神秘的方式成为照亮黑暗的光亮，另一种力量以其温暖和坦荡植下梦想的种子，从此，信念与梦想成为两种交织的情感盘踞在诗人的内心。

生活在英格兰不会有这样的借口：
这些是我的风俗和规矩，
拒绝他们可严重得多。
除了这里，没有别处支撑我的存在。

---

① 森子：《抒情与时代》，载《诗刊》(上半月刊)2004年第1期。

（拉金《别处的意义》）

一个人也许不一定属于他出生或受教育的地方，但一定会属于某一个地方。总有一个地区是你熟悉的，在那里，你不必经常把周围的大自然语言（或当地居民的话语和行为）译述成你自己的语言才会感到熟悉。因为该地区的山坡、河流、树林、村庄、田野、小路都遍布着你足迹，你熟悉它的每一寸肌肤、每一缕毛发、每一个褶皱，所有的一切，山间的沟壑和草木，溪边的流水和蛙鸣，田间的小路和禾苗，以及晨风夕露和雾岚烟雨都那么亲切。反过来，它也以它的气息、温度、湿度渗透到你的血脉和骨肉中，自童年时代起就以你钟爱的形象保存在记忆里，成为你记忆深处和生命内部最深切的体验。因此，地方，对每一个生命而言，都是唯一的、不可代替的生存的居所。选择一个地方实际上是在寻找一种身份认定、实现一种自我认同。对诗人而言，“那个地方是他生根的，那个地方是他站定的，就他据以写作的经验而言，那个地方供应了涉指的基础，就他的作品而言，它供给了观点。”[①]因此说，诗人，一定属于某个地方，一个感情上亲近或亲密的地方。而且诗人也必须觉知那个属于“他的”地域在何处，以便他能够从那里外出而游历世界，或某天从世界的流浪与漂泊中回归。所以诗人总是在构建诗歌上的地理学，一个可以支撑自己存在的地方，就如爱尔兰之于希尼，英格兰之于拉金，波兰之于米沃什，每一个诗人不管他最初的写作从哪里出发，师从何人，随着写作的继续几乎都会回归到以个体经验为根基的写作方式上，而个体经验最初的源头常常是童年的经历与记忆，因此我们总能从诗人的作品中发现几乎每个诗人都有

◇ 地方，对每一个生命而言，都是唯一的、不可代替的生存的居所。选择一个地方实际上是在寻找一种身份认定，实现一种自我认同。

①［美］霍华德·奈莫洛夫编：《诗人谈诗》，陈祖文译，生活·读书·新知三联书店 1989 年版，第 101 页。

怀乡病。

但是诗人进行地域写作并不只是怀乡，它更重要的意义在于：一可以使诗人在保存地方文化精神中实现自我认同的需要，二可以让诗人为自身和读者构建精神的故乡和灵魂的栖息地，三可以为诗歌写作本身带来更多的可能性，诗人对故乡的梦想与追寻其实更多的是对语言的寻找，语言才是诗人最终的、唯一的故乡。

从森子的地域性写作中我们可以看到他是把故乡作为精神视域内的地域来把握的，地方性经验是作为一种诗歌展开的精神背景，而不只是作为诗歌的一种外在的怀乡的修辞，身处当今数字信息时代，独自吟咏着田园和故乡的诗人不是为自己追忆往昔的似水年华，而是为了失去自然根基的现代生活中的现代人寻找那已经不复存在的情感的凭依与心灵的栖息地。对诗人而言，“地域”本质上是作为生命的内在视野出现的，故乡是精神意义上的象征，是一个诗人的私密/亲密领地。他要做的是用地域经验整合个体体验与想象力，为散乱的生活与记忆及梦想寻找新的精神秩序，他所叙述的记忆中的大量的生活细节和生命状态，最后都汇合到这个更为广阔的背景与视野中，日常生活因此而具有了浪漫的性质，自然成为最大的隐喻，自然中的一沙一石一草一木都显现着诗人的生命态度，精神在那些最简单的事物中现身并获得它们的秩序。诗人从任一形式的本地事物中体验着踏实的生活态度和生命本色，虽是对具体之物的一己感受，折射的却是人们共有的内心隐念，就如在《采花盗》中，不管是剑麻、腊梅、玫瑰、马兰花、栀子、桃花、辛夷花，还是石榴花、野菊花、野百合……每一种植物都是一次感情表白，有时一朵花表示一种梦想，有时却是一种苦恼、一种反抗、一种思念、或者是甜蜜。而家乡人固守的信仰和对生活的不幸的独特的解释方式都是真实生

◇ 每一种植物都是一次感情表白，有时一朵花表示一种梦想，有时却是一种苦恼，一种反抗，一种思念或者是甜蜜。

活的缩影：萨满奶奶在那个特殊的年代依然坚持举行自己的宗教仪式，大手大脚本可以走天下的姑姑因为嫁了一个不合意的小男人过着很不容易的日子，却把命运的不幸和生活的艰辛归结于17岁那一天顺手摘了一朵“打碗花”。(《打碗花》)他们对动物持有宽厚的人道主义精神，那个残忍地剥了狐狸皮的猎户在来年失去了两个儿子被认为是来自违背伦理遭受的报应，“因为按照老人的说法，一只狐狸/有四条腿。因此，报复的/数字也是相等的。”(《传说与故事》)这些地方性的言说为森子的诗歌写作提供了更多的可能性，他并不回避田园牧歌中人们现实生活的艰辛与冲突，也不升华贫困灾荒中人们性情上的温良与达观，诗人只是真实地为自己也为别人保存他的所思、所见、所感的事物的生命事实，但是这些记录却“以其表面上的柔弱，刺穿了我们这个时代最坚强的部位，以它表面上的伤感，挽留我们这个时代最宝贵的、正在消逝的事物。”①

在这些作品里，森子尝试用方言写作。语言作为社会的产物，是人类文化的重要组成部分，一种语言的形成，除了诸多的人文、历史因素外，还有它背后整个地域文化人格的印记，而方言作为民族语言的地域分支，是局部地区的人们所使用的语言，它意味着特殊的命名与表达方式。它的字、语气、语调、语式、构词方式、语法结构、音韵规律及感情色彩都有着充分的地方性和口语的性质，蕴含着事物里最鲜活的成分。诗人根据他对本地语言和当地事物及风土人情的了解，用方言对角色进行推敲和适当的转化，挖掘出方言所含有的独特内蕴和意义，让方言为这里的生活揭开神秘的面纱。其实对于诗人而言，语言意味着是一项事业，“真正的诗歌永

① 张曙光等:《诸家评森子》，载《诗选刊》2009年第2期。

远是语言内部而不是其外部运动的产物。"[1]方言只是他写作的一个手段或一种尝试，诗人追求的是语言对事物进行言说的精确性，为的是寻觅语言中最真实的形式，森子用方言写作的尝试更多的是为了揭开语言表层的"覆盖物"，去探讨语言的本源，发现语言被埋没的本真意义，去保存、恢复并发展语言中被遮蔽的美与力量。也许这才是诗人进行地域性写作的真正原因。

---

①[希腊]奥德修斯·埃利蒂斯:《理所当然》，刘瑞洪译，译林出版社2008年版，第210页。

论罗羽诗歌的“植物”诗学

罗羽30年来坚持以先锋的姿态写作。20世纪90年代，他与森子、海因等一帮诗友在河南平顶山创办诗歌刊物《阵地》，以“及物”写作为方向，希望“在真实大于抒情和幻想的年代”，能“尽可能多地落实一些语言和声音，将半空悬浮的事物请回大地”[①]。这是罗羽为《阵地》写作的时期。新世纪以来，他以现代主义独立自省的目光去考察社会生活的多个角落，从对“及物”写作“物的澄明”的迷醉逐渐转向现代主义与现实主义的融合，从近作与《阵地》第10期推出的罗羽诗集《音乐手册》(2010年)可以看到，他目前的写作不仅具有现代主义式的自我鞭打(如《对巴列霍的一次翻转》《诙谐曲》《结构》)，也有现实主义式的社会拷问(《在石漫滩》《平顶山矿区》《农学院》)，同时还融合着强烈的“世俗批判”(《新约诗，或旧约诗》《问候》)与“个人意识”(《背对河南》《意外》)，这使他的诗歌因自省而深沉复杂、因俗世情怀而尖锐有力。

◇ 植物对罗羽来说，也许具有通灵的意义，植物以其自身的灵光(“aura”)照临着诗人的内心，成为诗人的生命“时序”。

这种力量在某种程度上来自于罗羽对世界万物的细微体察与热爱，罗羽似乎对自然尤其是植物有着少见的熟悉与热爱。植物对罗羽来说，也许具有通灵的意义，植物以其自身的灵光(“aura”)照

---

①《阵地》(内刊)1991年第1期前言。

临着诗人的内心，成为诗人的生命“时序”；诗人以自身的敏悟理解着植物的美好与神性，成为植物的言说者。在罗羽的诗中，诗人与植物的关系是互动的，植物既是诗歌内部必不可少的组成元素与个人情感的图腾，也是一种对自我、社会、人类思考的表征与人类生存处境的转喻，同时还是使写作更加有效的一种特殊的感受力与感受方式。

一 “植物”：诗歌的元素与情感的图腾

诗人雨果曾说，任何植物都是一盏灯。罗羽让我相信了这一点，罗羽对植物有一种真正的热爱，且具有不厌其烦地记录它们的勇气，他把植物看作是大自然精心展示的生命象征。在他的诗中，随处可见的都是携带着“植物”的诗句，如：“风掠过。一串铜钥匙打开 / 雀麦花。饮一口酒 / 花枝被魔法折断 / 饮第二口酒，那是她 / 对青草的怀想”（《春天》）；“你没见过，可我见过 / 苣荬菜，放在火苗上烧，它的声音 / 像是叶子咬住煤。”（《铁匠铺》）在《意外》《河南大学》等诗歌中，更是聚集了众多的植物形象。《意外》一诗不仅提到费菜、慈姑、茵陈蒿等具体的植物，而且整首诗都是对“你”介绍这些植物的品性（像介绍老朋友一样），“‘费菜’，你或许不知道它是什么”，“‘白及’有另外的产地”，“‘半夏’聋了，你会想它吗”，“‘续断’在矿区生长”。诗里的每一种植物似乎都有着深刻的所指，它们的名字与习性、外在形态与暗含的身份以及隐喻的情感等共同构成了诗歌的存在实体，成为诗歌组织必不可少的重要元素。有时，罗羽还直接以植物入题，如《马利筋草》《繁缕》《泡桐》等诗，这个时候，“植物”便具有了个体意义，生命的力量就在青草尖那最细微的颤动之上：

◇ 诗里的每一种植物似乎都有着深刻的所指，它们的名字与习性、外在形态与暗含的身份以及隐喻的情感等共同构成了诗歌的存在实体，成为诗歌组织必不可少的重要元素。

第一次见到繁缕
那是一种越年生的绿草
在低湿麦田里，茎直立或平卧
五月，快到麦收时，果实成熟
种子，经夏秋休眠后重又萌发
或许，我早就在菜地、河渠旁看到过繁缕
甚至于观察过它的叶柄
它伞状的花有触及自然的美
阳光下，在一株一株繁缕缓慢变化的色泽里
我似乎靠近了幸福
(《繁缕》)

如此精细地描写繁缕的姿态、叶茎、叶柄、叶子、花序、色泽，使“繁缕”的品性清晰地向我们敞开。将一株野草像一件圣物那样尊崇，这类似于一种对植物命名的仪式，用语言将事物命名是一种神圣的仪式,“命名某物就是始终在使某物产生。”[①] 这就如用一把钥匙打开一座神殿之门，名字成为开启万物的密码，当我们说一株草、一棵树、一朵花时，绿色的波浪、枝叶的婆娑或淡淡的芳香便会在脑海中闪现，但假若我们直接喊出它们的名字时，你的眼前会浮现出什么样的情境？那肯定不仅仅只是一片绿茵、一缕幽香或一簇葱茏，一种植物的韵致和风情会随着声音在刹那间乍然呈现，名字隐藏着事物本性的秘密。

◇ 当我们说一株草、一棵树、一朵花时，绿色的波浪、枝叶的婆娑或淡淡的芳香便会在脑海中闪现，但假若我们直接喊出它们的名字时，你的眼前会浮现出什么样的情境？

罗羽在诗中不厌其烦地向我们介绍各种日常生活中熟悉或不熟悉的植物，大概是诗人把这些个体生命看作是首要的具有“自身

① 严平编选:《伽达默尔集》，邓安庆等译，上海远东出版社 1997 年版，第 558 页。

目的性”的诗歌对象，他乐意带领我们去冒险，从枝蔓交叉的丛林中找到通向语言自身的那一条秘密小径，或许他还希望在对植物的命名中引领我们饱览万物本性中暗藏的无限玄机。为什么我们愿意在诗人的引领下走近植物？我想这和人类与植物之间的天然关系有关。首先，植物生长在大地上，是人类生命源初与童年记忆的象征。大地最初产生的是植物，然后才有了动物，大地、植物、动物形成了一个充满活力的大自然，尔后才有人类。“绿晶晶”的植物作为人类与动物理想的居所与生命的源头具有原型的力量，这是卢克莱修[①]早在两千年前就认识到的。原型意象意味着在人类的心灵史上植物是一种永不灭绝的生命实体，人从植物的生生不息中感悟到生命的延续与永恒，而在经历自身生命力量的勃发与消散中，植物生命的延续与永恒又成为人类情感上的一种敬畏与渴慕，具有巨大能量的植物逐渐成为一种生命象征、一种图腾、一种信仰。把植物作为图腾来膜拜的仪式在人类的成长中慢慢地沉积为一种心理的潜意识，从祖先那里遗传下来的潜意识决定了今天的我们对植物本能的热爱。其次，植物在作为原型力量提供精神与情感的养分之外，还以其身体的物质能量为我们提供食物、药材、宜居的生态环境，它们是各种力量、生命和神力的储藏所，是我们的家园与庇护者。第三，从形式美学上来讲，每一种植物都会带来审美体验，且是一种无利害的审美。植物不同于动物，它从不向人类索要什么，也几乎不会对人类造成伤害。相反，无论是风中摇摆的一叶柔弱小草、爬上峭壁漫天青翠的藤萝、一片旋转飞落的黄叶，还是娇艳绚丽的繁花、壮美蓬勃的大树……都会以其自身的姿态、色彩、个性、气韵愉悦着我们的身心，正如罗羽所说“在一株一株繁缕缓慢

◇他乐意带领我们去冒险，从枝蔓交叉的丛林中找到通向语言自身的那一条秘密小径，或许他还希望在对植物的命名中引领我们饱览万物本性中暗藏的无限玄机。

◇无论是风中摇摆的一叶柔弱小草，爬上峭壁漫天青翠的藤萝，一片旋转飞落的黄叶，还是娇艳绚丽的繁花，壮美蓬勃的大树……都会以其自身的姿态、色彩、个性、气韵愉悦着我们的身心。

---

①［古罗马］卢克莱修：《物性论》，方书春译，商务印书馆 1981 年版，第 312 页。

变化的色泽里 / 我似乎靠近了幸福”。第四，植物具有镜像功能。从生命的个体意义来讲，植物与人具有同一性，比如植物的生产性，植物能自身生产，也可以他性生产，通过果实、种子、枝条、根茎，植物可以繁殖自己的后代，通过被嫁接、移植、传粉等手段植物可以被栽培或改良品种。人类的生存方式何尝不是如此？“人—植物的流转”早已用极富戏剧性的形式在世界各地的民间故事中形成了一个著名的主题——人和植物一起神秘地分享生命，一朵花的凋谢、一棵树的死亡往往就是一种迹象，预兆主人公的危险和命运。[①] 正因为我们每个人几乎都能从某一种植物身上观照到自身或者把植物看作是他者与自我灵魂的一面镜子，我们才对植物有着天然的亲近感。

◇ 人和植物一起神秘地分享生命，一朵花的凋谢一棵树的死亡往往就是一种迹象，预兆主人公的危险和命运。

正是这个缘由，我们不应该把罗羽诗中的植物看作是一种简单的意象或自然事实。那些不断出现的曼陀罗、茵陈蒿、泡桐，以及偶尔为之的油菜、水菠菜，都有可能悄悄地携带着诗人的某种理念或意图，“如果一个人着手去理解植物开花，他必须寻找与决定植物生长的土壤、空气、水与阳光间的相互作用有关的东西。”[②] 不错，罗羽不是一个王维般闲适的“自然”的歌咏者，他有着强烈的俗世情怀与担当意识，他对植物的铭写最终要走向对现实的干预与介入。尽管当下的现实或许确如诗人奥登所言，诗歌不会使任何事情发生，对我们当今时代所经历或正在经历的各种苦难与困境，诗歌也确实不能，也无法阻止任何事情的发生。但是诗人的可贵之处或许恰恰就在于知其不可为而为之的勇气，他要把引起他心灵触动的被我们有意或无意隐藏的东西勇敢地说出来，他要揭开以各种名义

①［美］米尔恰·伊利亚德:《神圣的存在：比较宗教的范型》，晏可佳等译，广西师范大学出版社 2008 年版，第 291 页。

②［美］约翰·杜威:《艺术即经验》，高建平译，商务印书馆 2010 年版，第 4 页

覆盖在事物真相上的那层幕纱，把真实的处境揭示出来，他要用诗句做一种提醒，哪怕是一种对牛弹琴似的提醒，或用写作为我们提供活下去的理由和勇气，哪怕是一厢情愿的热情和努力。那么揭示我们的生存状态意味着什么？我们处于怎样的一种生存状态？如何把真相艺术地展现出来？不同的诗人有不同的策略。罗羽也许认识到植物在表达个人心理情感方面的种种优势，也许他对植物与人类之间互相作用的关系有着深刻的理解，于是他尝试着利用对植物的记录来转喻人类的生存状态。

二 “植物”：人类生存处境的转喻

转喻，属于隐喻的一种，但又和隐喻有着不同的思维模式与表达方式，隐喻揭示的是事物的相近关系，而转喻“是一种类比思维与写作的模式，在这个模式中，文字表达的是无法靠定义用适当的文字加以表达的事物。”[①] 也即是说转喻揭示的是事物的相邻关系，玫瑰作为爱情的表达转喻的是人类情感的美好希望，草木虫鱼的命运是对万物生存本相的转喻，所谓的“在一颗沙粒中看到世界，在一朵鲜花里看到天堂”。由于转喻是相邻事物的类比，喻和被喻之间是不完全对等的，这种不平衡性能为文本带来多次阐释的可能性。罗羽正是认识到人类与植物同样的命运，才要用对植物的言说来转喻人类的生存处境：

◇转喻揭示的是事物的相邻关系，玫瑰作为爱情的表达转喻的是人类情感的美好希望，草木虫鱼的命运是对万物生存本相的转喻，所谓的“在一颗沙粒中看到世界，在一朵鲜花里看到天堂”。

一所大学被水菠菜戏仿
那些纹身机把皮肤割开了吗
蝴蝶的颜料经过了哪些社会制度

①［加］诺斯罗普·弗莱：《伟大的代码——圣经与文学》，郝振益等译，北京大学出版社 1998 年版，第 33 页。

更为原始的人性有黄花地丁的水分吗？我们
还去过苏联，互咬着一嘴雪、冬天
在亢奋中消灭真理的性欲
啊，一开始，榔榆、珊瑚树就错了
迎合是祖国的干燥，卖给危
机的小良姜已不在我们碗里
还有一双双筷子，失去竹林作用
出生地就是埋葬地，秘密
就是水萝卜稞的表情
（《在河南大学》）

◇“迎合”成长为一种无意识状态的趋同心理，就连“大学”这本应是以“明德新民”为宗旨去帮助人们扫除迷障寻找真理的象牙塔也未能把持住，也在消灭对真理的欲望中走向了戏仿之途。

“一所大学被水菠菜戏仿”，其实是大学在戏仿“水菠菜”，植物本是按自身的习性自然地散落于适合它们的地方，但被怀着人定胜天意志的人们任意地移植在他们想栽种的地方，植物在新的土壤与气候中被培养，原有的品性逐渐被改变，“黄花地丁”本是野生，因其具有的药效而被人工栽培，栽培出的药效却像被掺了水，今天我们还有多少人的心灵没有被注水？诗人说：“一开始，榔榆、珊瑚树就错了。”什么错了？错在哪里？“榔榆”又叫“小叶榆”，耐旱喜光，常见于中原地区的黄土沙坡，“珊瑚树”本来产于我国，现在我们称呼它为“法国冬青”，听起来像从异域引进而来，今天它们多栽种在城市街道、学校、机关、矿区等地方被修剪为观赏植物，“把自然生长的东西 / 修剪成人想要的那种样式 / 据说这是文明的需要”（树才《指甲刀。刀》），“文明”被满足之后，植物野生的性质还有多少？现代人不仅热衷于改造自然还热衷于改造自身，把自身改造成符合所谓时代或潮流要求的模式据说叫时尚。“迎合”成长为一种无意识状态的趋同心理，就连“大学”这本应是以“明德新民”为宗旨去帮助人们扫除迷障寻找真理的象牙塔也未能把持住，也在消灭对真理的欲望中走向了戏仿之途。在戏仿的时代，我们戏仿他者并被他者戏仿，你、我、他几乎没有本质的差异，既然没有差异，有谁都不多什么，无谁也不少什么，罗羽在一首诗中把此种境遇中的现代人称为“畸零人”，“畸零人”毫无选择地“被”陷于重重无名的戏弄之间：

那畸零人走过黎明隐喻的中心
像一匹骡子跳槽，满身麦秸
又在泥中卧倒，鼻子喷出酒气
（酒厂的酒糟倒在县城，在阳光下松动，散开
受伤的其他动物，跑离梁洼后，有一片乡土）
曼陀罗花开了，吸收着水库边的医院
血污的沙冈，堆集绿藻
（《抒情诗》）

“畸零人”不仅从外在气质上被冥冥中那一只说不清来自于何方的大手捏搓成像“曼陀罗”花一般的诡异习性，而且从内在情感上也逐渐养成了“曼陀罗”花一般的分裂性格。“曼陀罗”是罗羽反复使用的一种植物形象，它原产于印度，今天在很多地方都常见，多野生在田间、沟旁、河岸、山坡等地方，开喇叭状花朵。其花的主要成分为莨菪碱、东莨菪碱与少量阿托品，东莨菪碱具有麻醉作用，从中可以提取出麻醉剂和止痛剂与治疗癫痫、狂犬病、蛇伤等病的药物成分。因此，“曼陀罗”可以看作是“麻醉”“迷魂”等“毒性”的暗指，但这种靠吸取腐烂污血的东西形成的“毒性”却可以用来治病，吸毒——成毒——疗毒，这就是“曼陀罗”充满

◇ 这是一种具有双面性的植物，在医药和毒药的两重性上，既可以治病止痛也可以催发情欲迷人心智，绚丽曼妙的姿容摇曳着阴暗诡异的情韵。

◇ 纽扣系着所有的隐秘，但谁敢把自己的纽扣解开？

悖论与反讽的命运——受到“诅咒”的命运。这是一种具有双面性的植物，在医药和毒药的两重性上，既可以治病止痛也可以催发情欲迷人心智，绚丽曼妙的姿容摇曳着阴暗诡异的情韵。于是，曼陀罗花被认为是神秘而恐怖的精灵，成为诡异与诱惑的象征。现代生活中的现代人不知道从哪一天开始，慢慢地逐渐被打造（或自塑）为“曼陀罗”花的仿像，那些穿行于黑暗中的“畸零人”，那些拿着《新约》《旧约》到处布道的情殇者，那些在钢筋混凝土构筑的巢窝里蜗居的“黑衣人”，无不是在以各种方式演绎着曼陀罗阴阳两性的诡异精神，失去了“自然的属性”之后的文明人，“黑暗”成为包围心灵驱之不尽的梦魇，“黑暗是黑衣人身上的纽扣”，纽扣系着所有的隐秘，但谁敢把自己的纽扣解开？隐藏的灵魂每一个时刻都在被迷魂与自我麻醉中晃荡，偶尔的“清醒”无法抑制虚妄制造的幻像的扩大，反而会成为新的毒品。

不过，罗羽对植物的感情是复杂的，他对植物怀着一种彻底的尊重，把它们看作是与我们人类平等的活生生的个体生命，赋予植物以个体的意义。但同时他也总是忍不住把植物作为人类的转喻，他诗中的那些什么繁缕、慈姑、打碗花、曼陀罗，那些费菜、苣荬菜、水萝卜稞、绵茵陈、马利筋草等等，差不多都是一些不登大雅之堂的野草，有的还气味难闻含有毒素。因此，这些草并非都如惠特曼的“神的手巾”（或“坟墓上没有修剪过的美丽的头发”）是一种“芳香的礼物或纪念品”，[1] 但它们一样在有泥土的旮旮旯旯生根发芽枝繁叶茂开花结果，恰如生活在世界各个角落里的各色人等：

---

①［美］惠特曼：《草叶集》，楚图南译，人民文学出版社 1978 年版。

失踪的人，埃及人，木头人，忍受的人
罪恶的人，唱红的人，被河蟹的人
利益集团里的人，穷人，诗人，盲目的人
光脚的人，告密的人，僵化的人
偷笑的人，逍遥的人
疯狂的人，跪着的人，杀人的
人，利比亚人，纱布包裹的人
河南人，呼吸波德莱尔的人
萎缩的人，拿谎圆谎的人，被卡住脖子的人
词语的人，失败的人，所有活着的人
（《对巴列霍的一次翻转》）

植物的命运正是人的命运的投影，各色人等散落于适合他们生存的土壤或被供养他们生存的土壤“改良”成文明所需要的各类“杂种”。这是罗羽了不起的地方，这个世界本是矛盾的存在，有繁华就有落寂，有富丽就有卑微，每一生命体都是大自然的赐予，对弱小或者卑微真切地理解才是对生命的真正敬畏与热爱。对这些琐碎而具体的花草的记载，也许来自于他对他生长的土地的情感。家乡是一个让诗人又恨又爱的地方，他热爱着这块土地所承载的文化底蕴与朴实人性，但是毫无疑问，一个时代所藏纳的卑污与龌龊又在他的眼前一幕幕上演，他捂着眼堵着耳也无法从这片土地所受的摧残的伤痛中逃逸出来，那些作品（《背对河南》、《向遭受侮辱的阶层致敬》、《平顶山矿区》《米围孜》《农学院》《退守到河南的一对乳房》等）中滴沥着无法抑制的苦汁。因此，植物于他，也是一种地方志的铭写。

◇ 植物是大地的毛发，在成长的过程中，会把地方性的知识刻入自身的脉络。

三 “植物”：某个地方的墓志铭

大地是一切存在的根基。一个地方的自然环境，包括山川地形、河流走向、气候、温度、湿度、光照等，都会影响生存于其间的每一个体的生命样态。植物是大地的毛发，在成长的过程中，会把地方性的知识刻入自身的脉络，“淮南生橘淮北生枳”，老祖宗早就告诉我们，植物不光有地方性（它记载着一个地方的历史），还有地方性格，同一棵树，在一条河的南岸可以酿出蜜甜，在北岸也可以结出涩苦，它并不是完全被动地接受自然所赋予的一切，而是进行某种选择或反抗，植物与地方、与自然是一种共生关系，它以其生命样态成为一个地方的墓志铭。

罗羽也许从自身和自然的共生关系中获得了一种对植物深刻的理解能力。提到植物时，他常用一种很平常的语调，它们的出现几乎不需要铺垫，就如我们都熟悉的日常老友一般，碰上就打声招呼，走时也不用依依惜别，但是这些随意的述说中隐藏着他与植物之间的深情，如在《沿淮一带》中他说：“消极是我的泡桐，我的亲人 / 在河南任何一个地方，它都不会 / 破坏我说出的话。”诗句中他谈论的是“消极性”，而消极性之下我们看到他与他的“河南”及生长于河南的“泡桐”之间的特殊关系。当然有时他也会热烈地表达他对泥土、对泥土养育的生命的由衷热爱：

在我能见到的泥土中
有数不清的草籽
我辨认它们，需要一个春天到来
出土的幼苗，一下子绿了

我喊一声马利筋草，回应我的
是它们纸上的一群姊妹
(《马利筋草》)

罗羽对泥土的感情，对万物的感情，对各种草木形象的精神回响的熟悉和反省，可能来自他本人真实的经验，比如自然中植物不断被移植的事实让他理解了他内心被拔根之后的虚空，他从内心的体验中反思命运、灾难和无助的源头，然后他把它们诉诸于对自然的记录中。而自然之物的每声叹息仿佛都能穿透皮肤、进入体内飞击心灵。于是，不只是诗人在思念着万物，万物也在思念着诗人，万物在他心中主宰着他，让他满怀感恩、梦系魂牵而又惶惶不安、忧虑焦灼。他从万物中每一生命体的遭遇窥测到整个大地的命运，窥测到人类的命运：

◇ 不只是诗人在思念着万物，万物也在思念着诗人，万物在他心中主宰着他，让他满怀感恩、梦系魂牵而又惶惶不安、忧虑焦灼。

剑麻曾是这里的一个主题。白色花
刺杀她，她决意离婚，肚子里的孩子
姓自己的姓。当缝纫店的灯芯绒
垂直时，她开始流淌湛河的平静
……
啊，这里国有的云块多于塌陷区的池塘
死亡是财富的旧衬衣。所以
她才把上半身也保护好，新来的爱
受到麻雀责难，它们的眼睛早已变成原煤
(《平顶山矿区》)

“剑麻”曾经是平顶山具有代表性的植物，这在诗人森子的散文《腾空而去的剑麻》[1]里有过描述，也许“剑麻”相当于平顶山的市花，就如菊花之于开封，牡丹之于洛阳？不过即便是，那也是“曾经”的事了。大概在某一个早晨，人们还没有从梦中清醒过来，“剑麻”来不及向大家告别就被挖土机连根拔起扔到轰轰隆隆的卡车上拉走了。没有人知道为什么要把它们挖掉，也没有人知道它们会被怎样处置。它们自己也不会知道为什么要让它们离开生活了许久许久的土地，一切似乎都天经地义自然而然。在过了很久之后，才偶尔被想起——“剑麻曾是这里的一个主题”。“剑麻”这种最普通的植物，除了供养生长的那片泥土，它似乎从未向谁索要过什么，却被殖民。那么生活于这片土地上的男男女女，他们的生活和“剑麻”又是何其相似。这片土地以其肥沃千百年来养育着生活于其上的子民，然而在我们的时代却因其富含煤炭资源而在发展经济的名义下被挖得千疮百孔，那些在此世代居住的子民被名正言顺地剥夺了自己的家园，而且那些挖掘财富的农民工得到的只是“死亡”这件“旧衬衣”。人类的命运与植物的命运有着多么惊人的同构关系：植物殖民化，人的边缘化，我们都失去了自己的家园。植物的悲剧折射的是人类现实的绝望。

◇ 它们自己也不会知道为什么要让它们离开生活了许久许久的土地，一切似乎都天经地义自然而然。

但罗羽并不仅仅是在记录自然世界，在这些诗作中，在融入历史意识和心灵思考的同时他并没有停下对诗歌本身的探索，诗人不断地以个人直觉触摸到的对自然的经验去解剖日常事物，在想象力的重新编码中呈现生命和存在中被常识和世俗遮蔽的诗意。这不能不说是一种明智的选择，诗歌写作如果过于沉湎于自我，往下的道路就会越来越窄。而如果把大地、万物与生活作为根基，用灵魂与生命去体察，诗路也许会越走越远，因为万物是真理的寓所，对

---

① 森子:《若即若离》，百花文艺出版社 2005 年版。

万物的热爱与言说是对生命尊严一种敬畏的表达。日常是生存的本相，对日常生活的进入与剖解是诗人对诗歌伦理的一种主动承担。

四 “植物的诗学”：诗歌写作可能性的探索

罗羽的作诗法算得上自成一体，他诗歌的气势雄浑有力，结构丰富复杂，语言质地则时而神秘晦涩时而精练简洁时而热烈朴实时而尖刻辛辣，当属色彩丰富的一类。一般说来，如果雄浑有力，诗难免失之粗疏；如果丰富复杂，可能晦涩未明；如果精练简洁，又可能力量不足。

◇一般说来，如果雄浑有力，诗难免失之粗疏，如果丰富复杂，可能晦涩未明，如果精练简洁，又可能力量不足。

确实，罗羽的诗在初读时会感觉缺乏“结构”，看到的只是一群“碎片”，就拿诗歌中的植物来说，对读者无疑是一个无法回避的障碍。那些纷至沓来的名字，费菜、慈姑、茵陈蒿、颠茄、白及、半夏、续断、葛巴草、点地梅、繁缕、马利筋草、泽泻、苣荬菜、元胡、水菠菜、水萝卜棵……有多少个是你认识的？如果并不认识几种或分不清，那么那些随处可见的携带着“植物”的诗句，你将如何理解？如“我的脑血管里放进草籽，长出一株 / 泽泻。直立的茎杆隐喻叶丛。伞形花序 / 瘦果是倒卵形，和水底的球茎隔开 / 一层夏天。”（《泡桐》）“在元胡的生长期里，我们野生的性质 / 有了逆转。”（《在石漫滩》）“一所大学被水菠菜戏仿”，“秘密就是水萝卜棵的表情”（《在河南大学》），在这些诗句里，诗人把你当做和他一样熟悉各种花草的朋友，他说“水萝卜棵”时仿佛那是一位你们都认识的熟人，他一说“秘密就是水萝卜棵的表情”，你就能立即心领神会他说的“秘密”。而假若你并不熟悉“水萝卜棵”呢？那么，这些看起来是诗人顺手拈来的各种花草就如同悄悄埋在诗歌田野里的草籽，长出的是什么让你心生疑窦并陷入暧昧模糊之中，你原本的阅读快感逐渐被谜语般的名称扰乱（当然也可能激发

◇诗人把你当做和他一样熟悉各种花草的朋友，他说“水萝卜棵”时仿佛那是一位你们都认识的熟人，他一说“秘密就是水萝卜棵的表情”你就能立即心领神会他说的“秘密”。

起阅读的快感）。对此他有自己的解释：

有几个人说你缺乏结构，他们不知道
在石漫滩，一条大河流进一条小河
还是一条大河，一条小河
只能追上人类的裤管。洪水泛滥
标示牌的位置
正面临压迫的岁月，反自然
又形成自然。
（《结构》）

罗羽相信“碎片”并非是散乱，沉潜在“碎片”之下的气流会一直牢牢地控制着每首诗的节奏。是的，一个诗人创作时必须考虑文本的各种节奏，既要凭直觉让捕捉到的形象呈现出其他情况下无法达到的东西，也要通过谨慎的安排说出非说不可的话，文字不仅要接近事物内在的实质还要触摸事物表面的无限多样性，模糊和不明确之美与明晰和精确之美是悖论而和谐地存在于语言之中的。这要求诗人在构成每一个形象时要在智性、直觉、想象力、经验等的平衡中保持观察的敏锐与判断的准确，才能从一个形象中获得所希望的力量。

诗人似乎痴迷于把语言与情感赋予没有语言的事物，赋予春天田野的野菜，赋予鸟儿栖息的枝桠，赋予道路上凌乱的岩石，赋予被城市修剪的花卉……诗中所谈及的每一事物都浸透了诗人自身的内在生命力，华兹华斯曾如此坦白：

对每一种自然形态：岩石、果实或花朵，

甚至大道上的凌乱石头，

我都给予有道德的生命：我想象它们能感觉，

或把它们与某种感情相连：它们整个地

嵌入于一个活跃的灵魂中，而一切

我所看到的都吐发出内在的意义。[①]

让一切都“吐发出内在的意义”，这并不容易做到，有些时候必须舍弃精确性，求得灵活可变性，因为“诗中的事物已经不再是事物本身，它还是别的存在，事物本身也成了知性的符号”[②]。诗中的事物、事物本身、事物名称的能指，三者对诗人来说就是调制诗歌这杯鸡尾酒时必须小心谨慎地计算出的浓度，不同的分量将决定着酒的力度。因此卡尔维诺说，只有恰如其分地把那可见的或不可见的事物、那被渴望或被害怕的事物用语言凝聚成恰如其分的形象，才能使读者集中精神地接近在场或不在场的事物，敬重在场或不在场的事物所无言传达的东西。[③] 否则，结构、语言、形象也许会在激情的裹挟下成为一种矫情与表演，脱离写作最初的目标。对此，诗人无疑是清醒的：

◇ 卡尔维诺说，只有恰如其分地把那可见的或不可见的事物、那被渴望或被害怕的事物用语言凝聚成恰如其分的形象，才能使读者集中精神地接近在场或不在场的事物，敬重在场或不在场的事物所无言传达的东西。

你不能多问什么，向形象要生活

要不着像样的。唯物的人

布置的结构不能相信

质朴带出的激情会淹没河南。

① [英] 华兹华斯：《序曲》（Prelude）第 3 节，第 127 行—132 行。译文转引自恩斯特·卡西尔《人论》，甘阳译，上海译文出版社 2004 年版，第 203 页。

② 潞潞主编：《准则与尺度》，北京出版社 2003 年版，第 422 页。

③ [意] 伊塔洛·卡尔维诺：《新千年文学备忘录》，黄灿然译，译林出版社 2009 年版，第 78 页。

（《不配合，也不反对》）

罗羽有强烈的创造欲，虽然他对形式与语言的实验常常把读者带到不知所往之途，诗人自己并非不知所往，他明白诗歌的当下处境：

这是一个人打哑语的时候
手势不透明，增加影响难度
你和风景的关系不重要，它获取你
你不能占有它。
（《鸟巢》）

如果说罗羽的诗歌是一个隐晦难明的迷宫，那么众多的植物形象就是构筑迷宫的小径和砖瓦抑或是引导我们穿出扑朔迷离的言语迷宫的“阿里阿德涅彩线”？我想，植物于他，是现实中具体的可触之物与文本虚构出的心灵投影，是个体经验与诗意想象的结合，是一种诗歌文本与心理真实的混融，这个混融恰如花叶之扶疏，影影绰绰，虚实相映，成为罗羽诗歌美学的显著特征之一。

◇ 植物于他，是现实中具体的可触之物与文本虚构出的心灵投影，是个体经验与诗意想象的结合，是一种诗歌文本与心理真实的混融，这个混融恰如花叶之扶疏，影影绰绰，虚实相映。

诚然，我们应该用丰富的知识去理解罗羽关于动物、植物、地理、人物等的专有名词，但我们更应该用悟性去洞察诗人的想象、激情和灵魂。在他的诗中，植物或其他自然形象的选择并非是性情的随意播撒，而是经过心灵的多重过滤与实践的反复琢磨，每一形象都沾上了灵魂的色彩与世俗的情怀：对大自然的体悟，对神秘事物的追求，对万物命运的关心，对人类处境的焦虑。作为诗人，对植物的记录与铭写，也许是从植物的美学找寻实现诗歌美学的密钥，或者说是找寻诗歌写作新的可能性，我们知道在中国古典诗词中"植物"从《诗经》开始就是诗歌的主要意象之一，到屈原已登峰造极，后世的诗人更把"植物"意象作为情趣或心智来精雕细琢，植物成为一种符号、象征、隐喻。但是到了现代新诗中，除了少数类如"青松"、"白杨"等被极端拔高的某些植物之外，众多的"植物"几乎是处于被弃置的地位，首先是不被启用，其次是不把植物当作一个自为的主体看待。那么今天，罗羽在诗中对各种植物进行不厌其烦的记录与呈现，其实是一种对传统的回应，回应是一种坚守与探索。诗对他来说，与其说是一个艺术的目的，不如说是一条探寻生命奥秘的小径，他沿着这条危险的小径，一直走下去，越走越远，越走越孤单，但他还要走向更远处。

致　谢

遗忘，意味着和解。

此刻，我并未能和解，与自己。

诗歌批评与研究于我而言，最大的期望是通过个人的阅读、体悟以及浅知拙见，能为当下写作者提供那么一丁点儿的辨明他者与自身的线索，仅此而已。如果不能，我愿它是我对自身迷障的一次透明，或清晰。

文章在写成之后我没有勇气再看，当然包括这本书里的诸篇，原因只有一点，也就是说我从未想过除我之外它们会对谁产生意义，当然也不曾产生过出版一本书的意图，即便现在它们将成为一本书的形式。我失望于自己，我并不能成为瓦尔特·本雅明、雷蒙德·威廉斯、海伦·文德勒，或理想中的任何一个。我失望于对诗歌的痴迷，我想我必将与之展开一场持久而诡异的纠缠——一种致意？抑或一种背叛？

如今，既然有机会能够表达意愿，我愿能够说出感谢。

首先，感谢诸位老师，他们是：刘增杰先生、张先飞先生、刘恪先生、萧开愚先生、耿占春先生，在河南大学求学期间他们先后给予我莫大帮助，现如今也依然如此；感谢张曙光先生、刘洁岷先